乡村书系列二 / 新疆美术摄影出版社 / 新疆电子音像出版社

在旷野中歌唱

胡前进 著

图书在版编目（CIP）数据

在旷野中歌唱 / 胡前进著. -- 乌鲁木齐：新疆美术摄影出版社：新疆电子音像出版社，2012.4

ISBN 978-7-5469-2280-5

Ⅰ.①在… Ⅱ.①胡… Ⅲ.①散文集–中国–当代 Ⅳ.①I267

中国版本图书馆 CIP 数据核字(2012)第 063632 号

责任编辑　丁娜娜
封面设计　王　芬
插　图　轩　辕

在旷野中歌唱

著　　者	胡前进
出　　版	新疆美术摄影出版社
	新疆电子音像出版社
地　　址	乌鲁木齐市经济技术开发区科技园路 7 号
邮　　编	830011
制　　作	乌鲁木齐标杆集书刊设计有限公司
发　　行	新华书店
印　　刷	北京德富泰印务有限公司
开　　本	787mm×1 092mm　　1/16
印　　张	14.75
字　　数	153 千字
版　　次	2012 年 5 月第 1 版
印　　次	2012 年 5 月第 1 次印刷
书　　号	ISBN 978-7-5469-2280-5
定　　价	32.60 元

本社出版物均在淘宝网店：新疆旅游书店 http://xjdzyx.taobao.com 有售，欢迎广大读者通过网上书店购买。

目　录

第一辑:花 火

艾略特说,四月是个残忍的季节。这就意味着,很多东西开始苏醒。就是慢慢绽放。

风箱喑哑(暗火)

我在等待着,火能暗下去,这种态势,并不是全部的熄灭、枯萎和了无生机,而是明火渐消,只剩下寂静的热度和灶里通红的凝结。这样,就可以看见后面厨房的墙上有一块光明的映照,如果是坐在灶口的一块树根上,回头就能看见自己的头像映在墙上。

很有趣。寂静的、没有了熊熊气势的火焰,也就意味着风箱喑哑,不用费力地去"跋拉跋拉"地拉它的把手。

可以肯定的是,在所有的主食做完之后,像整锅的馒头、大锅的汤等等,这些可供一大家人食用的东西做完,风箱就暂时完成了它的使命,可以静悄悄地待在那里,尽管光滑的把手上温热尚存,期待依旧。我喜欢这个时间里灶房的气息,就像一场战斗后,只剩下破烂的旗帜、平静已毁败的墙垣、缓慢曳动的硝烟,这时的观看和走动很有些悲壮的色彩。

一个人。就一个人。脸渐渐地被灶口踱步过来的暗火烤得温热起来，这种温热让人感动的同时有些伤感。这些能烤热人面孔的烧灼物无一例外地都是在地里长出来的树木或农作物：榆树皮、槐木疙瘩、玉米秆、稻草、豆秸秧、麦麸子等等。这些用作烧锅的东西，有些是堆在厨屋里，有些是垛在外面——墙角、树林和场院里，要用的时候，就背着一个粪萁子，用手去薅，薅过的地方，就像是过冬的小动物突然间打开的一个洞，张开着，有些新鲜的味道散发出来，鼻子就有些痒。

铁锅里，蒸着的，煮着的，实际上就是从烧火用的这些物什上摘下、砍下或打下来的东西，榆钱和槐花，和上面以后在锅里蒸；稻米或者豆子，放在水里去煮，锅底的作物秆发出"噼里啪啦"的声音，绽放出的红色旗帜舔着锅底，当能吃的粮食要散发出特有的香气（或者要消失在人们的嘴里）时，锅底里的那些根秆在这种绽放中正趋于萎顿——和在地里时的姿态正好相反。

地里。泥土的王国里——我们还能看到什么？之前，已经发生过什么，无从知道，我是说在泥土的更深处，那些埋藏着的，昏睡着的，几万年，或者几亿年以前，我们无从知道它的火焰滚滚和冰冻千尺，它的移动的大型动物和贝类的休憩或者鱼群的飘游，但是，一瞬间（这一瞬间，就是我们活着和死去的整个过程），我们卑微的身影出现在那些树林的前端，出现在那些庄稼的深处，照料着从破土到收割的整个过程，这些偶然的人们和偶然的作物的成长，有时候让人觉得不可思议——我们盘旋在这个地方，就像一群小鸟在一棵大树上安家，早出晚归，唧唧喳喳，吞下活命的东西，拉下苦闷的粪便。

但是，看见了吗？阳光，喜庆的阳光，不可缺少的阳光，在整个的一生中，我们都处于这种无可措手的照耀之中，这种必要的照耀，让我们看见了自己的影子，同时知道了自己在活着，同时还有树木和庄稼——它们的影子要更长更大一些，这就是阳光所能告诉给人们的。

在黑夜降临的时候，也就是影子暂时消失的时候，我能够隐隐约约体会到另一层东西的存在：睡眠、昏寐或者死亡。所以，影子，都要有个喜庆的影子，在阳光下，影子在由小到大，也就意味着你在阳光下呆的时间越来越长，越来越长。影子消失的时候，

在旷野中歌唱

你是不知道的。就像你不知道黑夜是怎样降临。

但是，现在，风箱暗哑，它们暂时都还在地里呆着，还远没有抵达，还在抵达的路上，还在阳光下，还有自己的影子，也就是说，黑夜，它还没有降临。

我一直在看，一直在呼吸。那个时候，开始有风了，开始有雨了，风从南边吹过来，大量的空气自由地袭动，那种随意而放纵的无形之物，一次又一次地袭来，它让所有绿色的东西不断地变换形状，往北，往西，往东，往南，弯身，转头，下腰，这种舞蹈从来没有停息，世界，每一秒钟会有每一秒钟的姿态，绝对不会重复。世界上，唯一不变的，就是——世界在变化。

雨水下来了，大的水晶的颗粒，从遥远的空蒙的天宇，以一条长线的姿态就这样做垂直打击，我想，如果有分贝扩大器，也许会听到每一滴雨水从空中滑过然后打落下来的尖啸声：嗖——嗖嗖——嗖嗖嗖嗖，像极了子弹的运转，但是雨滴的下落，在大多数的年景是个喜剧，那些飞奔和跳跃，对每一个绿色的生命而言，都成为滋养的暗火，成为恩赐的际遇和相逢。

相逢的喜悦，巨大而普遍。没有人告诉我这会是什么样的体验。常常，我和很多的脑袋一样，充满了愚昧而无辜的顽固，充满了不被察觉的可悯之处，我们奔跑、诅咒、逃避这湿淋淋的处境：日他奶奶的这雨下得！这就是我们这些无可救药的憨种们发出的亵渎的语言。因此，你可以看到，在一个又一个的雨天，有太多的身影这样迅速奔跑，我们自以为可以逃避什么，包括这些打击和幸运。

池塘宽阔，运河久远。这些大片的"密箭"毫无保留地射进去，就出现了无数的水面的坑凹，然后，这些坑凹迅速地恢复，差不多在同时，这些平静点被再次命中，绝无怜悯。硕大的荷叶、颀长的芦苇、沉默的树干、坚硬的路面，所有能在土地上裸露的东西，都在一片水的雾气中发出和谐的接纳的声响。"嘭嘭嘭""刷刷刷""咚咚咚"。我觉得这声音就是一种美妙的对话，这是雨水讲给大地和大地上的树木及庄稼的，也是告诉给极少数人们的，充满了未知和特有的音律及符号，如果你能听懂，你会是一个幸福的人。

雨水结束。植物安息。好多时候，我就这样呆在风箱暗哑、明火渐暗的厨屋里，这个时候,我的奶奶、姥姥或者我的母亲,她们会咳嗽着走出厨屋,到宽阔的屋外去呼吸新鲜空气,而这个时候,我蹲下,在我原来帮着拉风箱的地方很有耐心地蹲下来(现在,我还是喜欢在一些厨屋里的灶前蹲着,只不过再也没有那样的风箱了,也没有了那些白发苍苍的老人),我的耳朵开始活起来,我能听到风箱停止劳作之后的很多声音:雨水滴落、阳光的绽放、风和庄稼那绿色的没有休止的摇摆和呼吸。

我会用一根树枝伸进灶内,去挑动那些燃着的但是没有烟的植物燃料,他们即将成为灰烬的时刻,让我悲喜交加。我会往里扔一块地瓜、玉米或者一小捆毛豆。我在等待着这些东西被烤熟,我在等待着它们在里面发出突然的"劈啪"声,因为这种声音让我非常熟悉而又陌生,就像在野地里的阳光和雨水中听到的一样。

噼啪,噼啪,噼啪。——噼啪,噼啪,噼啪。——噼啪,噼啪,噼啪。熟悉的,而又陌生的。在风箱喑哑的世界里。

四月

　　四月初。杏花已落,桃花盛开,孤单的感觉,冷清的况味,这就是它们给我的感觉。在那个月份的最初,更多的植物依然陷入梦寐,依然尚未起程,或者正在起程的原点,这就显示出四月初独有的气质:缺乏同类密集的盛大场面,过于冷清的前驱,脆弱的过程,短暂的显现。我就出生在四月初的一天:不具有夏天的喧嚣,同样缺乏冬天的决绝。四月初是敏感的,是忧伤的,向更新方向前进中兼具着怀旧的味道。四月初是不合时宜的。

　　而后——所有的槐树在一瞬间长出了那些白中略带紫气的花蕊,一嘟噜一嘟噜地,从树梢挂下来,这些花蕊,让运河岸边的放蜂人忙活了很长时间,他们穿着厚厚的奇怪衣服,硕大宽沿的帽子上,顶着蚊帐一样的东西,他们动作缓慢,从四方形的箱子里掏出一块又一块的板子,上面密密麻麻地爬满了勤劳的昆虫——蜜蜂。

　　"嗡嗡嗡嗡"的声音在告诉人们,这是它们的世界,它们的季节。放蜂人从南边来,到北边去，他们寻找着花的国度，是他们放出的这种昆虫让人们感觉到了生活的有趣，一年中或许只有这一段时间你可以看见蜜蜂，在更长的时间里，我们对这种昆虫是陌生的，似乎，和它们，根本就不在一个世界里。这些小家伙们长着伟大的羽翅，可以随时飞升，抽身而去，而我们，可能注定要呆在这个无法选择的地方，沾着泥巴的双脚一辈子都可能再也无法挪移。

我所说的这个而后，实际上是在整个四月里发生的。刚刚，还没有过多的喧闹降临，突然间，像是一个人开口说话，一切就都绿了，就都开始了，大多的植物在这个时节相继开花，大地的场景开始了温暖与和煦，在短暂的清冷之后，万物歌唱的繁茂和葱郁已经到来。四月注定要在自己的时节里独守从清冷到斑斓的过程，自己的，只有自己知道的过程。

我在四月里出生。更多的人在四月里出生，或者在四月里死去。这不能说明什么，就像在四月里有些花儿的瞬间绽开又蓦然萎地，许多事物都是这样，在继续着一个或短或长的过程。四月只不过给了我一个参照的东西，这样我告诉别人的时候，是在提醒，我出生的那个月份有一些东西是开始要昂然的。这只不过是在说，四月，不是个太压抑的月份。

很多东西开始苏醒。就是慢慢绽放。绽放这个词更多的是用在形容花上，比如刚刚我说过的桃花、迎春花、槐花，就是在绽放，但是苏醒这个词也是如此，他们同样需要一个过程，一个由此及彼、从里到外的过程，次第展开，丝缕分明。我就觉得自己是在绽放，首先是鼻子，闻到了花香，然后是眼睛，看到了那些美丽的形状，然后是脑袋——我知道了这个季节就应该如此，就是会出现这些应该出现的东西，我还不知道这就是自然的力量，只是觉得，这个时段——就该如此。

苏醒和绽放。土地是这样的：那些地面，曾经是僵硬的，在去年的某个时节，雨水打过之后，平板车的辙痕压下去长长的凹坑，中间是牲畜的蹄印，然后寒冷迅速地降临，一切就定型了。在冬天，如果不小心踢到这些定型后的土块上，痛楚的感觉让你立刻知道，这是还没有苏醒的土路，是树木萧条、野草遁迹的时节，这样的时节，我总是觉得鼻子尖是冷的，有时候鼻涕会很卑微地流出来——我的那些同龄人，有人会一整个冬天都保持这种鼻涕老长的状态,而且,他们会不断地吸进去,而不是去擤,尽管这个动作并不复杂。

四月的苏醒,是在雨水过后,那些去年定型的路面,就在一次或者不止一次的雨水后重新改变了凸凹的面目,而且开始松软,松软得有些过分,当一个人在四月的一场小雨后走到家门口,把鞋底的泥一下一下在门槛上蹭下来的时候,我有时会对这个月份感到沮丧——如果,这些鞋子上不幸踩到了羊屎蛋:那些被碾碎的黑暗的东西,会让人觉得,这不是一个纯粹的月份。

是的。嘴里混合着蒜味和劣质烟酒的味道,人们和你打招呼,走过去,他们开始像那些土地一样,褪去厚重的衣服,开始穿上了单薄的衬衣——这种衣服,可能会发出浓重的樟脑球味,也就意味着可能很长一段时间它们被压在一个厚厚的箱子里。但是现在,苏醒的四月里,这些衣服暴露在了阳光下,就像那些花儿一样,从某个黑暗的地方钻出来,带着某种气息(并不都是香味),突然出现在你的面前。出现,绽放,暴露,在四月,更多的事物开始出现这样的征兆。

蚂蚁成群地开始四处出击,找到植物的碎屑或者昆虫的遗体,就莫名其妙地撕扯和搬运;从圈里被赶出来的羊群,沿着一条小道走到远处的高地或树林,有的屁股后面的毛上还粘连着屎蛋子,可这并不妨碍它们做出交配的粗鲁动作;成片的野草在原来的地域里壮大,并且不断地侵略着陌生的地面,一条一段时间不走的小道,不经意间会布满这些葳蕤的身姿。

可以肯定的是,我们的笑声会传得很远。被绿色覆盖后的村庄和同样的绿色的土地,让人们开始轻松,开始抛弃严肃的神色,用不再僵硬的手指,夹上一支烟,点着后快活地吐着烟圈,这当然是在看到雨水下过小麦不再用井水去浇从地里空手而归之后。

常常,我们跑过场院、地头、池塘(水面正在上涨),跑进那些树林,尖叫声"嘎嘎"地响起,激起来的,是发出同样噪音的麻雀群,它们飞起来,盘旋,又在另一片树林里栖落。麻雀的"喳喳"声,在我们看来,就是一种笑声。它们同样会传得更远,在四月的天空下,从运河的那岸到这岸,从低矮的灌木林到村里的胡同口——"喳喳喳"。

(曾经,一个小孩牵着一个更小的孩子,从上空有麻雀飞过的胡同里跑过,跑到一辆大车面前。英子嫂嫁过来的时候，就是这样的四月：花树绽放，麻雀成群。她坐在一辆大货车的前车兜里，脸是红扑扑的，不说话，笑盈盈地被人从上面搀下来，迎她的柳春哥傻呵呵地站在一棵大槐树前。我们从村子外面跑过来，被"噼里啪啦"的鞭炮声吸引过来，同时氤氲着的，是支起的大锅里散发出来的炖肉的香味。在以后很长的一段时间，和我家为邻的英子嫂，脸上就定格着那个四月里笑盈盈的样子。

好几个四月过去了。英子嫂平坦的腹部招来了家人的白眼，这多少让那个定格了的笑盈盈的表情有些惨淡。我有时会注意到，那些在上个年份里走过的小羊羔，在下一个四月里，变成了身后跟着小羊羔的母亲。平静的生活里，我看见英子嫂在静悄悄地做饭、洗衣、到地里干活，她的身影出现在哪里，都是那种屏气而行的感觉。

后来，英子嫂肚子大了，可随后被医生告知是"葡萄胎"，在做完手术后，医生告诫说，一年内不能要孩子，求子心切的英子嫂并没有听从，后来生下了壮实的小海婴，也就在两年后，英子嫂走了。柳春哥最后用车拉她去医院，到了庄头人就没气了，扔下车把，柳春哥号啕大哭。）

艾略特说，四月是个残忍的季节。这就意味着，很多东西开始苏醒。就是慢慢绽放。苏醒后的世界是惊人的，残忍的实质就在于你已经看到了这种无可挽回的苏醒和绽放，而这一切的最终，都将走向谢幕，走向万物喑哑白雪苍茫的时节，四月，不过是把这些最终将要走向沉寂的事物一股脑地推到你面前：树木的绿叶、花朵、正在褪去厚衣的人们、冰雪不再的河流，等等。这就是四月给我的感觉，我在四月里出生，就像很多事物在四月里发生一样：我们平静地走过熟悉得不能再熟悉的田间地头，树林高地，仰看着天空的白云和倏忽而过的鸟群，我们准备着一日三餐，疲惫而又神闲气定。没有忘却，也难说记忆。我知道，在四月里，有很多事物纷至沓来，混合着多种多样的气息，色彩斑斓，变幻初起……

麦子的声音

可以肯定的是,木锨被一个人用手握住的时候,并不苦闷。从一个季节到另一个季节,一把木锨的命运,并不见得都能跟粮食联系在一起。所以,从木锨开始,听到它接近麦子的声音是单调但愉快的:呼,呼呼。这是一种提示,或者召唤。很多身影会在这时候更谦卑地弯下来,弯下来,那动作就像倾听什么,靠近地面和麦堆——通常那人会从里面捡出一些什么:土块、杂草或者昆虫的尸体。而在高高的杆子上的明亮的大灯泡周围,已经聚集了太多不知名的扑飞的昆虫,只是它们还没有变成尸体,还在扑楞着翅羽为一盏莫名其妙的大灯泡废尽热情。"噗噗噗,噗噗噗",只要灯不灭,这种声音就会在绝望中继续,不断地,有的飞虫从上面栽下来,有时候会打在人的脸上,生疼。而掉在黑的地面上或者更黑的麦堆里,虫们会有一段时间在短暂地休憩,就像拳击手被打晕后,开始数秒,那之后,它们拖曳着羽开始爬,一点点地,没有方向地,靠紧地面,缓慢地,左转转,右转转,只有极少的虫可以继续飞起来向灯做冲刺,更多的,就这样靠着地面,成为一个标本,成为黑夜的灯盏下一个极小的黑点,这时木锨或者笤帚覆盖过来,在"呼呼"的声息里,小黑点迅速地被吞没。

耩麦子。空阔的田野,可以听到的,是耩子发出"咯哒咯哒"的响声,像是海盗船上的瞭望塔的形状,往这瞭望塔里"呼"地倒进去一大碗干燥的麦种,一种对土地的欲望就开始了,铁的磨得发亮的黑尖深深地弯进了地里,泥土被翻了上来,漆黑。就在发亮的铁在这黑泥里起伏顿挫中,麦种"咯哒咯哒"地欢快地叫着,被送进了黑泥里。经过的地方,野草枯黄,所有能交配的昆虫都销声匿迹,只有这唯一的声音在歌唱:咯哒咯哒,咯哒咯哒。

有很长的一段时间,你再也听不到麦子的声音。雪下得很大,大地很白,只有炊烟还在缓慢上升和飘走,所有的东西好像都冻僵了:一堆隔年的烂木头,几垛沉醉的玉米秸,甚至狗的叫声,也变得呜咽而感伤。冬天。北方的冬天。被压在雪下面的,是麦子的睡眠和呼吸,我知道麦子一定还活着,只不过这方式就像一条长虫(蛇)在窝里的形状:慵懒而期待。太阳还在照耀,时间悄然挪移,雪在消融,麦子慢慢绽放。

风从南边的南边吹过来,这是在惊蛰之后,已经到了小腿肚子以上的麦子开始应和这南风的吹拂,一阵阵浪涛过后,"哗哗哗"的声音不断地传到耳膜,从这个人的耳膜到那个人的耳膜,只要风在,阳光在,这声音就这样攀附在跌宕的麦的浪潮中,直到它们慢慢地变得通身发黄,接近于土地和阳光的色彩时,这声音开始掺杂了期待般的干燥,曾经,我看着这旷野无限的成熟作物,想,只要一根渺小瘦弱的火柴,在一道欢快的小亮弧后,整个田野该是何等的辉煌和暴烈。而那时,成长和绚烂的麦子,正在我卑劣的想法中左右摇摆,如同参与一场大规模的合唱,形象朴素,面目贞洁。

长久地,我呆在天空下,和麦子一起,和蚂蚁一起,和所有的呼吸一起,在听,那从土地深处传来的呼唤——寂静、阔大、壮观而内敛的作物,成为我痴迷的对话者。太阳和雨水,风和尘埃,一起光临,她们欣喜地参与到这种对话里来,于是我听到麦粒在裹覆中爆裂的喘息,听到雨水打在麦叶上巨大的喧哗,听到风卷起尘埃擦过麦秆后飘升到高空后的渺茫。

那个时刻,麦子被镰刀触到根部的时候,有个老人正躺在床上闭上了苍老的双眸。泥的墙上，挂着的，是还沾着泥渣的镰刀和锄头，就在去年，这个老人还握着它们在麦地里慢慢移动，而现在，他只有慢慢移动自己的头，去看这些铁器最后一眼，像一个战士最后看一眼自己的枪。屋外，地里，镰刀挥动，热汗流淌，一大片一大片的麦茬露出来，一捆一捆的麦秆被送到车上，送到场院，打麦机"轰轰"地开着，放进麦秆后，一边是灰尘飞袭，一边是麦粒滚滚。

后来，出丧的唢呐如尖锐的鸟叫，刺破午后村庄的天空，可以看到的，是一群人躬着身子，披着白色的破布，走向麦收后的田野——埋葬，在麦子快要走上餐桌的时候，这个和麦子亲近过的人成为了麦地可贵食物。号哭彻底但是短暂，长久的，是这个老人被火化后的灰烬，我想，到最后，它将和雨水、太阳、风以及尘埃一样，在又一个麦子辉煌的时节，突然光临，开口歌唱。

这样，我在一个黑夜走向那个木锨翩飞的场院，我瘦小的影子和所有的孩子的影子融在了一起。很大的场院，很多的人，很多的飞虫围着大灯泡严肃地跳舞。

一堆又一堆的麦子，让我想起刚刚死去的那个老人被埋的地方——一样的是人们关注的眼睛，一样的是有一个小小的尖。很多的手，正伸向自己家的那一小堆"果实"，仔细地，他们拣去里面的土块和昆虫的尸体，然后，装进袋子，在黑夜中回家，而在越来越远的身后，依然是那个高高的电灯杆上，一大群跳舞的飞虫，向着光亮，是那样严肃、愉悦、愚蠢盲目而决绝沉醉……

隐没的镰刀

忙的时候,整个田野里,出现的是那种大型动物一样的收割机。整整一天,一台或者更多台这样的收割机"突突"地在地里奔忙,前面伸出来的排状的头,将麦子成行地收拢进去,后面一个烟囱样的口,"呼呼"地进出来的,就是麦子粒,有戴着帽子和口罩的人用蛇皮袋子接,扎口,然后扔到割得光剩下茬子的地里。一溜地,人们就装上这些袋子,用车拉到家里,在房顶上或者一块空地上晒干,收到瓮里或者就直接垛在屋里的一角。

效率很高,所以收成不再那么艰辛。所以场院在减少,以至于消无,曾经有过的几个大场院,渐渐成了人家的地基,盖上了瓦房,或者栽上了成片的树和蔬菜,谁提前进入,就慢慢变成了谁家自己的,经常去浇水和打药,这些原来需要走上一段时间的寂静之地,开始人烟旺盛,鸡飞狗跳。

曾经,这些繁忙时节的最主要的角色,是一把把镰刀。这些曾经密集接触作物根部的镰刀,现在应该多已铁刃锈掉、柄杆沤烂,或者被长久地挂在那里,只有到地边割把蒺藜秧喂兔子的时候才被想起,也仅仅是如此,这些短暂的工作过后,会有好长时间,人们好像再也想不起它。

镰刀密集的时候,就像是队伍出征,一把又一把地在阳光下闪着锐气的光芒。刚刚从树身上锯下来的木头柄,甚至还散发着一种梦想的冲动和刚猛的气息,铁头靠背的部分漆黑,黑得让人敬畏,刃却是亮铮铮地,与漆黑的颜色和气质正好相反:这也恰恰表明了一把合格的镰刀,要同时具有两种截然不同的气质——黑白分明,融深沉和锐气于一体。

选择一把好的镰刀,就像是找到一个好的朋友。镰刀个头往往差不多大,形状也趋于统一,但是重量和手感要根据握住它的人的体重和年龄,才能觉察到区别。往往,大人选择的,是木质更沉重一些的镰刀,小孩更喜欢轻一些或者柄短的。这就像是武器的选择。

出发前,有些镰刀需要更加精心地磨拭,用一块长方形的磨石,慢慢地蹲在那里工作。这些镰刀,有些是锈了的,有些是缺刃,很明显,不经过再次的人为加工,很难胜任一场大规模战斗中的出没和游弋。用水往刀柄上轻轻地撩水,然后紧紧地摁在磨石上前后推移,细腻的磨石很快会被磨下一层粘泥,而就在这种粘泥中,一把镰刀的刀刃,又开始恢复了先前的亮色和锐气,这种程序,就像是唤醒一个正在昏睡的人。

昏睡的正在被唤醒,而曾经醒过的,却渐渐在昏睡。就在那些精神抖擞的人们,踏上通往田野的那一刻起,整个的麦地,仿佛就正处在这样的昏睡之中,而前来收割它们的农民,仿佛是一群慢慢包围上来的刀客:他们在一个早晨出发,去围猎实际上已经是囊中之物的收成和喜悦。尽管如此,由于天气的因素,整个的过程依然忙碌而且紧张,人们抬头看看天气,坚定而有力地把镰刀拿在了手里。

突然的冲锋和号角,是从一把把镰刀开始的,这是季节的召唤,也是作物既定的命运。从那些铁刃的最初的触及到躺倒在地,镰刀在参与的过程中有着多重身份,富含了更多的意义和符号。人们从一开始,就已经意识到,镰刀不过是延伸出来的一种意图,一种工具,人会流汗,会喘息,会坐下喝水,而镰刀却不动声色,更加坚韧和不知疲倦:这,其实才是人们内心欲望的真实存在。

而那时,人们会表现得那么脆弱,那么不堪一击。在毒辣的太阳底下,在想要包围麦子却又被麦子所包围的处境中,他们一镰一镰地挥下去,挥下去,"刷刷"的声音响起来,那是镰刀和麦子发生接触时的响声,这响声过后,就是一小片麦子的倒地,也就意味着一次小型战斗的结束。汗水顺着额头、腮帮和脖子往下淌,后身的衣服已经紧紧地贴在了脊背上,粘腻不堪,更加糟糕的是,麦芒已经遍布全身,这让汗水变得火辣辣的,它们,在烧灼着人们卑微的肉体。这些疲惫不堪的手,就更加期待镰刀的锐利锋芒。

当所有的田地都空空荡荡的时候,也就是镰刀归隐的时候。没有了需要砍伐的对象,人们可以喘口气了,他们把所有手里的镰刀都很随意地扔在一边,坐在那里擦拭汗水,望着一地被摺倒的麦子,终于可以用那种安逸的神情彼此问候了,尽管这问候带着些许的疲惫和劳累过后的忧伤。

一切都空空荡荡,空空荡荡。在夜色降临时,更多的人将心思放在了那一捆捆的麦子上,这个时候,人们弯下腰,用手去挪动一捆又一捆的麦子,镰刀就别在了腰里,0经过层层麦秆绿液的浸染后,它们还能依然回闪出些许的光亮,但是这已经是不那么纯洁的色泽了,就像是经过一场战斗后一个战士的脸庞:镰刀在瞬间变得沧桑。戕倒了成千上万棵麦秆,一把镰刀的气息,已然形成,它绝对不再有刚刚握在手里时那种纯正的木质和铁气。它在杀伐中被牺牲的麦子所吞没。镰刀的灵魂里,蕴含了麦子在风中的尖啸和在雨中的沉默。

那个时候,人们沉浸在了睡梦中。这些睡梦,因为一场季节的拉力而显得异常香甜,周围布满了收获来的果实,从漆黑的成熟的土地里,靠着一把把黑铁的帮助,它们变成了干燥的麦粒,同样沉睡在麻袋、蛇皮袋和瓮缸里。而挂在墙上的或者躺倒在墙角里的镰刀却仿佛醒着,经过亢奋的战斗后,这些已经微微卷刃了的铁器,更让人觉得异常醒目而刺眼,灯光微弱,但是镰刀却光芒不熄,这里面,或许暗含着一种不被人知的秘密和期待。

而后,或者而后的而后。雨水下来,屋瓦雷鸣,一场又一场雨水之后,是风是雪,是更多的景致的变换,更多的庄稼经历着一场从土里钻出来而后又消失的过程,镰刀在那里静静地等待,铁刃的表面以一种缓慢的不易察觉的节奏渐渐暗淡和喑哑,就像是梦想被风化的过程,或者爱情被遗忘的结局。

终于有一天,更大型的东西出现了,代替了这些精短的贴身利器。当没有了这些镰刀的时候,人们显得不再那么疲惫和紧张,在所有收获的过程中,甚至有人只是背着手站在地头上轻松地观看,等待着那些麦粒自己进入既定的容器里,等待着不算太长的收获的结束。没有了具体的流汗和喘息,没有了那些隐没在麦秆中的焦躁,也没有了被麦子包围时的恐慌和对镰刀锐气的渴望。

有时,会在一个荒芜了多年的院子里,发现一把锈掉的镰刀,木柄沤烂,连接处松动,被菌类咬蚀的铁刃部分,早已分不清那种黑白分明的气质。而那时,在远处,会有那一台台大型收割机的叫嚣轰鸣,"突突突突",当整个田野里充盈着这种劲猛的气息时,一把在荒芜中被掩埋的镰刀,被审视,然后,从一只手里轻轻地坠地,重新跌进荒草里。

镰刀坠地的过程,像极了一只空虚的蝉壳。

大风

从梦中醒来的人,会被一种巨大的啸声所包围。刚开始,什么也看不见,然后能见到窗口暴露出来的一席昏聩的光线,这是世界唯一能呈现出的具体的形态,别的,都已经彻底地沦陷(沦陷,也可以说是被占领,被黑夜占领)。最敏锐的器官,只剩下了耳朵,它在听,从天际传来的波浪般的呼啸,巨大的呼啸。在这种呼啸面前,能沉寂下来的,只有人的内心,其他的,身外的那些东西,都在这种波浪般的呼啸中丧失了根基,它们飘摇无序,如同那些水中的植物,在巨大的吸引力中寻找依靠,寻找出发点。

听着。这时眼睛闭着与否都没有意义,只有听着。像是和一个对手对峙那样的姿态,寂静地,坐在那里或者躺在床上,耳朵徐徐绽放——"喀嚓喀嚓",这是一根巨大的树枝或者可能就是一棵树,在风中被折断,可以想象,在这之前,它在努力斧正自己,让自己站得更稳,不至于过度谦卑和软弱,风从东边攻击,它往西边弯下去;风从西边吹来,它往东边弯下去(风有时会回旋,这种回旋会让树变得无可措手,那样的结果,是整个树身会出现频率极快的哆嗦，像是一个人在人群的包围中狼狈地想要扶正自己的帽子，同时又想系好领口。这种哆嗦让风显出了巨大的威力）。树身在这种来回的挣扎中发出"喀嘣喀嘣"的呻吟，这是比黑夜更黑的声音，只有树知道，它们意味着什么，在风中，在一浪高过一浪的击打中。

"喀嚓喀嚓"，树或者树枝断了，断了的树（或树枝）可能立刻被风旋起，抛向空中，然后跌落在远处的地面上，也可能仍然有坚韧的纤维组织在连着，在苦苦维系着彼此。（就如同战火中逃难的两个人手与手的相握，但一个已经要被挤走或者死去。）断了，开裂了，分崩了，失去了。之前，所有的挣扎，实际上是在拒绝或者排除这种可能和结果，尽管这种结果是树可能想到的，但是，最后还是来临了：僵持被打破，边界被划开，强力者呼啸不止，无告者哑然失声。（或者，断裂也是一种解脱，当事实已成，无须去辩白，让存在的残缺成为明证。）

所有能吹卷起来的，都从原来的位置做飞奔或者逃袭，做挪移或者置换。轻浮的灰尘、粗糙的瓦片、一地鸡毛、细小的飞虫和窗棂上的断齿。等等等等。被裹挟着，它们离开原点，破碎，缩小，消失，或者变形。如果，这时有雨水下来，更加大了风的质量和气势，分辨不清是雨水借助了风力，还是风凭借了雨水的形状，这让秩序紊乱的世界，加入了更为明晰的毁坏的力量。雨，让一切都变得湿淋淋的，它扩大了风所袭击的目标和面积，可以听见，硕大的雨滴击打着玻璃和屋瓦的声音，这声音让人感觉是啄木鸟在急迫地啄着树面，而人，就像是躲在里面的一条病虫，有着无可告人的恐惧，等待着被消灭的命运。

曾经，在这样的大风中，我看见远处的野地里，一棵孤独的大树，在急剧地跳舞，这种奇特的舞蹈，对于平静的植物来说，是生命中不可多见的场面。茂密壮大的树，在这场舞蹈中，如果没有折断，它被剔除出去的，往往是多年未凋的朽干和陈年积累的败叶，这些生命的多余会在一场风中被删除，只有那些年轻的旺盛的昂扬的组织会在大风后重新舒展，带着一脸的雨水向着太阳微笑。

一个人，一个渺小的人，戴着一个斗笠出现在视野里，看上去，如同突然之间被抛弃在河流里的一片树叶上的蚂蚁。他低着头，前倾着，努力地和风做着对抗，保持着身体的平衡。虽然看不见他的表情，但能够想到，这时他的眼睛一定是半眯着的，从一条小缝里，去观察外面的状况。他的身上，还扛着一把农具，很显然，在这场风之前，他可能是去完成一块庄稼地的修整，或者去除去莠草，而在这场风来临的时候，他匆忙地往家里赶，这只是一种本能：谁也不知道，大风会不会把人也当作莠草去除掉。

世界是多么的单一。单一得可怕，同时让人有点麻木。只有风的声音，吹过电线的"嗖嗖"声，吹过屋角的"嗖嗖"声，一遍又一遍，前一遍是后一遍的模式，后一遍是前一遍的翻版，好像这就是大风的样子，不轻柔，不浪漫，不会慢下来，一切来得那么猛烈、武断、粗糙，毫无商量。在这时，如果大风突然停下来，可能会有声音说：噢，风停了，这么大的风怎么说停就停了。单一，有时也会让人适应下来，慢慢接受，并开始忽略或忘却之前的那个世界。

在大风到来的时候，我成为这种风中一个固定的点，在房子里，在车间里，在我守候过的那些屋子里，总之，我的身外，会有一层物质把大风和我隔绝开来，这些物质是砖瓦、墙坯、玻璃或者一层塑料，通过这些东西的鼓噪，我能够知道外面世界的变化，知道有很多东西正在进行，正在以一种节奏做呼啸，而我所能做的，就是安静地呆在那里，看一本书，听一段音乐，喝一杯冒着热气的龙井，观察茶叶在透明的水杯里做翻腾、飘曳，最后安静趴伏。

那个时候，在人和风之间，实际上仍然在做一种对话。只不过，对话的双方在能量上并不具有可比性，而我能做的，就是等待，像等待一场火焰的燃烧那样，去等待大风的降临或者离去。世界上有很多事情都需要等待，这是我在大风包围的时刻所能告诉自己的，比如说，等待一场爱情，等待人群中的回眸，等待你不可知的但终究会到来的际遇。人，在等待中，只有在等待中才能知晓事物的内里，明白那些该发生的事物，明白自己所呆的位置。

被大风赶走和改变的世界，这时会从我们脑海里回旋。那个时候，我们更像是这个世界的主人，挺着胸膛，漫步在这里的街巷和屋角，从我们的姿态里，就可以看见这个世界的安详：照料着圈里的家畜，到地里割下那些茂盛的草，收获粮食，或者蹲在高大的墙院前，看喇叭花如何慢慢爬上来，一切，都是那么的平静和惬意，没有更大的声音,除了人们之间断断续续关于收成和吃食的交谈,如果是在不同的时节,我们耳朵里听到的,是蛙鸣不断,是鸡叫狗吠,是知了的欢畅,是鸟群的争鸣。这就是大风之前的世界,这个世界会在一场莫名其妙的袭击里破碎和消失,没有任何的预测,人们迅速地进入另外的氛围,并被这种惊心动魄的啸叫声所吸引,在那里,没有人会试图再大声地喧闹,或者微笑,他们的脸色严肃,悄然哑声。

大风改变了人们的习惯,这就是事实。不再有悠闲的漫步,不再斗胆去外面的野地里察看情况,躲在屋檐下或者房子里,等待这些巨大的呼啸声慢慢散去,这时的人们,都怀着一颗忐忑的心,各自端坐,沉默在自己的世界里,显示出特有的深沉面目。大风降临,大风以特有的方式吹散了原来的规律,改变了大家的生活计划,一些想要做事或者串门走亲戚的人,只有坐在那里沉闷地吸烟或者发愣,窗外,是大片大片被吹落的树叶,是经久不息的"嗖嗖"声,这种声音,代表了拒绝和打击,代表了生活的突兀改变。

大风中,人们回家,尘土离地;大风中,鸟雀逃离,家畜安息;这世界的面貌,在大风中变得单一,在这种单一里,任何的歌喉都黯然失色,任何的响动都匿掉了行迹,只有大风在满世界里咆哮和奔腾,如同河流,如同河流的巨大滚动,在那时,我们只能用有限的脑袋,去回望一些过去的生活,一些平淡但是寂静的日子,比如花朵的柔弱,比如蝴蝶的轻翔,比如一头毛驴的响鼻,或者我们在微笑中,简洁的对话和问候。

现在,在大风来临的时候,在窗台上的铝合金被吹出了尖啸的时刻,我已经习惯地保持一种清醒:风刮得越大,我的内心似乎越安静。躁动和愤怒,一切都离我很远,很远,不论是枯坐在那里,面前摊开一本书,还是点上一根烟,在屋里来回踱步,我知道外面的这场大风一定会停止,就像所有的事物一样:在开始的地方结束,回到来的地方去。

在这样的大风里,我倾听隔壁电视的嚣动,将落地窗帘关好,想一些过去的事情——那一瞬间,电水壶开了,"嗷嗷"的嚣叫声灌入耳际,我慢慢起身,蹲下,拔掉插头——于是,一切归于平静。

树

　　是在冬天，那些大沟上，几乎所有的杨树，都只剩下了光秃秃的枝杈，有的枝杈上，留下了一个黑黑的鸟窝。如果，是一个多风的冬季，站在好几百米处的一处屋檐下，可以看到，这些残存的已经没有主人的鸟巢，有着坚强的生命力，它们粘在那些枝杈间，在风中飘摇。或许，它们在等待着又一个早晨来临时，被层层绿郁所覆盖。

　　长了几十年的杨树，都有着与脸盆相仿的直径，一般而言，这是平常的风所无法撼动的存在。呼啸声在耳边越过，飞速地奔向那些树木密集排列的地方，从树身到树枝，开始做摇动，轻微的或者是剧烈的，这是源于风力和风向。走过这些大树，除了感觉到这些因风而起的波浪，更多的是为这些树的高大而震撼：如果，就站在一棵大杨树的根部，抬眼上看，这高度本身就让人眩晕——直直地，它们是插向天空的生命的诘问。

　　这些树木，应该跟我的年龄差不多。那些时候的某个黑夜，我曾经跟伙伴走到这里来——这些当时还不过是些幼芽样的东西，高度和我们差不多——从这些小树苗中，我们扳断了几棵，用做我们打斗的武器（这是我不多的伤害树木的行为，这之后，我其实更渴望和它们长久地呆在一起而不是用斧锯做交流）。

树的气息，如果能够静下心来，是能够分辨出不同的。在更弱小的时候，树的气息更多地来自于它的叶翼，这些新鲜的浅绿的形状，轻微地颤动着——在周围。鼻子里隐约感触到的，是青涩和一丝甜意，这需要微风的包围和阳光的来临，而且，如果水很大，那些打在叶子上的水滴，会在刹那间让整个世界变得纯粹和清凉。小树芽，当它们容易受到伤害的时候，也正是它们前路无限的时候——没有人知道，有一天我们要仰视的那一棵，当时会在风中展露出柔弱的模样。

当一次又一次地光影交替、风雨更迭，一层落叶沤烂，然后被另一层落叶覆盖，这些寂静的树木，就在喧嚣的光阴里长大了，树干粗壮，枝杈蘖生。青涩的昨天没有了，布满在树身周围的，是一种沉毅的的气息，野草的簇拥下，升腾起来的，是阳光的热度，是可以感觉到的异样的干燥，像是在努力朝向天空的过程中，它们因为成长而散发出了过度的能量。

这些年轻的树和地面有了一定的距离。这种距离只有爬上树杈的时候才能感觉到。如果，一片叶子跌到地面的时间需要计算，可以是五秒钟，或者十秒钟，而落叶坠地的短短距离，一棵树的成长已经度过了十多年，甚至更久。现在，因为这个距离，它们可以拥有自己世界的景致了。现在，爬到上面的，是成群的蚂蚁，是毛毛虫，是螳螂或者一只鸟雀，因为具有了一定的高度且树冠宽阔，这些生命不绝的东西，一次又一次地光临。这里已经形成一个单独的世界，因为距离。

和树在一起，人也会是一棵树。这是我的感受。我知道，树身里密布着的纤维，是经过很长时间黑夜里的积累而形成的，慢慢地，慢慢地，眼睛看不到的缓慢，但是它存在，这成长和积累存在。当外面是阳光和雨水，黑暗的内里却坚持如初，进程依旧，方向固定，裂变还在继续。树皮被划破，会经过一个雨季而慢慢愈合，瘤子截断了方向，树干会转过去，继续以阳光的照射为指引，而叶繁枝茂。

那些栽下树的人们，是可贵的人们。他们在春天要来临的时候，扛着树苗去挖坑，将这些苗子放稳在坑里,填上土,浇水,然后蹲在那里守候一阵子,这时栽树人的表情,会有着让人难以理解的幸福和期待——他们蹲着,会突然猛地站起来,用手抚摸一下叶子,抬着脸瞅一会儿,再摸摸树干,用脚将地面的石块踢开,然后再蹲下来,这种交流仿佛是和一个多年的朋友在一起,做默契的肢体语言。

树需要走近,这种走近是一种相逢和期待。在更多的时候,我就这样一步步走近它们,长时间地感受这种绿荫的覆盖而默然无声,其实,和树在一起,声音是多余的,尤其是人所发出的声音,是多余的,你只需要带着一副敏感的耳朵来就可以了,所有的信息,世界深处的呼唤,宇宙的不停息的运作,昆虫王国的生生死死,树都可以告诉你,用它们自己的语言。

比如风的轻袭,叶片的"啪嗒啪嗒"声,从这些一阵又一阵的树木的语言中,你可以听到你希望听到的东西。

和树木在一起,和所有的树木在一起,我感到了一种深沉的寂静和满足,或许,我知道,和它们我只能见面一次——也就是在它们还没有倒下去的时候,或者我还没有倒下去的时候,我们能看到彼此的影子,在地上铺着,长长的,或者很短的,但这已经足够了。

所有的季节都会过去。那个时候,我站在一棵大杨树下,能听见一阵又一阵急促的敲击声,从上面猛烈地传过来,这是一只啄木鸟在余晖下做自己的功课,随着一种特有的粉状的东西飘然而落,我隐约体会到这种敲击声里隐含了过多的生命密码。一棵又一棵的大树上,有节奏的声音逐渐响起:咄咄咄,咄咄咄。在这种催促声中,落日归去,夜晚来临,在更深沉的夜里,我们分别呆在了各自的领地里:树在老去,我在成长。

仿佛是一夜之间,那些树全被从根部锯断,只留下年轮清晰的树桩,树桩的周围,又一拨小树苗在阳光下开始了招摇。这是树的仪式,从那些留下的年轮刻印中,我知道了这仪式的温馨。人们走过这里,还可以坐在这些树桩上休息,就像是什么也没有发生一样,在那里,他们听到树叶在微风中轻漾:啪嗒啪嗒。在那里,需要带着一双敏感的耳朵,像我平常所做的那样,听着风声,听着叶片的轻语:啪嗒啪嗒。

这样的场景会有好多年。在那里,人和树一样,人和树一起,我们在共同的天空下,静立或者走动,呼吸或者安眠,这样的场景意味着我们还在走着,用尽全身的力气去向一个方向——树朝向了天空，我则对着整个世界畅想。

当然，阳光还在，雨水依然，这些不可或缺的事物，让我们都拥有了生命的全部，就这样，随着光影的跌宕，我渴望和这些高大的物种，保持着不远的距离，契合着有规律的呼吸，寂静、安详、微笑依然、枝叶繁茂。

童年单行道

　　水面宽阔,风平浪静,清澈的时候,可以看到下面的水草。那个时候,常常会有一个尖尖的小土丘,冒出水面,在池塘的中间,当几只王八爬上来的时候,会有人说:看,老鳖晒盖呢!但是很少有人想起要下去逮它们。我们都有我们的心事。站好,一溜地排开,每个人手里,都用食指和拇指捏着一个小石片或者瓦片,当喊到开始的时候,每个人手里的武器都飞了出去,贴着水面,这些小精灵们连续地跳跃,最后在远处沉入水底。这是一场比赛,当那个在水面上跳跃次数最多而且跑得最远的瓦片从谁手里发出去,脸上一定是得意的笑,不服气的会说:再来,再来。当一个又一个的小片片"嗖嗖"地飞出去,并连续地蹭过水面时,其实是你的心在飞扬,清澈而凉意顿生。远处,是不经意间飞出的小鸟,是一处又一处蓬生着的野草和花朵,是小狗儿的叫声:汪汪汪。

　　要找的就是那种"Y"型的树枝杈,如果想要结实,最好是选槐树或者枣树。这种枝杈不能太粗,太粗手感不好,太细了又没有筋骨。找到后砍下来,剥皮,在两个杈的头上用小刀小心地剜一个转圈的凹槽,然后拴上牛皮筋,再找一小块帆布做兜,一个弹弓就做好了。有人精于此道,弹弓做得精致而结实,有人则毫无天分,武器显得笨拙而丑陋。弹弓高手,会藏在树林里变成一个猎手,而且身后有一帮心甘情愿的手下。用帆布兜裹住一个石子,神情冷静地猛往后拉再松手,一只鸟雀应声从树上栽下来,这样的人无疑是一个英雄,是比谁都"酷"的帅哥。常常,在林子里,你可以看到好几群孩子人手一把弹弓,展开比赛,要么是看谁打的鸟多,或者在树上放上瓶子,然后拉开弹弓:啪!啪!啪!。

泥是和好的泥,这种泥不能从水里挖,太稀软。一般来讲,从地里或者盖房子的地基上找来的泥要好得多,从里面挑出石块或者草籽,倒上水后,反复揉搓,硬度适中的时候,就开始各自准备了,用手捏成一个碗状或者盆状,而且个头要差不多,考察清每个人的碗都没有偷偷钻出洞后,喊一声:一、二、三,一起往地上扣,如果谁的洞炸开得多,谁就是赢家,而往往赢家脸上的泥点子,可能也是最多的。除了泥的硬度要适中以外,其实还有几点是很关键的:可以很仔细地把几个部位捏得非常薄,选择的地面要平整,摔的时候要保证能垂直下落响声自然,还有一点是力气一定要足,掌握了这些,也许就能够赢得头筹。泥巴不脏,反而,我们能从这些泥巴里嗅到一些植物的清香和阳光的味道,一种令人难忘的快乐和迷醉。

这样的时刻总是不冷也不热,晚饭以后,在场院里或者在街道的某个宽阔处,一大帮子孩子在月色下做游戏。声音非常有层次,首先是一个洪亮的嗓音,这往往是孩子当中的头,就像是一台晚会中的导演,他在安排谁先应该扮演什么样的角色,然后在一面墙下闭着眼睛大声喊:藏好了吗?没有,这是大家一起做的回应,就在这回应之后,很多人早已经奔向自己提前设想的藏身之处,这个地点,可以是柴火垛,可以是大树的枝杈上,可以是一道浅沟里,也可以是一处很长时间没人去的茅房。当然,这个藏在某处的人,身子隐没,眼睛却往往看着外面,当那个探询的身影靠过来很近的时候,藏匿者甚至可以听见自己的呼吸和心跳,霍然之间,当隐身者被发现,最后的结果,将是笑声暴烈,是两个身影的扭做一团,笑得喘不过气,而就在这样的笑声里,游戏继续进行,角色重新调整。月亮高悬,视线不明,但那些属于孩子们的夜晚却永远是明亮的,明亮得没有一丝阴翳。

纸,有轻盈的,也有厚重的,轻盈的可以飞到半空中,厚重的会撞击地面,但是都无声无息,无声无息。洁白的纸张,有着一种清新的气息,纯粹的清新,没有一丝褶皱,把这张长方形的白纸铺平在矮桌上,仔细地对叠、碾压、回扣,"飞机"就叠出来了,尖头,长的菱形的双翼,捏住它下端的部分,在阳光下,在草丛中,一次一次地对着空中投掷。微风轻漾,"飞机"上扬,可以看见,它擦过了高处的苦楝树,转过墙头上的草苔,沿着喇叭花丝的边缘,落在了柴垛上;而在一处开阔的河塘岸边,当一架又一架的"纸飞机",在兴奋的高叫声中,如快速的蜻蜓投向水面时,富足的神情占据了每个人的表情。"纸飞机","纸飞机",向着太阳飞翔,载着的,是纯洁无瑕的向往和希望,是梦,是永远无法再找回来的花一般的绽放。在那里,每个人都有一架"纸飞机"——起飞,呼呼。

玻璃球,白的,花的,黑色的,一枚又一枚,在冬季的地上来回地滚动、撞击,发出悦耳的声音,这些能够反射太阳光线的玻璃球,是那样让人着迷,虽然是冰冷的,却具有着令人目眩的温度和激情。我们都站在那里,站在一条起跑线上,地上刻下的是一条醒目的痕迹——出发! 就有好几只手同时努力,将自己手里的球蛋弹出去,尽量地远,更远,或者离中间的那个坑更近。这需要技巧和准确度,更需要对时势的把握和领悟,就像是一场小型的战斗或者竞争,只有最优秀者才能占据最后那个坑,并对迟来者发起攻击,但是这一切都是在阳光下进行的,众目睽睽之下,没有抗议,没有质疑。"啪啪啪"的撞击声,是那么惊心动魄,却又是那么悦耳动听。没有内幕和勾结地游戏,不使手段果敢面对失败地游戏,只有孩子,只有童年里的孩子。

冬至的味道

一

第一种味道,是猪血炖白菜。从上午开始,就听见一头猪在那户人家的院子里"嗷嗷"地吼着,声音传过多半个村子,就都知道这家人在杀猪了。冬至的时节,一头猪的生命完结了,像是那些在地里长势旺盛的玉米一样,随着一件利器的划过,一切,都没有了声息,然后是准备好的开水,一大盆,热气腾腾,把猪往里一扔,就有一个人拼命地用刀刮猪毛,嘴里发出"吸溜吸溜"的声音,不多长时间,一个在个把小时前还满猪圈里叫嚣的家伙,就量化成了猪头、猪身子、猪内脏和猪血。那些猪血,是在宰之前,用一个尖刀朝着颈部深深地一剜,从口子里喷出来通红的液体,用盆接了,放在一边,等到锅里要煮菜的时候,猪血就在白菜里埋着,"咕嘟咕嘟"地炖着。没有人想到,这之前,它们会是从那些丑八怪的身体里流出来的,成为香涎诱人的食物。

中午过后,坐在桌子前,一大家人吃到汤水要尽的时候,就来了那家里的妇人,小心地端着一碗猪血炖白菜,顿时让整个午饭出现了不大不小的高潮,一家人立马悲欣交集,肠胃和心脏一起激切地蠕动。交接仪式就在门槛之间,一个站在门槛外,一个站在门槛里,一个端着冒热气的炖菜,一个拿着一个空碗,顺利而祥和,语气充满了外面阳光的色彩:温暖惬意,缓慢通透。那时我个子还小,在穿着棉衣的时候,在感觉到天气寒冷的时刻,闻到了这种炖菜的香味,于是,我认为那是世界上最好吃的一种炖菜(尽管实际上它们非常普通,多是用猪血、猪头肉或者是内脏混着白菜一起炖的)。

街道开始空旷,空旷的还有野地。再也没有高秆的作物在那里站立着。雨水稀少,天气干燥。这也是一个仪式交接的时刻,从粗浅的凉意到深刻的寒冷,我们被季节交给了下一轮的寒风呼啸或者大雪纷覆。冬至。更多的曾经在地里站立的作物都躺下了,在人的周围,慢慢地朽尽、沤烂,彻底改变绿色的本质。

二

声音,从主街上传过来,转到这边的时候,就只剩下边缘了,模模糊糊,但是能听到是一个小孩,在为什么东西而激动,然后是更多小孩的声音,为一个共同的事物而激动。往前,路过很窄的街巷,只能并排通过两头猪,是土墙,下面有一米多高的座基,是褐砖,一块和另一块之间的凹坑很深。

从这样的街巷里穿过,随着声音的指引,眼前豁然开朗的时候,就是一条中心大街:"砰"的一声。这是午后。巨大的响声惊动了栖在树上的麻雀,呼啦呼啦,它们灵巧别致的身子以令人惊讶的完美弧度,快速地扑到了另外的树枝或者屋顶上。响声的源点是一台爆米花机,周围站满了小屁孩,跺着脚,捂着耳朵,不停地"喳喳"着,在他们的热情包围中,是那台机器和一个沉默的中年男人。

圆肚子的铁家伙,正被不停地摇转着,漆黑,这种被炭烟染就的颜色,同样积累在中年男人的脸上,包括皱纹、胡须、腮帮子。这使得这份活计让人们看起来并不那么轻松。但是轻松的孩子们显然觉得这场面要有趣得多,他们把从家里端来的簸箕、篮子或者盆,一个一个放在地上排好队,有的里面盛着棒子粒,有的是大米,然后耐心地等待着。火候已到,中年人就站起身,把机器提起来放好,对着一个前面系好口的特制的巨大口袋,手里的尖铁棍猛地一扳,随着那声巨响,一个活儿就完成了。有些爆好的玉米花在气浪的推袭下,从口袋和机器的罅隙中飞出来,惹得大家满地抓,有的一边抓还一边往嘴里塞,如果这一锅的"客户"非常吝啬,会先把大口袋猛地往地下一扔,嘴里嘟囔着丧气的话和别人抢地上的零头,推搡、咒骂、气势汹汹。

后来,那台机器不见了,还有那个满脸炭黑的中年人,只剩下他作业的地方,残留着炭灰和隐隐约约的爆米花的气息。一直到现在,那些在冬至的时刻出现的特有的气息,再也没有出现。

三

干枯是这个时刻的特点,比如说干枯的树枝,干枯的池塘,干枯的脸。那些曾经在树顶和屋檐上攀爬的藤蔓也都干枯下来,虽然还保留着旋转向上的姿态,但是明显已经放弃了生长的努力,只要用手轻轻一拽,就能听见"噶蹦"一声,断了,这也就意味着这些东西用来烧火是最好不过的材料了。噶蹦——噶蹦。这种声音开始越来越多地从四周传来,大家从地头上和树林里,去收集能塞到炉膛里的柴火,就用手去一次又一次地弄出这种声音来。

藤蔓的种类很多,在长势旺盛的时候,还能分得清哪些是种植的瓜秧,哪些是野生的攀爬,但这时,特点消失,体形模糊,只能看到细瘦的秆茎和萎靡的叶卷,像是街头静坐的那些上年纪的老人,都是一样的表情。把枯叶撸掉,一截秆茎在手里拿着,然后划着火柴,每个人都点着,学着大人抽烟的样,往里吸,麻辣干枯的味道呛得人要窒息,禁不住大声地咳嗽起来,鼻涕眼泪都出来了,那个首先提议的家伙把这东西扔掉狠狠地用脚踩,就有很多的脚纷纷往地上踩。

植物的味道是苦的。黑暗的东西总是被深埋在体内,当干枯来临,以烟火的形式,我们体会到了植物的苦涩——它们只把绿意盎然的姿态留在了那些张扬奔放的季节。

四

落叶繁忙，也就意味着人事疏懒。从更浅的池塘里的水望过去，是掉了叶子的树的身影，清癯而硕长，没有风，静止的是空气和人的呼吸，没有风的时刻寒意降临，只能听着身边那些因为路面干燥而变得响亮的鞋底的摩擦声：拖，拖拖拖，拖拖。更远的地方，一个中年妇女擤鼻涕的声音，出奇地震撼人心，在那个时节，人们所有的生理上的动作，是那样的无法回避，清晰可辨。时间变得非常缓慢，没有任何可让人期待的事物，人们所能知道的，就是，直到春天到来，再也不会有让人激动的场景，比如繁花盛开，比如作物峥嵘，现在，所有的，都不过是在熟悉得不能再熟悉的地方目睹自己的影子伸长，然后变短。直到，那一刻，那头巨大的黑铁从西面更远的地方过来穿越运河大桥。

非常突然，就听见了"跨辞跨辞"的声音，高高的铁道上，喷着雾气的，就是火车的长长的身躯。气息陌生，味道迷人，这是我对火车的感受，这种从远方驶来的黑家伙，裹挟着巨大的能量，一下子闯进了我们的视线，让人在一丝莫名的忧伤中充满了些许的悸动和期待。站在下面，仰视，沉默，或者高叫着追逐，可以看到一扇又一扇玻璃后面那些让人匪夷所思的面孔，这些面孔因为隔着一层玻璃和速度很快的载离，而具有了不同于日常时刻见到的那些面孔，前者具有着神秘和优雅，常常，从车头一直到车尾，我可以一动不动地站在那里看：煤炭、钢筋、松木、粮食或者这些坐在车厢里面的人们，都让我闻到了一种崭新的气息，它们在那列火车穿越运河大桥后好长时间，还会回荡在我的周围——跨辞，跨辞，跨辞。呜——呜。

有人会在铁轨上放一枚小额度的硬币。火车驶过，声音消无，硬币完全变形，保存着铁轮碾过后的热度，保存着喜人的气息，在阳光下，硬币变成了一枚闪亮的刃片。放在口袋里，像是一枚叶子。

五

是粗糙的臭皂的气息，是毛巾用过很长时间被绞拧后疲惫的气息，是水混合着汗泥的沉重的气息,这些气息都是从一个灌满了热水的塘子里散发出来的。往往,去的时候,水已经是浑的了,记忆中,那些有限的次数里,清澈的热水是极其罕见的,老是很多光着身子的男人站在水龙头下"吸哈吸哈"地冲着头,或者挤在塘子里搓澡和打肥皂。光线很暗,有灯光的时候依然如此,水泥的地面,水泥池子,水泥做的换衣服台,洗完澡的人就站在上面,脚底下汪着一滩水,冰凉,冰凉,就渴望赶快穿上厚重的衣服。有很多人身上还滴答着水珠,就手忙脚乱地穿上皱巴巴的衬衣、大裤衩、线条粗犷的线衣,然后是臃肿的棉袄棉裤。出门后,清冷的空气,会在一瞬间将那些让人窒息的气味吹得远远的,在那一刻,有人会愉快地打出一个大喷嚏:啊,啊嚏。

跟着大人,总是老早地洗好,譬如父亲,他会给我全身上下地洗搓一个遍,然后把我抱到换衣服的台上,帮我穿好衣服,他再回到池子里洗,那样,有老长一段时间,我是在看这些莫名其妙的人们,光着身子在那里来回穿梭,我坐在冰冷的换衣服台上,看着窗口射进来的一柱光线里热气腾腾的景象,等待着这场漫长的仪式结束,等待着回家。这之前,我坐在大轮自行车的后座上,坐到腿已经快要麻木的时候,才来到这个工厂区,来到这些积淀着陈旧的汗泥味的澡堂子里,在那里,我总觉得时间要漫长得多,在昏暗的光线里,一切都是模糊而杂乱,清澈匮乏。

父亲说,一定要洗澡,否则这个冬天会有虱子。但是我认为这是一种仪式,在冬至来临时的仪式,充满了让人难过的味道,这不是夏天我们在运河或者池塘里的游戏,不是,这里的气息让我不安。

六

现在,我们走过了集市的一半,还有另一半在等待着我们的目光,那些人群,那些叫卖日用品的小贩,他们在等待着我们的走近。我和我的母亲,当然,还有更多的人,比如我的婶子、大娘或者近亲的那些女人们和她们的孩子。在那个时候,棉衣让我们显得臃肿而且卑微,而集市上的花花绿绿又吸引着我们同样贫瘠的目光,但是实际上,我们只是在走,什么也没有买,或者说买不起。在集市的最头里,就是一口支起的大锅,里面正炸着油条,也就是我们称作香油果子的东西,那个离这香气最近的中年女人，长着一身肥肉，连她和人说话的时候，笑容都一个劲地哆嗦——我觉得这倒不一定是每天都吃这种食品所造成的，我认为这是被这种香气熏胖的。我感觉到自己的口水已经到了嘴边，再停留一会就要流出来了，母亲就领着我的手往前走，走到另一头去。我回过头去看，看那个胖女人哆嗦的笑容。

幸福的人，就是他们。他们可以每天守着这些黄灿灿的麻花、馓子、大油条、麻辣汤，他们可以每天闻着这些味道生活，而我们只有走到这个集市的日子里才能近距离接触到。集市上的味道，在我看来，就是由这些让人垂涎的东西组合而成的，让人不忍离去，频频回眸。那一刻，我站在那里，中午来临，母亲突然塞给我三个小肉包，长形，韭菜肉的，当第一口咬下去的时候，我已经忘记了走了那么多长路后的劳累和委屈。冬至。韭菜肉。实际上，我觉得这条长长的集市，最后的精彩都落在了这里——一个小屁孩，在人流攒动的集市上，站在一个墙角里，幸福地捧着三个小肉包，在那里忘情地大口吃着。

那是我记忆中吃到的最可口的韭菜肉包子。其实，在很多年以后，我成了一个对饮食并不挑剔的人，饭量不大，下口粗糙，但是那个冬至时刻，我却认为，我吃到了这个世界上最可口的包子。

堂屋

那些亲人多在冬季里悄然去世。然后，黑夜降临。然后，月亮升起。

——我注意到一些粗糙的东西被陆陆续续派上用场：场院里正在过冬的稻草、房顶上的烂凉席、隔年的在院子的角落里朽烂的木桩和被雨水冲刷了好几个夏季的水泥石板。这些东西被一群穿着黯淡的人们从四面八方向一个地方集中，准确地说，是向一间堂屋里集中，这间房子就是我四叔胡延四那一点有限的体温曾经集中游弋过的地方，我之所以用游弋这个词句，就是因为四叔的神情让我想起鱼，是那种平淡无奇甚至有点丑拙的鱼。

之前，之前的之前。或者叫昨天，他就坐在堂屋的矮桌前"呼喽呼喽"地喝汤，他吞咽下地瓜干、菜叶、馒头和各种从地里边收来的经过炖煮后的粮食，神情专注，吃相不雅。他起身，从地里干活带来的细土就跃然迸散，在头顶暗淡而发黄的灯映下，细尘以慢动作飞散，如烟，如水里的妖娆。而四叔并不知晓这些身外的光景，他起身的时候往往是一个邻居前来串门,他招呼别人的时候,嗓门过于巨大,以至于电灯在瞬间亮了许多,邻居就抬头看了看灯,很木讷地,笑了。

我之所以甘愿为四叔守夜,就是因为好奇,还有一个原因就是,我对稻草和麦秆一类的东西比较迷醉。坐在这样的物什的包围中,我像个木头。四叔躺在那里也像截木头,区别就在于:我还在呼吸,而他却寂然无声!

外面的风停了。冬天,即使没有下雪,依然能够感受到的就是那种雪落下的况味:缥缥渺渺。茫然而面积巨大。雪在夜的包围中晶莹透彻。簌簌,簌簌簌,簌簌簌簌……我独自感受到这一点的时候,谷子叔突然对我六叔(我们爷仨一起守夜)说:冷,老六,真冷,喝点酒吧。这之前,谷子叔的眼睛一直没有离开过堂屋里的几个盆里炸好的鱼条、丸子和其他半熟的菜肴。这让我很怀疑谷子叔守夜的目的。但是六叔对冷的感受可能和谷子叔比较相近,他没有说话,就在炉子上支上了一口锅,往里边倒这些半熟的菜肴,很快我就闻到了一股温暖的菜香味,听到了谷子叔喝酒时的声音:滋,滋滋。

从堂屋里站起来,我进到偏房里去找盘子和杯子一类的东西,这样我就看到了四叔常年休息,或者叫睡觉的地方。床,黑暗的床,上面铺着的被褥散发出浓重的脑油味和潮湿的气息,几双旧鞋在床下散开,有的底朝上,有的像是偏沉的船:布鞋、解放鞋、雨靴和千层底的棉鞋,它们像是一些孤儿,在黑暗的房间里等待阳光。

40度的灯泡(为了省电,好像这种度数的灯泡很普遍),视线是很昏聩的感觉,一切家伙什在这种灯照下,都不免显得破败和压抑,但是,好像谷子叔并不这样感觉,他恬淡的神情,永远好像在笑的嘴角,都让我觉得,他对这种守夜的工作热情且具有职业精神。他可以一根又一根地抽烟。他在说一些四叔生前的活动细节。

这些细节从更久更长远时间的堂屋里开始。我不知道,这种开始有没有意义,对于四叔和更多他这种农民来说,也许是。堂屋总是接触阳光面积最大的地方,开门,然后"呼"的一声,阳光就进来了,我知道这感觉,是因为我在这样的堂屋里生活的时间就喜欢这种阳光冲进来的姿态,特别是冬天,如果没有炭火,冷得你四肢发木五官走形的时候,阳光简直就是一个强大而令人喜悦的敌人,最后的结局就是一个人甘心地投降,迎接阳光的杀戮和吞没。

冬天和夏天是一样的:睡觉时身底下是凉席,被子老是被我父亲他们几个扯来扯去,这样的竞争最后导致总有一个人会裸在外面,在夜里被尖锐地冻醒,这个可怜的家伙有可能是每个人,我觉得四叔迎接这种尖锐的几率比较大:他个子矮、多病、胳膊短。

这样,就是这样。爷爷觉得这个可怜的家伙,就是四叔,可能命运多舛,可能用不了多久就要"报销"了。但是在晴朗的天气,爷爷还是把他放在柳筐里,另一头放些孬粮食,用担子挑起来,到城里去找医生。四叔坐在里面,其实说不上是坐,他的姿态是这样的:头往肚子下面耷拉下去,眯着眼,肚子很大,但是别的地方很瘦,他的气息微弱。他更像是一条要被遗弃的家畜,或者别的东西。他的前路并不比另一头的那些孬粮食更光明。

他们上路时经过了运河上的大桥,大桥下的船还在断断续续地南北游走,桥边上就有码头,码头边上就有小贩和经营劳作的人们。父亲那时正在桥上来回地游荡,说是游荡,其实就是打食,这种行为需要技巧,因为桥有坡度,上桥拉车的人就非常渴望帮助,就在这时,父亲帮人家去推车,说是推,眼睛没有离开车上的东西,有时是豆饼,有时是糖渣,有一回是咸菜疙瘩,弄回家几斤,洗净,又蒸熟,虽然咸,但是能活命。

四叔缓过来有了精神,父亲就带着他来到了运河大桥。雨突然"噼里啪啦"地砸下来,父亲就夹着四叔的脑袋往桥下跑去避雨,虽然肚子还是那么大,但是四叔喊出的带有哭腔的话是这样的:哥——哥,我——饿。父亲来回地寻摸,看看周围的确没有可以食用的东西,尽管他同样也是饥肠辘辘。桥下有人吃剩下的田螺壳,父亲就找来石块,把壳砸碎,把里面剩下的田螺屎捏出来,送到四叔嘴里。桥外面的雨很大,但是更吸引人的,就是那堆田螺壳,父亲躬着身子去砸,四叔伸着嘴去吃。

再次从堂屋里走出来的时候,可能是十年,也可能是十五年后。时间就是时间。有时候时间是这样的,它意味着,这个过程中悄然消失了几个人,然后突然出现了几个小人,别的东西没有变化,譬如堂屋和堂屋的方向,猪圈、那几块地里种的庄稼的品种和家族里埋人的地方。

四叔干活很卖力,总是把吃奶的劲用在伺候庄稼上,我觉得他对待土地和庄稼有着一种令人难以相信的痴迷:比如他可以早晨带一桶水和干粮出门到地里干活,一直到天黑才回家；比如，他干完自己家里的活，还会抗着一把锨，到处去开荒，别人看不到的地方，会有他奇迹般地辟出来的一小块土地，他在上面种上小麦、冬瓜或者辣椒等等乱七八糟的作物，没事的时候，他就去查看一下，用锨东锄一下，西锄一下。

常年这样。四叔拉一张长平板车去车站和别的地方拉货，这当然是在地里不忙的时候，他带上一大桶水和干粮，欢喜地和别人上路了。我知道这种活需要力气和牲畜一样的耐性。车是改装的，前后需要加长，轮子比一般的农用地排车要粗很多，因为拉的货都很沉，比如成吨的电线、钢筋或者水泥和水泥制成品。他和他的伙伴们都是那样的姿态：低着头，前倾着身子，一步又一步地坚实而努力，喘着粗气，黑黑的脸上滴下硕大的汗，搭在脖子上的毛巾是灰黑的，露在外面的小腿很粗壮，青筋暴露。

即使是在条件稍好的时候，四叔吃的，也多是干粮、咸菜和白开水，有人说：老四，喝点酒吧；有人说：老四，要碗鸡蛋汤吧。四叔往往都摇头，他大口地吃干粮，笑起来，说这不很好吗。他吃饭的时候，腮上的肌肉很紧张，活动的幅度很大，他吃东西的样子一直不雅，像是别人要抢一样有种紧迫感。

我从来没有吃过四叔家一顿饭。四叔对粮食的庇护有些让人难过（父亲对此理解更是如此）。那一年，堂弟结婚，他到城里来报喜，到二大爷家去时我领路，夜里，他在后面，我在前面骑车，他突然停下来，说：乖乖来，你长这么大还没吃过四叔买的东西呢吧？我给你买串糖球吧。我说我又不是孩子了，况且我也不喜欢糖球。他很倔强地买了两串糖球，塞给了我。那两串糖球，我放在了二大爷家里。很喜庆的糖球。糖壁又薄又亮。

很突然，四叔就倒下了，当时他说他头晕，堂弟用地排车拉着他去了邻村的医院，但是到的时候，人已经没有气息了。再后来，他就躺在了自己家里的堂屋里。家族里的人聚拢过来时，四婶已经哭得一塌糊涂。后来，很多人开始回家。我和六叔、谷子叔为他守夜。

他49岁那年，躺在了没有阳光杀进来的堂屋里。外面，那些去了头穗的稻草和麦秆，在守候着他。他的身下，是一张破凉席子，不知道温度和他小时候睡觉时身下的那张，有没有区别。

有没有区别，也许只有他自己知道。

水的七日

第一块沾着野草的湿泥块砸下去的时候，小雨开始有些滴答。同时，这个动作出现的同时，我的两个堂哥声音哽咽，向着土地的伤口，向着这不到两平方米的深挖的裸露之处，从胸腔里发出低沉的呜咽声。这是夏天的正午。稻田里储满了水。这是个雨水过多的年份，稻田里储满了令人绝望的水，这让那几个挖开这块土层的人们显得笨拙而无奈，他们在稻田里蹚来蹚去，渴望寻找到一个准确的位置，并在那里斫开一个能下锨的地方，用了一个上午，出现在他们周围的，是一个深坑和一个圆的凸起的泥块的墙垒，那个圆的中心，就是我二大爷最后安歇的地方——在经历了两个多月的病痛之后，在他去往新疆二十多年之后。圆，他出发的地方。他回来的地方。一个圆圈。很圆。就像是这几个人努力挖的这小块土地的形状。他们的努力非常成功：在小雨打下来的时候，石棺顺利地被盖上。上面，开始覆盖一块又一块的泥土。

我曾经好几次来到那个气息浓浊的地方，在我成人以后。这不是很愉快的经历。

那些我熟悉或者不太熟悉的人们,从这里被送到另外一个陌生的世界。之前,在这个气息浓浊的地方,我知道自己搀扶着的堂哥,泪水同样无可遏止,气势汹涌。20分钟,解决的办法就是逝去的人被放在一个大铁毡上,被推进去,推到火里,熊熊燃烧的那些火焰让模糊的眼睛更加模糊,再次看到的时候,是余烬一样的东西。余烬会被深埋进土里:入土为安。"回家""回家",这样的念叨是必须的,缓慢地走着,两边是树木——静立;然后是草——趴伏着,然后是我和家族的弟兄们的姿态,像草那样趴伏着,大声号啕、小声地啜泣或者沉默。忙事的人们显得郑重而且诚恳,他们把目光放到人群的后面,希望每一张面孔上都缀满谦卑的基调,当一张矮桌上摆满了僵硬的家畜、酒水、燃着的香和蜡烛时,我感觉那个正午压抑而闷热,一种空蒙的气息布满了稻田地。

七日之后,雨水很大。在更远的地方,在干燥而寂静的一扇窗户之后,我看见这些张扬而奔放的雨水冲刷下来,打在这个世界我能够看到和不能看到的地方:房子上的青瓦、水泥路面、飞驰而过的汽车、一张被阳光暴晒过的旧报纸、一把漂移而过的塑料伞。七日之后,稻田里的水会更加壮大,这意味着,那些深埋进去的骨殖,将被重重包围,被水和水中繁衍的虫豸、肥料、泥浆,慢慢灌入和渗透,直到一切凝结为一体,然后,阳光平静,鸟声雀跃,风从那边更茂密的地方吹过来,将这里的气息改变而为澄明,过去这个夏天后,下面就是秋收忙碌,是冬季晶莹,是春天浮动,在这样的轮回和运转中,凭借着自然的因素,我们将会逐渐忘记田地里曾经出现过的伤口,尽管,最初的挖掘,是那样的鲜艳而触目惊心。

早在这之前,我知道,土地掩埋了很多东西,伤口一次又一次地被扒开,然后掩埋,这种过程,在那些地里荒芜的时节一遍遍上演:用耙和犁,把土层掀开,埋进去作物的种子,这样的掩埋重复了上千年,或者更长,这些掩埋种子的双手勤奋而艰辛,从这种挖掘和掩埋的重复中,他们度过了一生,直到有一天,他们自己也像一粒干瘪的种子一样被埋进去,被土地的伤口所覆盖,只不过,种子在合适的阳光和雨水里,让自己以嫩芽的形式获得更迭,欣欣向荣或者生机勃勃,而一代又一代的人们,却从此销声匿迹,天涯永隔。我们看不见土地的深处,那些一层又一层的掩埋里有着什么样的秘密,我们看到的,只是春天里的绿意葱茏,野草硕大。

我渴望阳光照耀,在我们年轻的脸上。我渴望阳光照耀,在所有水土丰茂、鸟雀显迹的地方,在这种照耀里,我们上路,精力旺盛,气血充盈,微笑、咳嗽、辛苦地劳作或者无所事事,而在周围,春天的花朵爬上阳光下的篱笆,然后向着太阳的方向,挺立着歌唱,这些从泥土里钻出来的东西,有时候会让我大吃一惊,我看着这些白色或者紫色的花朵,脑海里出现了那些火焰以及火焰后的余烬和泥土,沉浸、蠕动、飘逸和飞散,当这些花朵在风中歌唱的时候,我不知道,这会不会是那些先人的骨殖,在经历漫长而耐心的等待后,以这种令人惊喜的姿态做默契的呼唤。春天,更多的植物从土里钻出来,各种形状的花朵在阳光下和我们一起沐浴和呼吸。一切都已经结束,一切又都正在开始。活着,或者死去。植物或者动物。

寻找水,更大的水,在近处的池塘或者远处的河流里。当覆没过头顶的巨大的凉意让我知道自己是在潜入到更深处的时候,我的四肢在触动泥浆和水草根部的同时,被一种深深迷醉的情绪所感染。在水里,洗去尘埃,清洁身体,我们这些散发着浓重汗味的躯体,并不是为了一场宗教的仪式而将自己埋进水里,我们只不过就是因为热或者肉体上的土垢而跳进水里,在那里,我们不过是像先前(或者先前的先前)的人们一样,习惯地搓着自己的身体,习惯地享受巨大的疲劳和麻木后的清凉,这一切,都不过是生活的一个简单得不能再简单的细节:从水里走出来,上岸,回家,走过的那些有着土包或者没有土包的地方,我们不过是在表示,没有什么,我们和先前的那些人还在一起。在水里,在土里,在烟尘里,在吃饭的碗边上,在一扭头看到灯光后撇开的嘴角里。

相同的季节,相似的气候,同样的命运远没有结束。时间在收获着一切,也在窥视着一切。这种窥视不会结束,我是说,在那里,我们不会因为明白这种窥视而停止手里的活计,停止我们因为本能而高涨起来的卑微的欲望:婴儿出生、成长,玩着大人们永远不懂的游戏。(在那里,同样的命运远没有结束,而崭新的故事却重新开始。)黎明和更多的黎明,在这样的游戏里一次又一次地绽放,这种绽放,穿过风,穿过水,穿过大雨的击打,让我们看到,更多的七日之后,伤痕敛迹,庄稼茂盛,土地深处的那些黑暗的记忆,正在成为阳光照耀下花朵的歌唱。活着,或者死去。植物或者动物。

虚无的心情记忆

听，蝉叫了

那一次，我见到了城里人，是满坡的草和树都绿到极致的时候。

太阳爬上来了，露水还没有消退。经过的地方都是湿漉漉地，裤脚，鞋，都沁进了露水，但这并不防碍脚步的行进。穿过树林的时候，可以看到槐树和槐树上的疙瘩，疙瘩下面，静静地趴着的，是空了的蝉壳，在上面不远的枝上，一只颜色如新葱的虫正在等待晾干身体——而余下来的时光，大把的时光，这只虫将倾尽所有的力气歌唱，一遍又一遍，一天又一天，直到身体变得发黑。如夜色那样黑。（据说，这种虫子在地下能呆六、七年之久，这意味着我们不过比它们多活两万多天，当明白这一点的时候，面对它们声嘶力竭的歌唱，我甚至有些羡慕，有些失落。）

就在看到那些蝉壳的时候，城里人来了。他们从运河的那岸过来，开着"嘟嘟"叫的"电驴子"，"电驴子"停在了河堤上，他们站着，一溜排开，他们掏出了气枪，将放羊人逼到树下,一个人看着,另外的人就用气枪照着羊的头打去。

运河的水是南北流着的。水开始很茂盛,如同长了一层绿膜,巨大的绿膜。开阔的河岸上满是柏树、杨树和槐树,在八岁之前,我无数次来到这里,和伙伴沿着河岸往南走。南边的草长得更密,树更高大,不知名的鸟更多。在八岁以前,我沉浸在这条河美丽的视野里,我和另外一些孩子一样,笨拙,包含土腥气,满眼散淡,直到来了那几个城里人。

第一次,羊的血染在了阳光下的沙石路上;第一次,听到羊的呼喊是那么凄惨。我们被勒令站在那里。在初夏的时分。突然之间,我听到了蝉叫,那种声音,开始是孤单伶仃,后来如波浪翻滚,再后来则气势恢弘,从远处的树林深处,从运河的那岸,然后是这岸,是身边高大的槐树。

"咿呀——咿呀——咿呀"。这声音从一只小虫的体内发出来,是多么的不可思议。我浑身上下,只剩下了悲伤的耳朵,那些城里人怎么把带血的羊装上了车,那放羊人是如何的卑微,是后来伙伴给我描述的,而在那一段时间,我只有单薄的耳朵还在活着。

纯洁而悲伤的耳朵。我在听全世界的蝉,在一个夏天的上午鸣叫,鸣叫。

"咿呀——咿呀——咿呀"。

听,听呀,那些蝉叫了。

绿小孩

排灌站,就建在运河西岸的坡下面。这里是一个大院子,大院子里住着一些神秘的人,那里面的人,面色白皙,吃很白的馒头。院子里有一棵高大的核桃树,还有几棵叫不上名字的大树,上面攀爬着粗粗的藤蔓,悬吊着的,是丝瓜。绿色的,很大,很长。

水先从一个排灌口里喷涌而出,"突——突突——突突突",这是水往外排的时候发出的有规律的声音,然后是第二个,第三个,当所有的排灌口都肆虐地放纵时,声响是骇人的。盖子就在水的上方顶着,仿佛随时都会被一股巨大的力量甩出去,甩得远远的,"砰"地一下,在地上砸出一个坑。

一大池子水,水面上满是白色的泡沫。泡沫在迅速地壮大,又慢慢地溃散,我们脱光了衣服,跳进去,开始和泡沫做亲密的游戏,在这个过程中,有人会有新的发现,从运河里吸进来的鱼,被巨大的流动击昏,弹出来,就会有喜悦的手上来抓。大鱼,眼睛睁着,身上伤痕累累。

胡家洼种了很多年的稻子,全靠从排灌站里提上来的水浇地。从这个池子开始,长长的大沟就连接到了每一家的地头上,到了灌溉的密集点,地里有好多农民,扛着铁锨开垄铲土。在这个时节,我们则蹚着大沟里的水往南,眼睛盯着水里所有的浮动和漩涡,这些形状下面,可能是一条鱼、蛤蟆或者水蛇。

那个夏天,在拐弯的地方,我们看到一道水泥闸——整个大沟上有好多个这样的水泥闸——走到第三个闸门的时候,我们看见了一个绿色的小孩,光腚孩,头朝下,被压在了闸门下,不知道多长时间了,身上有泥,看上去是那种很深的绿色——我们都吓得纷纷上岸,逃回了家。

大雨倾盆而下。在夜里,一场大雨浇在了村子上空,轰鸣声绵绵不绝,我想着大沟里的那个绿小孩,他或者是她,从哪里来,没有人知道。

到处都是水,绿小孩和受伤的鱼一样,趴在沟里,更多的水从天空降下来,淹没了一切。绿小孩,背对着我们,就那样消失在另一个世界。水的世界。大雨的世界。

天空下,花儿都开了

(妈妈,花儿都开了,油菜花、喇叭花、紫球花、蝴蝶兰、蒲公英、马鞭草、猪笼草、波斯菊,都开了。妈妈,花儿都开了。我看见,天空下,都是五颜六色的花儿。它们都开了。妈妈。)

轻轻地,小红用手扭我的耳朵,我就往一边躲,笑声回荡在屋前边的树林里,"咯咯咯"地,一次又一次,我甚至觉得自己太不够调皮,否则小红姐的手会有更多地可能靠近我的耳朵,温热、貌似严厉而内含关切。

"啪"的一声,铅笔尖又断了。开始"嗤嗤"地用小刀削剐所剩不多的铅笔头,一下,一下,动作尽量地缓慢,风从树林里吹来,书本从小桌上掉下来,用手去拣,就看见一支崭新的铅笔伸了过来——小红姐从书包里掏出来一支新铅笔，她说我不是用铅笔写字，而是吃铅笔。而在这之前，我已经用很快的速度"吃"掉了好多的铅笔，包括书籍和本子，它们在我书包里总是很快地皮破瓤烂了——而小红姐的书本总是干干净净，整齐严肃。

正屋里靠北墙是一张八仙桌，八仙桌后面是长条几，黑的漆面，上面是洗干净的瓷杯子。墙上面，挂着三个大镜框，每个镜框里都装着很多照片，父亲当兵时的独身照、和战友的合影、母亲结婚前和别人的合影等等，都是一样朝气蓬勃的神情、朴素而略显寒酸的衣着、印有时间和毛主席语录的凸起的字体。

眼光掠过这些东西，我看到最高的镜框上面，三束红艳艳的绢花——那是父亲从城里带回来的，母亲把它们洗得干干净净，插在了镜框上面，很美，整个堂屋里显得很美。绢花被我看了好久，我在想着小红姐给我的新铅笔，我想把花儿送给她。我想着她拿到花的时候一定是笑容绽开，白皙的面庞上露出更白的牙齿，那是我希望看到的好看的牙齿。

在一个午后，没有人的午后，我像个贼一样，在条几上摞起了椅子，心跳得"怦怦"响——我拔下了一根玫瑰样的绢花，用水洗干净后，藏进了书包里，飞一样地跑到了学校。

老师是从什么时候开始讲课的我都没有注意，一直想着的，就是书包里的绢花，盼望着下课休息，想着什么时候用什么样的理由把花送给小红姐，别人看见怎么办？她不要怎么办？一次次地把手伸进书包，仔细地摸摸，花儿还在！花儿还在！

因为没有机会，绢花在我的书包里藏了三天。看不到小红姐漂亮的牙齿。我很沮丧。

小红的妈妈从南边的井里挑水，扁担一颤一颤地从我身边走过。我看到她微笑着从我身边走过，喇叭花在她身后的墙上开着，像是想吹奏什么，向着太阳的方向。听大人说，小红姐的爸爸又找了个女人，有人看到小红的妈妈在村子的池塘边上哭泣。但是现在我看见的是她微笑着从我身边走过，我不明白的事情还很多，我只是看到了微笑和绽放的花朵。

那个下午，我背着书包的下午，书包里还藏着那朵绢花。我看见小红姐家门口挤着很多人,都在那里议论纷纷。我从人群中挤了进去——我看见院子里一块凉席上有一个人形的东西被白布盖着。大人们说,下午有人借东西发现小红妈妈就那样倒在了厨屋里,身边有个空瓶子,人已经都快凉了。我看见小红姐跪在地上,满脸都是泪水——我背着书包和书包里要给小红姐的绢花,从人群挤出来,飞快地往家跑去。

独自一个人,我飞快地跑过大沟、台前地和满是油菜花的洼地,我看见野地里所有的花都开了。五颜六色的花儿,在太阳底下,它们向我招手——我来到河边,从书包里掏出那支绢花,扔了进去——绢花先是静静地在水面上躺了一会儿,然后慢慢地下沉,不见了踪影。天空开始变得灰蒙蒙地,然后夜色降临。

我背着书包回家了,妈妈问我去哪里了。我说:妈妈,我看见那些花儿都开了,五颜六色。

都开花了。妈妈。它们,开花了。

花脸

那个孩子从演戏场里出来,没有把花脸洗掉,而且还穿着台子上表演时的长袍子,他当时要到他姐姐家去,这一段有 400 米的路程,成了他的表演舞台。

他的脸,是黑白相间的道道,眉毛吊上去,眼睛就显得非常端庄且正气凛然,当双眼大睁着时,看得人心里直发憷。他的步伐,还是唱戏时的标准姿态,一支脚抬起,外撇,停留,缓慢地放下,然后是另一支脚抬起,嘴里唱着的是包青天要铡陈世美时的决绝与慨然,这种蓦然降临的形式让所有的人都仿佛在做梦,人们能够做的事情,就是跟在他身后,远远地,用自身色泽单薄的衣着来映衬这孩子的辉煌和富丽,或者用自己的胆怯和害羞来照亮他一身的豪迈和果敢。

声音是高亢的,且中间有起伏跌宕。这样的声音鲜有出现,而真正出现的时候,就具有了不同于日常生活的特点和味道,听到的时候,是这样一种感觉:仿佛是一条快要干涸的河流,突然灌入了浪头猛进、清澈活泼的异样水流,很多东西被冲得稀里哗啦,断枝残叶,一地鸡毛,都在这冲决中被荡向远处,最后满眼里,都是这新鲜和活泼,塞满了整个河道。

花脸。一种被油彩涂抹后的造型。这意味着在他没有上台之前，也就是还依旧"光"着脸的时候，一定没有这般神采飞扬，他或许和那些在街角旮旯里的小屁孩们一样，拖拉着鞋流着鼻涕没肝没肺地乱跑，在大人们的咒骂声里，从街道的一处逃向另一处，脸上，是汗迹和尘土堆积后的样子，脏兮兮地。

但是，现在他的脸因为被油彩涂抹，就一下子远离开那些小孩子的群体，而成为街道上更为明亮的一种存在，这存在，包括花脸和唱腔，也就是说兼有着形式和内容，从而让他具有了一个人缓慢地通过街道而没人阻止和靠近的资本。

不知道是从哪里来的那么大的热情，让他能依然保持着从台子上下来后的情绪和标准的动作。这个时候，戏班里的人们正在向另外一个方向撤去——在下午的某个时刻，他们呆在一个院子里喝水，然后等待着晚餐的开始。这个从外村来的小花脸，因为这里嫁过来一个姐姐，他要在这个空当里去要点吃的，就像他一蹦下台，发出的那道长腔——列位，洒家饿了！当！戗戗戗！

他说他饿了。这在冗长的戏里是不会出现的台词和问题。那个时候包括在 400 米长的这条街道上，都没有出现这让人忽视的生理问题，从来没有见过一个花脸在台上甩开腮帮子啃馒头的情形，一切，在那里都是那么空灵和飘逸。激动的锣鼓家什，飘飞曳动的衣袂，生旦净末轮换出来的素净的面容和神态，让那些坐着或者蹲在台子前面的人们，都有着一种深刻的距离感和欣羡的神色，对于我们而言，生活永远不会出现这些油彩的覆盖。花脸，不过是个华丽的梦。

人们近距离地看这个孩子从面前走过。靠在门框上，或者坐在门前的石头上，目不转睛地看他。这场街道里的表演，只存在看者和被看者：一个人忘情地投入角色，一群人傻呵呵地忘情地看。当这个小花脸就要接近他姐姐的家门时，他看到的是一把大铁锁和两扇漆黑的大门，那上面的颜色，和他的花脸上的颜色差不多，这让这个小孩在一瞬间盯住了门，唱腔戛然而止，只有两边的颜色定定地相望，有些跟在不远处的同龄的小孩子，甚至发出了邪恶的笑声。

雨水瞬间而下。很多人反应过来后，第一件事，就是急匆匆地收拾院子里铁条上晒的衣服，好多人一哄而散，用手抱着脑袋往家里跑去，很多门在急促的脚步声后发出"啪啪"的关闭声,刚才还静穆而庄重的街道,顷刻之间,被急促的雨滴声所占领。那个小花脸,再也没有发出声音,他站在仅有的一小块挡雨的屋檐下,手足无措。

那个站在雨中的小孩,脸上已经模糊成了一道又一道的乱糟糟的黑水。有人看到,这个小花脸,在走过这一场不长的舞台后,在雨水打下来而无处躲藏的时候,一下子冲到了大街上。

在雨中,他对着天空,对着近处的墙头和房屋,高腔一顶,他唱到:

——包龙图…打坐…在开封府……

遥远

声音总是很单纯。早晨、或者是午后。声音是一个女性发出来的,有着女人的轻柔和温情,她在喊:香油果子——卖来。这个时候,往往是早晨,也就是中午饭还没有到来时,这种喊声极具有诱惑力,早晨吃过的简单的饭食,没有撑到预计的时刻,就开始感觉胃肠一阵阵地蠕动,这其实是一种最为卑贱的需求,人们总是渴望会有更为可口和丰盛的东西摆在面前。至少,在这种诱惑面前,最顶不住的是孩子们,尽管知道这种奢侈的东西根本不可能入口,还是有一些孩子跟着这个妇女的筐子跑上很远,看着这油黄黄的东西,多咽几口唾沫了事。

没有风,空气清凉。这种印象好像非常遥远,但是却那么清晰,至少在我见到的那个卖油条的女人的时候,就是这样的,她通常穿得很简朴,但是干净,用一条扁担担着两个筐,颤悠悠地,从一条街上转到另一条街上,通常,喇叭花开放,壁虎静静地趴在墙上,这声音传过来,是从一片树林里,传到院子里,然后是窗户,最后是床前,那时候,我或许正在一场高烧后或者感冒中,正懒惰地赖在床上,这样听着,就觉得非常遥远但是亲切:香油果子——卖来。

而戗剪子的那个人,声音总是很沧桑,一听就知道是个老头。他喊着:戗剪子来磨菜刀。同时把一条凳子摆在了街口,凳子上绑着他吃饭的家伙什——磨石,一条又大又厚的石头。他的喊声镇静而自信,缓慢而悠长,他几乎不看人,只是这样一边喊一边往地上摆东西,当所有的东西都摆齐了,喊声也就结束了,这也意味着开始工作了。老头是那种长相精干的人,细致、缜密,有着职业精神。老头选择的地方,往往非常开阔,这是饱有经验的人才会选择的地方,开阔意味着他的视野能看到顾客来的方向,还有一个问题就是:这里能够站满来看这项工作的人们。往往,他一个人细致地打磨铁件,更多的人在看他。所有的景物:树木、柴垛、牲畜和飞奔而过的小孩,都成了他舞台上的布景,而老人,就是这个天然舞台上最重要的主角。他的歌声就是那始终不变的一句:戗剪子来——磨菜刀。然后就开始表演,内容就是在演绎这句话的含义。

后来。很多时候,再也听不到这种声音了,也就感觉不到那种遥远,以及这遥远背后的悠长和难忘的场景。现在,一切声音都是那么近,近在眼前、耳边,左手和右手,毫无商量,突然袭来。车辆的啸叫、机械的转动、商场里的人声鼎沸、一个又一个会议的强硬和压抑。所有的,这些都如同没有道理的填埋,让人身陷其中,却感觉不到质地和声息,联想不出人物和场景,有的,只是模模糊糊的人的沙漠般的影子,干涸、躁动、无望而又匮乏。

单纯的声音,会让人一下子感觉到遥远。那个时候,会有一种渴望,渴望推门而出,在阳光纯正的街道上出现,没有人,或者会有某个一闪而过的身影,没有风或者风很轻很轻,远处的房顶上,瓦片干净,这时你会发觉那声音还在远处,会隔着好几条街道,那么亲切,像是一声又一声地召唤。你走着。不急不慢,这就是这种声音的节奏,(不会像现在那些街头小贩的急切和过度"热情",充满了职业性的虚伪和狡诈。),虽然是在告知,但是这种告知里充满了期待和自信,只用这简单的一种固定声音,它告诉你的信息却是:我在这里! 我在等着!

这种简单而充满了距离感的吆喝,会让我有一种渴望寻找和奔去的念头。寂静的村庄,为这声音提供了足够大的空间,外面的消息,会伴随这声音来回飘荡,对于那些小孩子,这声音在寂静的世界里已经足够诱惑,尤其是当日子冗长内容乏味的时候,这突然而至的吆喝声,可以描述出来的心情是激动,是一阵又一阵的激动。也许,仅有的那几枚分币,早已经攥在了手里。用它们,所换取来的,不单单是一棒糖稀、几粒米球,或者是漂亮的玻璃弹,更多的,是这个过程本身,是一场极富有张力和内容的欢乐盛典,有时候,仅仅是站在那里看这些东西本身,脸上,就已经具有了节日般的金黄色彩,一种富足的颜色,弥足珍贵。

我喜欢单纯的东西。实际上,在那个时候,我有一个从来就没有说出来的梦想,那就是,长大以后做一个补锅人。这样的梦想,因为已经开始有了小小的虚荣而从来就没有说出口,但是现在,一想到自己藏在心里那个遥远而单纯的梦想,滋生出来的,是些许温暖而又幸福的感觉。

某一次,夜深,在城市里的居所,没有睡意的寂静时刻,突然从街上传来一个妇女的声音:糖球来——简单的吆喝。那一刻,仿佛突然感觉到了那种遥远的声音,又从那些寂静的街巷里,从那个时代里,从岁月的深处,一点一点地苏醒过来,立刻想到了太多的场景:树木、柴垛、突然跑过的身影、房顶上干净如新的的青瓦。

当然,那个深夜,突然传来的这声遥远而简单的吆喝,是在这个城市睡着的时刻。遥远地,在那个地方,灯火通明中,城市在睡着。我们在睡着。

孤独

车辆很多,一辆过去了,又一辆驶过来,中午的太阳将车身照耀得让人窒息,整个街道都是这样。让人窒息。街道的路肩往路里面 40 厘米,是下水道箅子,长方形的,他就蹲在那里,整个世界,就是一个下水道箅子。他面对着它,整个脸有很长时间都是这样一动不动,一动不动,他的脚下,是不远处一个超市搞活动时收集来的宣传单,很多明星的或者非明星的照片都印在了上面,微笑的、深沉的、摆酷的、穿西装的、露乳的,都堆在了他脏兮兮的鞋下面。他非常有耐心地撕这些印刷品,他一缕缕地撕,然后把这些缕状的东西往下水道里塞。他是个耐心得有些神圣的人,长乱而且脏的头发下面,是一张年轻的面孔,那面孔没有一丝的悸动,平静得让人怀疑。他做这些事情的时候,远处的一个小商店门口,一个老板娘正在"啪啪"地打怀中幼儿的屁股,树阴下一个中年男人正对着手机咒骂,36 路站牌后面,一个老人提兜里装满了蔬菜和鸡蛋定定地往北看,老人身后,一个穿着网状黑色丝袜的小女孩正沉醉在她的 MP3 里。而这个年轻的蹲在那里的人,谁都不看,他在看面前的这处下水道箅子,而除了我之外,谁也没有看他,我在看他耐心地,寂静地,以一种固定的动作,将手里的精美印刷品,一条一条地撕成了缕状,然后塞下去,那个动作,就像农民在地里插旺盛的秧苗。

饭店,是个很小的郊外的饭店。下午两点,人群稀少,饭店的门开着,里面的吊扇没有人关,"呼呼"地,有风刮在门框上的皮帘上,旋出"啪啪"的响声。饭店里的小桌上,趴着一个身穿红衣服的女服务员,她脸朝下,睡着了,一支苍蝇拍,就在小桌的头上搁着,可以看见,苍蝇拍已经烂得光剩下边框了。小饭店外面,法国梧桐下,同样是小方桌,上面是一副好像打了一半的麻将,四个小凳子都在,没有了打麻将的人,其中一个小凳子就被那个微笑着的家伙坐着。他长着的是那种标准的"国际脸",脸型扁,眼睛通红,嘴大而圆,看人定定地,一瞬间露出让人崩溃的笑容。他一个人坐在那里,举起一张牌,转向自己的脸,看看,"啪"地往桌上一拍,很迅速地害羞一笑,又摸上来一张——十米外,是一个修鞋的摊子,一个戴着花镜胳膊上套着袖箍的中年男人正在细心地用针去扎一只女式高跟鞋,那个来修鞋的女人,把光着的脚放在穿鞋的脚上,很仔细地观察修鞋的过程,十米外突然传来的"啪"的一声,引起了她的注意。女人回头,"国际脸"又完成了一个动作:他迅速地害羞,摸起了一张牌。一个手气极好的家伙。微笑。

有很长一段时间,他几乎就要够着了。他努力地用一把长竿子,一次又一次地往上戳,但是因为个子太矮,他最后放弃了,把竿子狠狠地往地上一摔,"吭"的一声,显得非常地愤怒。这是公园里的一片树阴处,这是一棵核桃树,很高,长了很多年的一棵树,从某些角度望上去,能看到顶端几个小瘦核桃让人哀伤地支棱着,这个戴眼镜的中年男子在儿子面前,有着一股毫不掩饰的正义之气——他要战胜这几个瘦核桃。石块,跑到远处拣过来,往上面扔,一次,又一次,石块砸在树枝上,又掉下来,就用装着水的矿泉水瓶子,扔,用力地往上扔,因为用力,脸上流下了汗,眼镜往下滑,用右手的食指背顶了顶眼镜框,继续这份努力。终于有一个小核桃掉了下来,一阵惊呼,和儿子一起抢地下的果实,然后继续往树上望,看掉下来的到底是哪一个,当看明白了情景,这男子,用力系了一下腰带,又拣起了地上的瓶子,脸,呆呆地,仰着,露着大门牙,过大的镜片,让他的眼神显得非常模糊。他是一个有战斗力的人,至少,在面对这几个无辜的核桃时,是这样的。

他们困守在一间不到20平方米的房子里,小的高低床就在左边,右边是他们活动、喝水、近距离走动的地方。八个孩子,一个在床上躺着,几个月,唇腭裂,有一段时间她哭泣,下边的褥子尿湿了,护理阿姨过来给她换上了干燥的,然后,坐在一边看着另外从一岁到八、九岁的这几个孩子。孩子们起初很沉默,到后来依然沉默。交流是很费劲的,往往一句话都掏不出来,除了一个下肢有点跛脚的叫牛牛的孩子能发出动静,叫唤上两声,另外的孩子,多是在自己的世界里玩,反复地抚弄手里的纸片、线条、玩具娃娃,或者看着窗外的阳光,即使彼此有些摩擦,也是声息悄然,短暂而迅速地解决。拿过来的花花绿绿的糖果,每人一个,有的吃了,有的紧紧地攥在手里。这些孩子。阳光透过窗户,打到他们稚嫩的脸上,他们的眼神有着深刻的无辜。他们残疾的肉身。他们的心灵。那个下午,菜是炖烂了的茄子,一人一浅碗,两个很小的馒头,有的很快吃完了,就舔舔碗边,去看别人的碗。因为怕他们晚上撒尿,所以不能多吃——这是解释和说明。

他从很远的地方过来,从贵州,那里的山区,一个很贫瘠的地方,来到这里,在30岁的时候,这个人,坐在一间屋子的长椅上,和我隔着两米,中间有一张桌子:我们说话。更多的时候,这个胳膊上满是针眼的男人,有着沮丧的表情,他把穿着拖鞋的脚一次次架起,又一次次放下。这个男人,用南方特有的普通话介绍着自己:从生活艰难的童年到日进斗金的生意,再到沉迷于那种特殊物质的时刻,他走来走去,其实就是在逃避这样一种东西,直到有一天,他来到这里,获得了暂时的休憩和安宁。疯狂的人们,和他有过一样经历的人们,现在就在这座楼上,昏睡、吵闹、做紧张的哆嗦、或者像死人那样静坐。这个经历丰富的男人,在这里渴望岁月的停留或者逝去,他用一张南方的胃,来适应北方特有的空气。在这里,他想起南方的山水,想起某个姑娘,那些曾经活在他心中的东西,如今非常遥远。在这里,他面对着一重又一重的铁的栅栏门、北方的饭菜、不熟悉的硬琅的语言。他瘦小的身材,走过一道长廊,就像微小的尘埃,突然消失在某扇墙后。门,在瞬间"咣当"一下,一种非常浓烈的药味充斥在这座三层楼的楼道里,淹没了进入这里的人们。

中年女人从门外走进来,她有着一张标准的母亲的脸:隐忍,宽厚,对事物的强烈的慈悲心理。她,面对着我。一个母亲。一个三十多岁的男人。在这之前,她用电话对我倾诉,她知道我的名字,再见到时,有激动和期盼,她用很长的时间向我倾诉,仿佛我就是门前的那棵树或者一棵莫名其妙的植物。那个时刻,她把一年多没有说的话都对我说了,然后就是泪水,汹涌的泪水。在这之前,她是站在小吃摊前,用一个又一个太阳的升起来坚持自己生活的信念,直到那一天,她多年的积蓄都被一个人席卷一空,而那个人说要给自己没有工作的儿子寻找出路:这是一个标准的善良而愚昧的母亲。奔走、苦告、到一个又一个的有标志的部门寻求帮助,都是一场空。这个已经走了太多路的母亲,站在我的面前,一次又一次地站在我的面前,而我所能做的,其实就是倾听,直到最后一次,这个母亲把泪水擦干,她说,所有的这些,她都没有对家人说过,但现在,她把这些都告知了我,最后什么都想通了,明天的生活还会从她支起的早点摊子前开始。她的告别就像是她的到来,只有曾经的倾诉,还在耳边,现在,这些都在一个秋天随着一个母亲在落叶中的离去而渐行渐远。渐行渐远。

绿地上的小孩子,用一种近乎放肆的声音在喊叫和哭泣,总是有人上来安慰与呵护。另外的群体,整个晚上都在以一种动作,重复着所谓的舞蹈,这种动作,其实就是四肢乱舞、身体颤抖,外加因为备受注目的惬意和自豪。很小的很陈旧的那种录音机,在地上放着,一个脸上明显抹过粉脂的穿着得体的老大妈,站在队伍的最前面,做标准的示范和引领,后面,是大众的队伍,尽量配合着单调的动作和姿势。向前、向后、向左、向右,踢腿、下腰,一二三四。出来了,吃得肚腹鼓胀,站在一边,看,然后尝试着进入,看别人的姿势,开始像一个孩子那样靠拢队伍,脚上套的是拖鞋,上面,还有的穿着一个大裤衩子,然后,就那样一遍又一遍地重复这莫名其妙的动作。更多的人,坐在光滑的大理石花坛沿上,看,抽烟。不远处的木槿树下,小摊前摆着两个圆的充气盆,里面放着好多塑料鱼,一块钱就可以钓,不限时间,摊主是个戴宽边厚眼镜的妇女,对路过的孩子特别热情。夕阳已下,视线变暗,所有的锻炼器材上都站着人,"咯咯吱吱",声音叫得很欢,几个民工在一个单杠前比臂力,一个有胡子的男子叼着烟卷往上垂拉身子,下来时甩掉了一支拖鞋,骤然间爆响起放肆的笑声,几个坐在路边的老年人,回头看了看。天气很热。雨水很远。

院子里的无花果,在招展着硕大的叶子,已经像枣一样大的果实在里面隐约着面孔,如同一个不大不小的心事,它的解决要么被人现在摘掉,要么等待彻底的成熟。我父亲在楼下种了两株香椿,一株迎春花,迎春花死了多年,香椿树我只在四月份用钩子和它们打打交道,然后,再不去看。这是我住了二十多年的一个地方——从十多岁的少年,到现在的心事苍老。我从来没有彻底地在这里玩耍或者嬉闹过,我只听到身后的孩子发出率真的笑声。我走过这里,走过那些在门口坐着的老太太们的目光,如坐针毡,我不属于这里,但必须要呆在这里,在四楼一间 79 平方米的房子里,吃饭,喝水,解手,看电视,写作。四楼,很多年没有蚊子,后来,我结婚以后,有了女儿,这些东西也出来陪伴我,"嗡嗡嗡",这声音充满渴望,晚上,我能听到自己右手拍到左手手臂上的声音,而在另外的早晨,我看到窗口趴着的苍蝇,我坐在马桶上,抽烟,镜子上也趴着一只苍蝇。更多的时候,我就这样偶尔站在窗口往外看一眼,仿佛看见我还没长出胡子的那个时候,我从院子外面的马路上背着书包走进来,我的母亲,我的父亲。我和哥哥弟弟在一个房间里睡觉。而现在,我咳嗽一声,只有自己能听见,甚至没有回音,当然,还有那些趴在墙上的蚊子,那几只苍蝇。我的咳嗽,因为抽烟过多而有些沙哑——咳,咳,咳。

花火

春天结束的时候,沿着公路往北走,穿过阔大的铁路桥洞,来到了小学的门口。门的两侧,水泥墙面上刷了石灰,上面用红色的漆写着:好好学习,天天向上。就是这里了——在阳光下,一个戴着眼镜的中年人正捣鼓着一个木匣子,前面,一张白布前放着一张板凳,人们坐在板凳上,神情端正而又吉祥,在中年人的启发下,他们抬头、侧脸、微笑,然后"喀嚓",这个人对着一个架子上的四方盒子往下看,然后说:好了。

好了。然后我们开始了。开始,就意味着以一种特有的姿态站立或者蹲下,面朝阳光,绽放笑容,用那个中年人的话说:要感觉到幸福!我们还不知道什么是幸福的概念。那就想着甜甜的味道。什么东西甜?白糖、蜂蜜、西瓜或者一毛钱一棒的糖稀,我们大多知道这最后的东西是什么味道,所以就笑了,向着阳光,呆起脸,煞白的颜色就定格在脸上,有一个家伙,嘴里露出来的,是一边一个的虎牙,那个样子,就仿佛是被某种东西击中后脑勺后呈现出的短暂白痴特征。在那里,我们都是九岁,永远的,被固定在一张四寸的照片上。

我学会了微笑，并且在独处的时候将这微笑一直保持在脸上。这是一张照片所带来的欣喜，如果一个人在九岁的时候才能第一次发现自己的形象会定格在一张带有奇特味道的硬纸上，这种欣喜一定并不为过，所以我把它放在口袋里，然后又塞到书包里，然后是书桌的抽屉里，到最后又放在手心里。

那上面，五月的天空湛蓝宁静。宁静的，还有我们四个人不再飘动的衣服的下摆，而在这之前，有的正敞着怀，而我腰上的那条绿帆布腰带已经发白破损了，照片却将这一切都遮掩了，只留下四张向着前面微笑且满脸稚气的面孔，还有身后已经展开绿叶的几棵小杨树，但我知道，在这小小寂静定格的四周，当时正发生着以下事情——一队鸭子慢慢扭着身子走过公路下到了池塘里，弹棉花的人在远处弄出了"嘣嘣"声，上课的铃声已经敲了起来。所以，从那个盒子里看，我们一定是以最快的速度跑出了它的限定，就像我们来之前一样，那个盒子里面对的，仍然是一个空旷的校园，还有杨树和砖墙的房屋。

我知道了我的形象，就是从这张照片开始的。之前，大家看镜子，从镜子里能看到自己的脸，这多半是因为要查找些什么，比如灰尘、泥巴或者其他要解决的问题，如果一个人没有什么事情自己拿着小镜子照自己的脸，被发现了多半会听到不怀好意的窃笑。吃、吃、吃。就是这样。吃、吃、吃。发出这种声音的人，会把手捂在自己的嘴巴上，弯着腰，我们有时会在一个人的婚礼上争先恐后地往一个大梳妆镜里看，那最前面的人，就往往是这样的姿态：吃、吃、吃。好像是发现了什么秘密。

一个人看到另外一个人这样关注自己的面孔，会发出这样的声音，但是看到别人定格在相片上的形象却会羡慕无比，这或许是因为，一张已经固定了的画面，更为稳重，更有内容，也更让人发生联想。比如，在我第一次照这张照片之前，我对所有书本或者别人相框的那些影像都充满向往，我想要知道的是他们当时在哪里？那之前发生了什么？他们在想什么？永恒的定格里，充满了太多的疑惑和未知。未知，对我来说，是一个新鲜的世界。

现在，我有了自己的定格。也就意味着我有了向别人展示一个未知的可能。这样，我把这张照片放在书包里或者揣在口袋里的时候，我就有了一种将自己作为未来的遗留向别人展示的骄傲：我坐在一块石头上看大家追一个破皮球，我待在阳光下目睹远处的树木成荫，我跟在羊群的身后寂静而幸福，我奔跑在胡同里能听见外部世界的壮阔和呼啸。我试图再一次地微笑，就像在照片中的那样，想着一毛钱一棒的糖稀，放在了嘴里，然后，把嘴角慢慢地挑上去。我试图再一次微笑，直到，我的面前，站着我的同班同学，那个叫胡方建的胖子。

这就意味着，我在得到这张照片不久后，有了一次背景，有了一个定格的延伸，意味着我将被从这种宁静中拉出来，摔倒在地上。这之前，因为家里卖油条，吃得太胖的胡方建将我本家的一个姐姐推倒在了地上，有更多强壮的身影站在那里，却没有人挪过来，把这两个纠缠的影子拉开——是我最后站了出来。而我站出来的结局，是胡方建的食指离我的鼻子只有一公分，他说了三个字：你等着！

这三个字，我以前常常听到。比如，我叫一个伙伴一起去玩，他会说这三个字，我去邻居家借东西，也会听到这三个字。而胡方建的这三个字非常冰冷，复杂而气势逼人，结果，他就真的站在他家的屋山头上等着我了，没有等我反应过来，我眼里的东西就都倒了一个个儿，最后，他一下子坐在了我身上，我的脸，一侧紧贴着地面，呼吸艰难。

我知道，就像现在我更知道的一样，这就是站出来的代价。一个人，在某些时刻，被某种意识支配，冲动地站出来去把自己的影子挪移到一个地方后，总会要付出一定的代价，而那个时候，我付出的代价，就是脸贴在了地上，身体上面坐着一个胖子，衣服上全是土，被踢的几个地方开始隐隐作疼。

那一刻，就是我呼吸困难的那一刻，我突然看到了自己的照片，可能是摔倒的时候从兜里跌飞出来的，它就像我一样，静静地躺在离我40公分左右的地方，我甚至还能隐约看到上面我一动不动的面容，那样沉着地，看着我吃力地喘息——趴在地上的我在看着照片中的我，照片中的我在看着趴在地上的我。多么有趣的场景！多么灿烂的阳光！多么亲切的泥土！

当然，我的照片没有丢。当然，这是在一切都结束的时候，是人群在叹息和嘲笑中

在旷野中歌唱

离开的时候,我的手里还有那张照片,一切的延伸,就这样发生了,我在一场单纯的战斗中,会被人们认定为一个懦夫,一个笨蛋,一个无能的家伙,他们会在以后的叙述中这样说:这家伙,真无能,让胡方建一下就撂倒了。是的,撂倒了。

当夜晚来临的时候,我突然意识到了屈辱。我带着哭腔开始对妈妈诉说,当时,妈妈正在一台缝纫机前忙碌,"突突"的声音不绝于耳,这中间,夹杂着我断断续续的诉说,还有妈妈没有抬头偶尔发出的"嗯嗯"声。也不过如此了。

现在,我知道了,正像我在深夜里的写作一样,其实,那时的诉说,本身就是一种伤痕。诉说与写作,本身就是一种伤痕。

所以,我不诉说。有很多年,我都会在适当的时候保持沉默而拒绝诉说。我是一个内向的孩子。就像父亲在来的客人面前抚着我的头所说的那样:这孩子! 害羞。然后,就是我的离开,从有灯火的堂屋,我走到了外面,在月亮皎洁的院子里,我抬起头,往上看,身后和远处的声音,渐消于无。

我在那个时候,开始往更高的天空仰望。星光,或者月亮,寂静或者皎洁,这些纯净的气息,一点一点地,一点一点地,被我融化或者吸收,那个时候,我坐在大门口的台阶上,两边是小型的石狮子,我坐在中间,成为黑暗中的一个小黑点,以至于客人从家里出来时叫一声:这孩子! 吓死我了。

吓死我了!这让我获得了一种欣喜。我只不过是一个小不点,小得不能再小了,在他们谈话的时候,我只是在看月亮——他们从灯光里走来,和我在黑暗中相遇,而这些从光明中走过来的人,却说出了这么一句话:吓死我了! 我感觉非常有趣。我习惯在黑暗中静坐,在那里,我能感受到来自于上面和周围的寂静和黑暗的温暖,以至于这种感受慢慢成为我要进入的一个方向,一个习惯——我在人们看不到的地方,守着自己的世界,我自己的世界。

其实,在这之前,我曾经做过一次争执:父亲骑车到姥姥家,一辆大轮的自行车,带着母亲,就只能带两个孩子,而我们是哥仨,这就是个问题。老二留下!这是结论。我抗议的声音就开始尖锐,但是结局是,我的屁股上留下了父亲的脚印。所以,我知道了,有些事情根本就不要去争取,争取也没有用。所以,我不争。我只守着自己的世界。

那个时候,我看到人们在阳光下走动。这是我逐渐熟悉起来的世界,他们走在街道上,走在田野里,走在树阴下,扛着农具或者背着粪箕子,这些东西,就像是从他们身上长出来一个触手或者壳,而它们又是人们勤劳的象征,比如,一个人扛着一架闪光的犁耙走过去,旁边的人就会说:呵呵! 真勤快呀! 呵呵! 这个勤快的人也回答说:呵呵!

　　这是人们交流的一种方式。有的时候,我会看到两个背着粪箕子的人,站在一个墙角前拉呱拉上一晌午,我就觉得他们就是两个背着壳的蜗牛,从不同的方向过来,碰到了,就会很亲密地接触上一会子,神情飞扬有时又很神秘。那个时候,我根本就听不懂人们说些什么,他们的话题范围,对我来说,就是一个陌生的世界,枯燥而单调,但不知道为什么,那些大人们,会常年累月地说这些废话。

　　在酷热的中午,我把眼睛盯在树上,我在寻找一只蝉或者一只星斑天牛,对于我的耳朵来说,蝉的叫声,鸟雀的鸣响,甚至一枚树叶轻轻坠地的微动,都是极有情趣的享受,那个时候,我的内心充满了欣喜,充满了只有孩子才会有的丰富的内质,当清风缓慢地吹袭,我的每个毛孔都绽放在了阳光下,我会保持着那张相片才会出现的笑容,对着绿意盎然的树木,对着趴在那上面的昆虫和在空中飞掠过的鸟雀。

　　所以,在那里,我从来就没有体会到过孤独——就像是我成为一个成年人以后,在一处土坡前呆坐着时一样,人们会把这称为孤独或者寂寞——我只是觉得,一切就应该是这样,一切都是本来的样子,阳光会洒下来,风会吹动树叶,雨从天际的高处急速地降落,而我,就是被这一切所包围的一个活着的人,身外的响动和内心的响动都是一样的,除了,那些人们喧嚣的声音以外。

　　这就注定,人只有在人群中才会感受到孤独。孤独就是这样的,就是你站在人群却无话可说,一般来讲,这种无话可说的原因,一个是听不懂别人的话,一个是你自己不愿意说,还有一个就是,别人不让你说,从最初,你想要走进去的可能就被某种眼神给拒绝了。

　　这种被拒绝的人,我看到过好些,比如那个常年徘徊在街头的半憨人。当他试图从人们那里听到些什么的时候,通常看到的是别人的背影,或者,人们把脸转过来,看着他,眼神里充满不屑,他就知趣地溜开了,如果碰到不仁慈的人,面前就会出现一只抬起的脚,冲着他,一种挑衅的姿态——拒绝。

但我能感受到这个人的愤怒。这种愤怒从这个半憨的人身上爆发出来的时候,会点燃人群的热情和关注。比如,从远地方过来一对讨饭的母女,她们慢慢地走过来,走到离人群远而离这个半憨人近的地方,他就突然间拿起土块朝这母女身上砸去,人群开始把眼光投过来,他就开始往这母女身上吐口水,人们开始呵呵地笑起来,他已经用手扯住了这母女俩的头发用力发狠,腮帮上绽放着青筋,这个"孤独"的人用这种方式渴望回归。但是,人们也只是在那一段时间将目光投过去——当最后有人把他拉开,一切又回到了从前。

太阳是那么温暖,温暖得让人有些心碎! 在这世间唯一的照耀中,我目睹着这一切的发生,却只能守着自己小小的影子而无话可说,这个世界就是这样,会有太多让你无话可说的时刻。无话可说,沉默,大家的沉默,我在这种沉默里一点点长大,可耻地长大! 如果这种长大能让我体会到什么的话,我就只能这样诉说,那些骄傲的感觉,有时候离我们太远,离我们生活的这个地方太远。

身边,不远的地方,就是一个沤粪的坑,那种浓浊的味道会时断时续,这要看风力的大小和方向。那对从外面过来的母女,在经历了一场短暂的意外之后,就沿着这条散发出这种气味的街道走了,向着村外的方向,走了。我能从她们的神情里看出来,她们对这条街道充满了恐惧,尤其是那个和我年龄差不多的女孩子,她在和我目光接触的一刹那,暴露出来一些内容,我可以把它叫做:恐慌、疑惑,或者忧伤、愤怒。也许,那眼神里,什么都有。什么都有。

在阳光盛大的时刻,我和伙伴们沿着铁轨往前走,就看到了那个跑出人群的半憨人,我们走过去的时候,他好像已经精心预谋了一样,坐在一节铁轨上,等着我们,这个"万恶"的家伙,他正在努力干的事情竟然是:手淫! 对着我们这些小孩子。第一次,我们看到了成人的丑陋,这个世界的真相,是这个半憨人在一节铁轨上表演给我们的。

就像现在我听到张楚所唱的那首歌一样:孤独的人是可耻的! 这就意味着,我们都有可能是一个可耻的人,比如那个半憨人,再比如我,远离人群是可耻的,独自飞翔是可耻的，守着自己的影子是可耻的，保持愤怒是可耻的。

只不过，有时候，你分不清楚，到底这中间，哪些是真正的可耻。彻底的可耻。

通常，在秋天，我会站在地里，和家人一起面对一簇又一簇的金黄的稻子，或者，在豆子地里，用手去连根拔下那些壮硕的豆棵，当然，有很多劳动不过是走走过场，父亲并不舍得让我们长久地裸露在阳光下，他只是说：看见了吗？这就是农民。农民，就意味着要大量地流汗，意味着长久地呆在地里，收割那些望不到头的庄稼。

有更多的时间，我是在游戏中度过的。在空蒙起来的田野里，这种游戏具有着黑白背景和天然性质，具有着无法言说的寂静之美，没有声息却心潮澎湃，缺少激烈但意境深远。如果说，人的童年用什么做底色的话，游戏应该是抹得最厚的那一层，缺少了它，不知道还会有什么可留恋和值得回头的。

我们猫着腰去逮蝗虫，这些肥硕的家伙，从地里钻出来，飞到了豆棵的顶端，眼睛鼓鼓，翅膀微动，随时要展开飞翔的样子，让手有了更大要捂住它的欲望。这样，就可以看到，那双沾满了泥土的手，往前伸着，小心地，一点一点地，慢慢靠近这个金黄色的东西——它有着和稻叶一样的色泽，样子美丽行为邪恶。人们说，这家伙吃庄稼，就有更多的蝗虫被投进路边的火堆里，那里面，正烧着豆棵，不断地发出"砰"的声音，有时，能够看到，一粒特立独行的豆子会从里面飞逸出来，蹦到了地里面，不见了。

我呆在那里。和庄稼一起。周围，一簇一簇金黄的，是叶脉，是秆茎，是深沉的根部，那里隐藏着不为人知的昆虫的身形，隐藏着土地的秘密。其实，游戏本身就是在发现这些秘密，发现这些存在的生命——直到，我走到了地里的那一堆土丘前。那里埋着家族里的逝者，旁边，一棵柳树，已经非常粗大了，这堆坟丘因为庄稼的收割而豁然展露。

看到它们，是在那些稻子被放倒在地上的时候。秋天，我在田野里游戏，身边就埋着祖辈的骨殖，显现在地表上的，是连成片状的不规则的形态。看着上面的草簇萌生，我却感觉不到恐惧，只是蒙胧中隐约感到一丝的不安，还有肃然——父亲过去用手薅掉上面长一些的杂草，然后，握着它们走到地头，扔到了火堆里，火苗暗了下去，须臾，又"哄"的一声，壮大起来。

非常适合呼吸的季节,是因为空气中弥散着那种熟透了的味道。有好多时候,我习惯于在这种空气中沿着田埂往前走,没有方向,道路不彰,只是在往前走,只要脚下有泥土,有杂草,有庄稼的痕迹。一切都没有声息,包括昆虫发出的交响(它们只是在晚上歌唱),但并不防碍我内心的律动,以及绵延的广度,一次又一次,我以一个孩子的心音,在田野里获得了游戏的本质,直到土地僵硬,白雪皑皑。那个时候,一切都被覆盖,像是睡眠找到了合适的床。

没有厌倦,没有停止,这就是童年所显现出来的迹象,甚至,不会有死亡。当我能够理解一些事情的时候,尽管我看到那些展露出来的地里的土丘,我却认为,死亡根本就和我没有关系,它只属于那些身形佝偻的老人,属于别人——这或许就是人们为什么会在童年充满精力的原因。我们把所有的想象,都放在了身边的事物上面:一只蚂蚁,一根火柴,一堆麦秆垛,或者,在地上突然发现的一个小小的洞。

正像我后来在一篇小说里读到的一句话:我残忍是因为我年轻。残忍,是因为生命刚开始储蓄还远远没有到提取的时候,是因为渴望长大还没有长大,是因为无知者无畏,任何东西都可以拿过来损坏,扔掉,从头再来。

所以,我曾经把一个又一个的蜻蜓的翅膀掐断,让它们在有限的空间里苟且地飞,以方便能在任何时候逮住它们,如果这中间有的伤痕累累,我就把它们丢弃在池塘或者草丛里,再拿起扫帚去寻找低空中新鲜的身形。那个时候,因为扯掉的翅膀太多,我的手上甚至腻上了过于浓重的蜻蜓的体味。我并没意识到,那种青草一般的味道,实际上是这种小生命消失在我手里的味道。

比如,我的堂弟胡中伟,就曾经把这种残忍推向了一种可供欣赏的阶段。他把鞭炮塞进了癞蛤蟆的嘴里,"砰"的一声,周围就有一帮小孩跺着脚围着一堆烂肉哈哈地笑。我并没有做过这样的事情,并不能说明我多么珍惜生命,而是因为我胆小,只能有限度地发挥自己的残忍。

有些东西,在游戏中诞生出来,可以说是想象的灿烂,也可以说是对事物的毁灭,这一切,就那样发生了,却并不为人所知。人,因为个体的巨大,因为感知的丰富,倒下去的结果是悲痛欲绝,但我们从来就没有为一只被捻碎的蚂蚁,或者,一条被斩断的水蛇而难过。

多么冗长的童年！无知的面容,模糊的面容,这是没有细节的只剩下粗线条的过程,快乐,无止境,包含所有与生俱来的缺失和限度,却被我们深深怀念。我只能说,就是这样了,就是这样了。好像梦里醒来后极力地回念,斑斓而虚无,深沉却繁杂。

一个平静的午后。我所能知道的,就是有什么事情已经发生了,这能从那些人群气喘吁吁的表现中看出来,我随着他们一起往公路的方向跑去,在那里,早已经聚拢了太多的人们,他们的目光,都投向了路边的一条沟里。

一辆拖拉机翻在了下面,露在水面上的是四个轮子,还有一个人的一只手,这个人被压在下面,只露出一只手,静静地,向着天空叉开,像是要抓住什么,或者,在召唤什么。那是我第一次看到一个人的生命在那里停止,心里像是在敲鼓,怦怦怦怦！我看到周围的人群,一阵又一阵地喧嚣,当最后人们把那个人捞上来的时候,人群并没有散去,他们都挤上去,仔细地看。

在正午的阳光下,那个湿漉漉的逝者,被搁在公路和水沟之间的斜坡上,有好长时间,他的样子,就像是睡着了,我甚至觉得,如果有人过去拍他一下:嗨! 走了。他会马上站起来,重新站立在阳光下。但是,他就那样一直躺着,直到他的家人来到的一声号啕,才把我从愣怔中惊醒过来。

感谢河流。感谢大水的宽阔和平静。其实,在我走到这条河流的岸边之前,也就是几十年前,父亲说,河岸是更多他这样的人们,靠铁锨、柳筐和街头人们背的那种粪箕子一点一点地挖出来的。大人说,那是 1958 年。父亲说,他 14 岁那年,混在那些如蚁的大军里,肩挑手抬。

我站在那里的时候,秋天,运河已经是大水汪洋,大树蔽日,来往的船只缓如巨豚。这种温暖场景的到来,不需要任何理由,是在一个早晨或者中午马上出现在我面前的, 这意味着人生的幸福——不是每个人都会在生命的黎明时分看到自己就活在一条大河的岸边。在那里,我看到了远方。

其实,走出村庄,来到田野,这是远方;越过田野,到达河流,这也是远方。我把路程的远近,全部归结到自己弱小脚力的承受程度,以及我心智所能超越的范围:在某种程度上,我的精神漫游,也仅仅限于在河流的这一边,对岸和这条河流本身的前后伸延,是我所无法想象的。

有种比喻说明了这一切。在事物的存在上,点是无法感知平面的,而平面同样无法知晓立体的概念,这也是佛之所以是佛的缘故。远离开材质单一线条粗卑的居处,远离生活的即定,站在大水的面前,对我来说,不啻是一场大雨的浇淋,在那之后,根芽开始萌动,崭新扑面而来,用惊讶来形容我第一次看到河流时的心情应该非常贴切。

让大家惊讶的事情很多。比如人们第一次看到一口烧煤炭的"憋气炉"时,人们第一次看到一个能出现人像晃动的小电视匣子的时候,都会把嘴张得老大,一会子说不出话来,以显示对这种新鲜和陌生的认可,以显示自己的粗卑和短浅。

我把自己对河流的惊讶逐渐转换为一种平静,一种说不出的愉悦。站在大树庇护的草地上,眼前是波光潋滟的水面,轻微的"汩汩"声像是一个人的诉说,一下又一下地敲击着岸沿,这种体验是先前从来没有过的,现在却真切地包围着我,同时,还有草地上野花的摇曳,不远处一棵柏树上啄木鸟发出的"咄咄咄"的声音——我抬起头,它已经展开了翅膀,迅疾地飞出林子,飞到了对岸,高高地离开水面。我希望自己也能长出一双翅膀。迅疾。迅疾。

但是我只能站在原地,望着天空及河流的远方,像是一个稻草人那样,平静而又有些怅惘。这是我幼小心灵将要放飞时的一个剪影:树木、河流、无垠的天空和一切的葱茏。万物在生长,阳光在照耀,我在一条大河岸边的一棵树下,正在潜聚着光明剔透的想象,但是,如果从更高的高处俯瞰,我或许就是一点微尘,甚至,连微尘都不是。但这不防碍我内心的成长。不防碍喜悦和幸福。

槐花盛开的时候,高高的河堤上,投下来的树影是粉色的,人走在下面,能感觉这种颜色打在脸上,同时,周身都沁浸在甜丝丝的味道里,在这种行走中,不时会看到,有人拿着一把长竹篙,顶端绑了铁钩子或短镰,去掠下一嘟噜一嘟噜的花朵,同时还不忘偶尔捋到嘴里一把。这是幸福的时刻。我看到这幸福在人们的嘴里蠕动,蠕动。犹如一台打麦机不停地吞噬着麦捆。

在大水汪洋的时刻,更为茂盛的树木,湮没了人们的影子,这也包括,在树林深处放飞蜜蜂的人们，我看到这些场景的时刻，是放蜂人收获的时刻，他们全身甲胄地站在那里，弯腰，小心地提出一块又一块的爬满蜜蜂的板子，在"嗡嗡嗡"的声音里，他们从河流的怀抱从树林的庇荫和自然的田地里，收获了自己的粮食，这是多么奇妙的收获！又是多么奇妙的生产！靠着上万只翅膀的扇动，靠着一次次的飞来飞去，蜜蜂和人，在心照不宣地忙活，没有嘈杂，没有争议——树木在那里等待，花朵在那里等待。

等待，就这样成为人生命中一种有趣的机缘，至少，对于我是这样的。就像是我第一次看到一条大的河流，看到勃勃生机的作物和树木，我就知道它们是在那里等待着我，等待着眼睛的靠近，鼻子的靠近，直到，一个人的一切，都轰然陷进去，这是美好的体验。所以，我欣喜地接受这一切，就像在那样的时刻，人们突然摊开手，望望天空：呀！下雨了。然后迅疾地逃离。我却独自感受着细细的雨滴打在脸上的感觉，独自，一脸坦然。

我在等待这一切。这一切也在等待着我。

后来，我跟着父亲到他工作的城市看到了广阔的人群、散发着热浪的马路和汽车，内心一片茫然。那个时候，他工作的政府院子里，还大多是平房，只有一两栋灰色的三层楼，房子刷了半截的白石灰，上面刷满了标语，大的迎门墙上是五个鲜艳的字：为人民服务。然后，还有中午喇叭里充满激情的歌曲和报道。我对这些陌生和新鲜的东西并不喜悦，反而感觉到了局促和孤单。

那个下午，我独自一个人，慢慢穿过走廊，在飘荡着异样感觉的空气中，走到后院的开阔处，突然发现好几棵很粗很高的法国梧桐，在那里，这些树的叶子正在慢慢变黄，有的开始落下来，从枝头，像是打了个瞌睡——寂静地往下飘曳，飘曳。看到它们，我又开始感觉到了安全，于是，慢慢地走动，呼吸，仰望，伸手抚摩。

在那一刻，我能感受到一种宁静而又孤独的绽放，没有声音，没有预兆，甚至没有一丝心里的涟漪。

现在，我听到了我一直深沉地喜爱着的歌手汪峰，在寂静的午后，他磁性的嗓音让我有一种莫名的激动，甚至，有种想流泪的感觉。我听到了他那首《花火》，在内心深处，一点一点地，高昂，催裂，孤独地飘曳——

在旷野中歌唱

这是一场没有结局的表演

包含所有荒谬和疯狂

像个孩子一样满怀悲伤

静悄悄地熟睡在大地上

现在我有些倦了

倦得像一朵被风折断的野花

所以我开始变了

变得像一团滚动炽热的花火

看着眼前欢笑骄傲的人群

心中泛起汹涌的浪花

跳着放荡的舞蹈穿行在旷野

感到狂野而破碎的辉煌

现在我有些醉了

醉得像一只找不到方向的野鸽

所以我开始变了

变得像一团暴烈炽热的花火

蓝色的梦睡在静静驶过的小车里

漂亮的孩子迷失在小路上

这是一个永恒美丽的生活

没有眼泪没有哀伤

现在我有些倦了

倦得像一朵被风折断的野花

所以我开始变了

变得像一团滚动炽热的花火

现在我有些醉了

醉得像一只找不到方向的野鸽

所以我开始变了

变得像一团暴烈炽热的花火

花火　花火　花火。

第二辑：在黑夜中绽放

有好多东西，就在站在铁道下遥看火车的那个
小孩和坐在车厢里的青年之间流逝了，迅疾而
无情地流逝。

乡筵

也许，桌子才是这场乡筵的主角，然后是板凳，然后才是人——忙忙碌碌的人。从早晨开始，路上，陆陆续续地出现了外村来的人，骑着车子，大轮的车子，铃铛响得很喜庆，像是故意提醒街头坐着的人们：他们来了。

那些在街头坐着的人们就站起来，看这些陌生或者有些熟悉的脸孔，一副悲喜交加的姿态，如果中间有突然间认出来的人，顿时幸福的神情怡然雀跃，拉着对方的手说个不停，说上回见面的时候，也是这个时辰，在对方的庄上去吃"喜面"，天气很凉爽。话稠起来，牵扯到对方的老人，如果知道身体很好，就咧着嘴笑，如果有不幸去世的了，就皱着眉头连连惋惜，比对方还要难过，这时可能就听见大喇叭在喊着：新人要来了。连忙互相辞别，一个匆忙上车，一个往前挪上几寸，看对方上车，不住地说，一会到家里来喝水（通常十之八九不会去喝，这只是口头上的礼貌）。

桌子是圆桌，乌黑，上面还留有上次筵席的残渣，但是干了，就和桌子连成了一

体,凳子是条凳,很窄而且长,不舒服但是能多坐人。这些物什有专门的一干人在忙活,往往,候在周围的,是不知道谁家的几条瘦狗,还有"唧唧哇哇"的几个小屁孩,当忙活得差不多而新人还没有来的时候,忙事的人会坐在条凳上开始抽烟拉呱,小屁孩们在周围不知轻重地玩耍,如果不幸有个小家伙拿着碗喝水,这中间一个长胡子的人说:你看你个熊黄子! 碗底有个"蝎虎子"(壁虎)都看不见! 小屁孩就翻过来看,热水洒了,"啪",碗掉在地上碎了,碎了足有八瓣,于是,一大堆人在哪里"哈哈"大笑,只有他一个人孤独地张着大嘴哭着往家跑。

门框两边,贴着新对联,辞令往往脱不开鸳鸯或者凤凰,仿佛这些很多人一辈子都没见过也没弄清是什么东西的鸟,一定会带来什么更大的吉祥似的。这些对联的后面,院子里,屋里,坐满了妇人,年龄很大的,往往被围在床上(这些人的身份多是奶奶、姥姥或是姑奶奶、姑姥姥之类的),大家有一句没一句地向这些老得没牙又有些老年痴呆的老妇人,说些真心或者假意的恭维话,反正也听不大懂了,这些老态龙钟的人,就一个劲地张着没有牙齿的嘴,笑,对着孩子们笑,对着窗户笑,对着茶碗茶壶,笑。

大喇叭上放着的,仿佛永远都是那一首《百鸟朝凤》,一遍又一遍,从尾到头,又从头到尾,这是一首绝对符合我们生活的曲子:反复无穷,冗长乏味,但是还必须要放,不断地放。而且,你不知道它们会在哪里断开,又从哪里开始。嘟啦——嘟啦——嘟啦——嘟啦——嘟啦。这就是这曲子最经典的音调,唢呐调。极像夏天树林深处那些趴在树上的蝉发出的声音,如果,这些声音大得能压过大喇叭,完全可以让这些天然的小虫充当音响——嘟啦——嘟啦。

鞭炮"噼啪"地响过后,新人从老远的地方下来,往这边散开的人群走来,穿着鲜艳的红色衣裳,早些时候,是红袄,还戴头罩,现在虽然还是红衣服,但是没了头罩,被人拥着,新娘进了院子,大院子里站着新郎,穿着不合体的西装,笑得非常僵硬,但是很实在。就在这时,从身后窜出来一只手,摸了新娘的腰,就有无数的眼睛随着新娘的叫唤声看去,好几个小伙子一齐后退,以表示清白,但更多的人哈哈大笑。主持人开始叫着交礼,手里高举着一个盆,敲一下,喊一声,喊的那个人就是要交礼的,比如说:乔庄的三姨夫,就有人过来,拿几张"老人头"扔进去,就听见一声喊:三姨夫三百了! 新人鞠躬,这三姨夫两口子站在一边,半是骄傲半是局促地笑着,用余光看周围人的表情。

所谓的交礼,就是交"饭票","饭票"的数目,往往要和那些跟新郎新娘有关系的人们做很深的交流沟通,商量好钱数,不能随便以自己的情况上礼,因为主持人是公开地叫喊,这让每个人的钱数都一目了然,如果哪个人少或者多了,其后很长时间都会是一个话柄,而且还会因此在同辈的亲戚之间落下矛盾和仇隙,彼此不再往来。

是这样的:小伙子们在洞房的门开之前,伸着头往前探,门开后,就各自站好自己的位置,开始让新人点烟,新娘点着了火柴,有人故意吹灭,一阵大笑之后,再点,再次吹灭。当很多新鲜的花样让整个洞房里闹得像个鸡窝一样时,女孩子是站在门外,光捂住嘴笑,而院子外边,已经有本村的妇人领着自己的孩子在桌子前占好了窝,孩子们很讨厌,一会儿坐着,一会儿又跳下来,找地方撒尿,或者用大茶缸子喝水,哭了的被笑着的惹得更大声地哭,妇人就过来,用手狠狠地捶那哭着的小屁孩的背,于是,哭声和笑声都小了,旺起来的,是不远处大炉子里的火:呼呼呼——火苗子窜得老高,一个大师傅忙活着一个劲地吆喝,随着一种特殊的味道传过来的时候,人们知道,开饭的时候就要来临了。

盘子、酒盅、筷子,在一个托盘里,上来时,不用数,"啪"一把就拍在桌子上,这些器物,摸上去都油腻腻地,有一种陈旧的酒席上用过的味道,还有的筷子上沾着烂菜叶,很多人用那种粗糙的火纸擦一下,然后很淡然地等着开席。

上来一盘菜,就立刻伸过来十多双筷子,夹的速度很快,而且有人还扒拉,掉在了桌子上,就去用手捏,如果是粉条之类的东西,放在嘴里,吸溜一下进去了,声响很大。这样,菜量还没上到半数的时候,那些有小孩的桌子上,基本上是盆净碗光,剩下的动作,就是大家一起把目光投向端菜的那几个人,有的把筷子头衔在嘴里,有的很仇恨地紧紧捏着,有的则一手一支地敲着桌面,还有的伏起身子干脆用筷子头去沾汤水,当最后一道菜——煮小草鱼上来后,高潮来临,小屁孩们用手去抓住一条草鱼,夹在一块馒头里,"滴滴答答"地咬着,有的跑去玩,有的直接去上学了。

陪着孩子的妇女,看着孩子吃完,都没有了心思,就找来塑料袋,或者酒盒子,把没有吃完的肉、鸡或是大鱼,连汤带水地倒进去,开始回家,男人们桌上的菜吃得慢,是因为很多时间用在喝酒上,这时妇女过来,桌上有自己的男人,就用眼睛问:那没吃完的肉能不能倒进自己的袋子里。男人往往很不屑地把头扭向女人但目光往地下看:还有点熊出息头没有!声音很硬,夹着的烟也颤动着。倒是别人一个劲地说:不吃了!你倒走吧嫂子,不吃了!

　　结束的时候,桌子上和桌子底下,就像是打了一场大仗:碎骨头、烂鱼头、擦过东西拧成团的火纸、洒在桌子边上的汤水或者酒、咬下的小块馒头等等,总是有几条狗,在一个又一个的桌子底下,咬着一块不知道什么东西,"喀蹦喀蹦"地嚼着,如果有两个畜生,碰巧共同发现一块骨头什么的,就突然短暂地扭在一起,发出低沉的呜咽声,但旋即,有一只会退出竞争,夹着尾巴寻觅别的可食之物去了。

　　仿佛是一瞬间,人们就散去了,留下的,只有快要熄灭的炉火,没有生机地往上飘着几缕灰烟,忙事的人似乎也少了,只留下几个正在收拾桌椅板凳。喇叭的声音消失了,街道又变成了街道,人们的表情,少了早晨那时的兴奋和期待,最后,新人出来送一个老妇人, 她的儿子站在一个大三轮车前,上面搁着一个马扎,马扎上铺着软垫——妇人的面容,在新人的光泽熠熠前更显老迈,在上车时,一双年轻的手握住一双老迈的手:恁慢点,姥姥。这姥姥,坐上去,看了天,看周围,再看着新人,张开了没有牙的嘴,笑容灿烂。

墙

　　一个铁皮桶，银色。一把秃了毛的笤帚，就放在银色的铁皮桶里，露出上半截，是手抓的部分，写的时间长了——秃毛的部分沾了石灰水，举着往墙上写字时，就慢慢往下渗，手抓的部分明显变得潮湿粘腻，这粘腻的部分，在那个拿着它的老人手里，并没有显得不适，我看见他甚至没有甩过手或者用什么东西擦拭一下，他提着那个铁皮桶，沿着墙东往墙西走，他往墙上用石灰水写标语，地上，一溜地，留下一个又一个圆的桶印。

　　那个年龄，我只是知道，这个老人是一个地主，一个长满花白头发的地主。地主是万恶的。我仅有的经验这样告诉我，所以万恶的东西是不能靠近的，只能远远地看着他们，像是看着一片落叶，或者一阵风卷起的一团尘埃。墙，就是这个有着"地主"身份的老人面对的场景和舞台，在不面对的时候，他就背对着，这就是回家。他回家的姿态沉稳而缓慢，谁都不看，一下一下地拖拉着脚走了，手里提着那个铁皮桶。

除此之外，在早晨，这个老人有时还扫街。在我刚刚从床上爬起来的时候，听到这种有规律的"哗哗"声，我就知道，他开始这种活计已经有段时间了，因为一般来讲，他要扫完一条南北向的街，才会来到他写了标语的这条东西街，这需要一段时间，也就是说，如果他五点起床，扫到我能听到的这个地方，应该是五点半了。就是这样。

而那个瘸子，黑瘦，敞着怀，正眯着眼睛从运河的那边过来，然后走过大沟上的桥，然后来到街上，走过这面上边写了标语的墙。他走起来一左一右地颠，像是个木偶。他经常来，据说有老些年了。1958年，1968年，1978年。据说这些年份都有人见过他。此后。他消失了。此后，我也消失了。在我眼里，他就是一个从运河那边过来到村里要饭的瘸子；在他眼里，我不过是他要饭经历中的见过的小孩之一。就是这样。我们彼此看见过，然后，消失在各自的记忆里。

"瘸子坏，瘸子拐，要个馍馍塞腚眼。"这是一个"天才"孩子唱起的谣歌，它针对性很强，就是等待着这个要饭的瘸子，只要他一来，这个谣歌就会像病痛一样紧绕在他身后，经常是在他把碗伸出去的时候，一个孩子在前头唱，更多的孩子在后面应和。

我看见这个五十多岁模样的人，脸色凝重，他并不见得多懊恼，只是腮帮上的筋肉凸凸着，眼睛一直看着前方，任凭孩子们在身后咋呼，他还是左一颠右一颠地走街串户，他把所有的收成最后都放在一个蛇皮袋子里。他走的时候，很多孩子在后面用那个谣歌送他。我觉得他是个很受挂念的人，最起码，对那些和我一样年龄的孩子，是这样的。

我们唐突地一次又一次地跑过这条有着标语的街道，然而却懵懂无知。在这条街道，很多规则已经形成，它印刻到了每个人的脑子里，譬如说，那个刷墙的地主到来的时候，没有人会大声地说话或者讨论，但是当那个要饭的中年人来的时候，每一个人，包括那些小屁孩，都可以喊出那些谣歌：人们从来不注意那个中年男人脸上的表情。

那个时候，墙是很稀罕的砖墙，褐色的，这在很多泥胚墙面的村子里格外显眼，先前不知道是谁就住，后来成了村子里干部办公的地方，在它的旁边，立着一个伟人的塑像，就显得这墙非常的伟岸而且神圣，许多兴盛一时的事件，都要依托这面墙来告诉大家，人们走过这墙的时候，往往放慢脚步，去看上面的标语，或者布告，或者通知。

墙面上的标语开始一点点地往下脱落。春天会到来,夏天会到来,雨水冲刷着那些白色的石灰水,让字迹变得模糊,最后一点点消无,所以在一个冬天或者更冷的时候,会有一个人过来,就是那个花白头发的人,用一把笤帚往上刷字,再后来,没有字了,也没人再过来往墙面上刷字,直到现在,很多年过后,我注意到,这里换成水泥的墙面了,很难见到那种很大的标语字,有的往往是哪个庄上打地夯,或者村头的某家饭店的电话,或者城里一家专门针对妇女生孩子的广告词。

放羊的战奇每天都会赶着他的羊路过这里,到远处的地里呆上一上午,而我见到的他的时候,他已经是个中年人了,很瘦,手里拿着一条鞭子,有气无力地甩一下,羊群就立马机灵一下,很多时候,我看到他会坐在墙下休息一会儿,身子靠在墙上,懒洋洋地等着羊群在周围的墙角里扯几口野草,然后翻身而起,赶着羊继续前行,背上留下一大块蹭下来的砖灰。

这个人有两段婚姻经历。据说第一次娶回来媳妇,家里很穷,婆婆看着媳妇吃饭的样子,很郁闷,就脸色阴沉,这种情绪传染给了战奇,最终的结果就是一场又一场的战争,直到最后,女人自己回到了娘家。第二段婚姻,也是因为吃饭,也是爆发了战争,同样的结局以后,没有人再给他介绍对象。

战奇走过那道墙无数次,但是神色都是一样的,包括装束也是一样的,好像没有迹象表明,他能像他的那群羊那么充满活力,直到他后来孤零零地一个人死在自己的屋子里,一个单身的老人,生活,从家里到野地里。他所活着的时间,有时超不过一堵墙的矗立。

另外一个人,叫双喜,那个时候,也就是双喜跑过这道墙的时候,也许只有十多岁。冬天,很冷的时节,有人发现粮票少了,就怀疑上了双喜,但他坚持没有偷,站在床铺上,当衣服一件又一件地被剥掉,人们在他内裤里发现了少了的粮票,就在他母亲咒骂着用笤帚过来抽他的时候,寒冷的大冬天,只穿着一条内裤的双喜,在黑夜里,跑到了街上,也许他的身影通过这堵主街的高墙,然后消失了。

将近30年以后,依然是一身单衣的双喜,双手空空地又走过了这道墙——他去了东北,30年的光景,还是一无所有,还是一样的干瘦而且神情卑琐,没有人对他的到来感觉神奇，就像他的离开一样，后来的很多时光里，他会一次又一次地路过这道墙：有时是在黑夜里，他破烂的大衣下，不知道是谁家的一只鸡或者鸭子。人们会在他住的厕所里，发现一层一层的家禽的羽毛。

我后来在城里的一个水果批发市场见过一次双喜，那时他已经是快60岁的人了，头发蓬乱，胡茬厚重，眼神混沌，身上的破大衣鼓囊囊的，不时有保安上去推搡他，他低着头后退几步，不反抗也不吱声——这是他一辈子的一种姿态。这种姿态一直保持到他死去，有一天人们在公共汽车上发现心脏病发作的双喜。这也许是一个喜剧。这个孤身一人在黑夜里跑过那道墙的人，在突然之间一个人以这种干脆的方式跑到了另一个世界。

一天又一天，我们长大了，背着书包一群又一群地跑过这堵墙，去上学读书，有时候，我会在这面墙下停留一会儿，尽管那些石灰写就的字迹和那个写字的老人都不在了，但是我仿佛还能闻到那种特殊的味道，听到清晨扫街的声音，还有那个瘸子过来时大家唱的谣歌，那些声音，会一遍又一遍地在我的身体里响起，像是一阵风刮过，缓慢而悠长地刮过。

有一天，我正当兵的七叔回来了，他带回了一些新奇的东西。在这之前的几年，我和一群孩子通过铁道北的一条路，就看见七叔站在一群人当中，做体操，那是学校外的一大块野地，随着指令，我们都觉得他们的动作像是拉屎一样好笑。我隐隐约约地听说，七叔给人家女孩子写纸条被发现了，我觉得七叔那时的神情有一些忧郁，就那样，他站在那里，皱着眉头做体操，让人感觉心事重重。

七叔当兵回来后常常起得很早，练习棍术，这让我们都感觉非常佩服，所以我弟弟他们就常常跟在他身后一起玩耍，他的游戏是这样的：在铁道上趴着，用手往前瞄准，当火车来的时候，然后一咕噜翻下车道，用石子往身上撒，做洗澡的样子，直到有一天，我们家族的人在一起看着他站在床上，高声叫着：看，我的军队来了！我的军队来了！我的奶奶不由地喊到：我的天，孩子来！

那时候，我看到七叔年轻的身姿一次次地出现在阳光下，生机勃勃，热情倍至。我看到他跑过那堵墙的时候，神态是这样的：双手伸直，两眼闭着，脸往上仰，周围的树木郁郁葱葱,空气里充满了浓重的人烟气息。他骄傲而忘我,抬头向天,露出硕大的白牙,喜庆异常,他,笑容灿烂。

我的七叔,我父亲弟兄当中最小的一个,他在青春岁月里跑过那道墙,就像之前很多跑过的人们一样。他笑容灿烂。笑容灿烂。

蹲,或者一九八几年

第一次,我们像兔子一样地跑到村子的西头,准确地说,是跑到了公路上。

东头。西头。是按照一条公路来说的,好像从修了这条该死的公路以后,东头的人和西头的人开始发生明显的变化,首先,东头更往东,是大片的庄稼,是河塘,是流了千年的大运河和河岸上高大茂密的树木,这样东头的人眼睛老是往东看,目光温顺——略有些呆滞。

而后来,到现在,西头的人眼睛老是往公路上看,目光非常麻利——还显得狡猾,有时一扭头,他们的嘴角翘起,就露出嘲笑的意味。

有好些时候,公路边上,聚拢着老些人,多是些孩子,也有壮年人。蹲,是这样一种动作,就是屁股悬空。这样可以随时完成起身跳跃的过程。

原来的蹲,是防备有人过来拍脑瓜,如果那样,蹲着的人可以"呼"地一下站起来,喊一声:你个小乖乖! 再蹦过去更加倍地狠拍别人的脑瓜。

现在,这个动作是这样的——一辆大车从面前飞驰而过,蹲着的人猛然跃起,像只真正的兔子一样,跳起来从车里拽下一把东西——大蒜条、小枣、地瓜、棒子粒或者其他乱七八糟的玩意。然后是满意地笑。往嘴里塞。打闹。

老年人是坐着,始终没有要蹲的意思,或者,没有体力再蹲了。

我曾经在太阳很毒的时候去看这条公路。中午,人很少,车也很少,站在路的中间,往南望,就觉得上面浮动着一片恍惚的蒸汽,让人觉得晕乎乎的,这时车从前方开过来,就像是从水里或者是从云彩里开过来似的。我那时还不知道这现象是因为天气热造成的,就是觉得夏天呆在公路上是很受罪的一件事情。

夜很黑了,黑得看不见彼此的面孔,白天在路边上蹲着的人开始动手了。

经常是一辆大车开过去,几个黑影死命地追上去,把平时爬树的本领拿出来,粘在车顶,将上面的东西往地下掀,装物品的家什有木盒、蛇皮袋、柳条筐,这样掉在地上的动静也不一样,有的软塌塌地,有的却动静很大,但是司机即使觉察到了也不敢停车,只是将车开得更快:呜,呜呜,呜呜呜呜。

夜里,住在路边的人家,在睡不着的时候都能听见汽车这种歇斯底里的挣扎和吼叫,像是在地里干活时被人死命鞭打后的牛发出的"哞"声。

笑脸是很灿烂的,因为锅里的吃食开始发生变化,比如说多了一些大肉块,壁橱里塞了成捆的粉条或大葱,嘴上油光光地跟邻居拉呱,邻居就回家了,用很怨毒的语气给自己的丈夫拌嘴,这天夜里就可能多了一个急切而慌张的黑影。

迅速扩大的不单是队伍,还有很多对这夜景的细节描述。这样在某一天,也是在夜里,突然来了一大群身穿武装的人,将这些曾经的"夜行者"从温暖的被窝里拽起,有好多人还穿着一条花裤衩,或者就是光着屁股。手背了过去,戴上了铐子,如同一只变形的烤鸡被押走了,随后是收缴东西,大捆大捆的,有的家里的媳妇心疼得要昏厥,"嗷"的一声上去掐政府的人,被一个大耳光子撂到了墙脚,收缴过程就非常顺利了。

是在冬天,这些人被弄到了政府派出所的院子里。一些人被绑在了电线杆子上,做拥抱状,像在家里睡觉搂着枕头或者老婆时的姿势;一些被悬吊在树枝上,像是跳芭蕾舞的样子;还有一些被铐在了桌子的横杠上,角度很"刁",让人既不能站,也不能坐，只能是悬蹲着，跟人们在公路边上的动作一样，只是屁股的位置要高一些。

这个夜晚比更多的夜晚更让人难忘。到了天明，这些人都已经变得意识模糊，去领他们的村长落泪了，他看到这些平常很熟悉的面容，几近痴呆，有好些人根本就站不起来了。

公路上从此以后很平静。路边上的人家睡得都很安稳。再也没有了那种歇斯底里的汽车的叫嚣。

现在，曾经在公路边上蹲过的一个"夜行者"，老了，牙掉得都差不多了。见到他的时候，也是在那条公路边上，是坐在马扎上，而公路也已经坑坑洼洼。

他曾经蹲着过。现在没有力气也没有心思再那样蹲着了。

牵牲畜的人

牵牲畜的人

　　牵牲畜的人将马灯挂在梁上的时候,雨停了,一下子亮起来的灯光,让整个屋子显得清凉而且潮湿,却并不过分的冷,甚至有些许温馨。

　　半个屋里堆着的,是仍然水质充沛的青草,整草被堆得很高,碎草有半米多高,加工它们的,是一把大铡刀,现在,它暂时停顿在那里,从木槽的帮上到四周,散落着细细的草茎,这些从地里被割来的绿色的食品,就是这个棚子屋里三头骡子、两匹马和一头驴子的生命所需。

　　没有了雨声的喧嚣,棚屋里静极了。两个收拾草料的人话不多,更多的时候,是这些牲畜们低头吃草的"咔嚓"声和打响鼻的声音,一个人穿着雨靴"脱脱"地一趟一趟地往它们吃草的槽子里倒碎草,另外一个用一把刷子去刷牲畜身上的毛,完了,不忘用手"啪啪"地照着这些家伙的屁股上打几下,那个意思是说:好了,舒服了吧伙计!

除此之外，在那里，你甚至找不到更为显赫的东西了。我到棚屋里看牲畜，总觉得这么大的家伙要有完备的装束，比如马鞍之类的东西，但是没有，更多的时候，这些大个的动物也是贫穷的，除了一副套住它们牙口的嚼子，以用来指挥方向以外，他们平常就是"光腚"，浑身上下，再也没有什么装备了。这让我有些失望。

但是看这些牲畜本身也是很有意思的。你可以看到，同样是在地里出力干活的牲畜，它们流露出来的神态却很不一样，一般来讲，马是安详和富足的，大眼睛里散放出一种纯粹和淡淡的忧伤，长长的棕毛具有着高贵的落寞感；骡子是粗糙和冷漠的，棱角本身就具有这种显形，尤其是它猛然爆踢梁柱的时候；而躲在一边的驴子则有几分羞涩，它多半是低着头吃草，如果有什么东西靠过来，它往往一边用余光窥视一边往一侧躲，很卑微的样子。

牵牲畜的人，开始用一双大手去抱草料，抖抖上面的土，就塞到了铡刀下面，另一个人就开始一下一下地切起来，这些声音会响上一阵子，等到差不多了，牵牲畜的人就往这些牲畜的槽子里添上一点，再配上一些麦麸子一类的东西，就抖抖身上的尘土，把门带上，带着一种青草与牲畜混合散发的奇特味道，回家了。

天尚蒙胧的时候，这些在头天晚上忙碌的人们，又出现在了棚屋里，他们走过去，摸摸每一个牲畜的身子，查看一下是不是有什么异样，如果一切正常，这些人，同样会用手拍几下它们的屁股，这是表达满意的意思：好了，该干活去了伙计！在路上，一个人走在前头，手里牵着马的缰绳，后面跟着骡子或一头驴子，马的步伐镇静，骡子有些焦躁，驴子的小碎步则显示出了辛苦。

阳光打下来，这些影子一溜排开，他们移动在一条通往田间的土路上，移动在池塘的岸沿上，隐没在高高的杨树的影子里，然后，定定地立在一大块等待开垦或者播种的地里——在那里，这些牲畜和牵牲畜的人将要度过一个辛苦的上午或者下午。

牵牲畜的人很仔细地把襻子勒在牲畜身上，那神态就像是要投入一场战斗，他低头、弯腰、侧脸，时而皱眉，时而吸气，仿佛这是一件很费力的活。等到一切都鼓捣好了，牵牲畜的人才开始喊一声：驾！这样就开始了。原来还一副清闲无为神态的牲畜们，好像被什么刺激了一下，开始拧着脖子往前冲，因为努力，头一上一下地点着，而

在旷野中歌唱

后面的人，吆喝声也急切起来，场面开始热烈而专注。

当最忙碌的时候过去后，牵牲畜的人坐在了树阴里，从一个大塑料桶往外倒凉开水，然后仰着脖子"咕咚咕咚"灌上一气，完了，就牵着牲畜来到池塘边，在那里，这些出了一阵子力的动物们，把脖子伸了下去，水面就开始起了一层又一层的涟漪，牵牲畜的人，嘴里含着一根狗尾巴草，斜躺在一棵树下，看远处的土地和庄稼，猛然间从水里窜出来的一条鱼，让他回了一下头，那些牲畜们也抬了一下头，又接着低了下去。地里的人开始稀少，那些慢慢走在路上的人，在经过这里时，会和牵牲畜的人拉上几句呱，牵牲畜的人，脸上开始绽放笑容。

回去的时候，那些牵牲畜的人，和身后的这些大家伙，总是慢慢地走在路上，如果路过一片青草，人会静静地等在一旁，让牲畜们奋力地吃上一阵子，然后再继续往前走，有时他们吆喝一下，更多的时候是用手和牲畜交流：抚摩它们的脖子、拍它们的肚子或者屁股。一般而言，他们，尤其是年纪大一些的，不会骑在上面，总是和牲畜们在高度上保持一致，这些一起在地里干活的经历，让人和牲畜成为了伙伴。

一个毛头小伙子，有了一次牵牲畜的权力，第一天回来，他在后面，兴奋地骑上了一头骡子，"突碌碌"地跑了过去，一颠一颠地很威风，后面的老人就喊：下来，下来，你个龟孙！下来！

骑自行车的人

更多的人从我身边骑着车子蹿了过去，留下的，是一种浓烈的汗腥味，而我知道，这种汗味只有那种常年做重体力劳动的人才会有，现在，它们在这些骑大轮车子的男人们一闪而过的当口，重重地打击了我。这些骑自行车的人，仿佛在拼命地追寻什么，用远快于我的速度。

比如从村子里出来的时候，铃声像蛙一样叫起来，你就要散开在一旁，好几个男子"呼呼"地骑车过来，如果在夏天，穿着一件单褂，再敞开怀，单褂发出"呼啦呼啦"的声音，非常具有力度，这种精力充沛的表演，在这些青壮年男人那里，有时带有几分炫耀。

这种大轮车子多以"金鹿"为主,梁壮轮粗,样子很土,却非常耐用,有人在后座的两边再焊上两个支架,能驮一二百斤的东西,而且速度一样飞快。所以,很长一段时间,人们都偏爱这种车子,具体到它的优点,就是:实际、耐用,能在土路上上下颠簸而不散架。

　　车子骑长了,有些零件就开始掉落,比如铃铛、车盒子、脚踏子等等,但这并不防碍车子的运行,有时候,你会看见一辆车子的脚踏处就剩下一根光滑的棍,但车主一样骑得虎虎生风,而且觉得越是这样的车子越滑顺。有些东西就是这样,虽然磨损了,却和主人有了深刻的默契感,产生了感情。

　　这种集体上路的自行车队,往往多是到远在几十里甚至上百里的地方去打工的人们,目的地可能是乡镇或城市里的某个工地,或者火车站的搬运处,到了那里,这些人会把车子一溜地支上,排开,如果有的车支架坏了,就干脆放在地上或者靠在墙上,这样,当人们在楼上迎着太阳挥汗或者在仓库里搬动一件又一件的沉重物品时,这些粗拙笨重的车子,就在太阳下静静地等着自己的主人。

　　因为这种外貌,这些车子被贼光顾的几率是很低的,可以想象,如果一辆车子掉了铃铛、链盒子、脚踏子,座位也已经开裂了,车轮上又总是有陈旧的泥土,不要说偷去卖钱,恐怕看上一眼都觉得有煞风景,就像这些车的主人一样,在人群中间,恐怕没有几个人想多看他们一眼,尤其是当浓重的汗腥味飘过来的时候,他们和他们所骑的那些车子一样,都是那么安全和卑微。

　　骑自行车的人,尽管劳累了一天,可当迎着夕阳往家赶的时候,还是保持着飞快的速度,不知道是不是归家心切。如果这里边多了几个年轻人,就开始相互飙车,一个"呼噜噜"地骑过去,哈哈地张开嘴,露着牙笑,并回过头来朝后面的人做鬼脸,就有人不服气地赶上去,两腿用力,屁股离开了车座,因为用力,车子就一左一右地倾斜,赶过去一段路后,再把屁股落在车座上喘一口气,年龄大点的就喊:抢什么抢,回家看媳妇的光腚去呗!把嘴里的烟屁股吐到地上,也开始加力。

　　因为常年骑着车子来回地从打工的地方到家,这些人,除了一身的汗腥味和黝黑的皮肤外,多是骨筋坚实,毫无赘肉,在他们那里,很少有一个大胖子拼命地骑车前

在旷野中歌唱

行，一切，都被忙碌和劳累所消耗，生活的内容，多是这种在路上的姿态——飞奔！飞奔！而生命也像是那辆大轮车子，在飞奔中掉了铃铛、链盒子和脚踏子，直到，一切都被骑散了架，成为一堆废铁。

有老些时间，我一个人步行，走在那些路上，去看树木、雪景或者夕阳。我知道，一个人如果以那种速度骑自行车，是很难有心去看风景的，可这也许并不是他们愿意选择的，这些骑自行车的人，或许也希望能步行或者坐在一辆车里，慢慢地看，看路的远伸，看树木的发芽，或者，风吹动风筝的样子。可这些，很难属于他们，就像那些汗水很难属于另外一些人一样。

而我在经过那些土路的时候，总是希望地面能保持硬朗的状态，因为雨水对于那些骑自行车的人来讲，意味着一场劳累之后，将会有更为辛苦的泥泞等待着他们。我父亲就曾经是一个长年骑自行车的人，他说，如果是雨后，推着车子在土路上走，就像是陷在了沼泽里，一边是渴望回家，一边是路径的撕扯和纠缠。没完没了。没完没了。后来，推不动了，就喘着气扛，扛不动了，就往前拖，或者干脆把车子放在泥地里，蹲在一处稍微干燥的地方喘口气。

如果，刚好又一场雨打下来，这些倒霉的人们，会手足无措，车子在那个时候，已经不再是一个伙伴，而是成了累赘，多么希望能找到一个温暖的地方，围着炉火，可那个时候，这些骑自行车的人，正在那里冒雨前行，刚刚被汗水浸透的脊梁，现在，又被雨水所浇透。

走失的人

广告牌的侧面，贴着那张寻人启事，上面的内容这样告知：仲崇英，女，81岁，白发，身形瘦弱，身穿蓝色褂子，黑色裤子，布鞋，手里拿编织袋，于几天前外出拾稻子时未归，有发现者请告知，当面重谢。后面是联系电话，地址。这是在秋天里的一条寻人启事，在广告牌上应该贴了好几天了，没有粘结实的地方让人用手扯去了，从这一表象中可以知道有人在关注这张启示。但没有消息表明，这个走失的老人会在哪里，是仍然飘荡在野地里，还是走失在城市里，或者，已经安然回家。

从启事里,能够看出来的,这是一位年龄已经很大的老妇人了。白发,意味着她肌体的衰老和经历的沧桑,因为照片模糊,所以不能很清晰地判断这老妇人的面目表情,但手拿编织袋外出拾稻子这一点,说明这是一个不愿闲着的农村老人,她的身形应该是我经常看到的那种:瘦小、褐皮白发,经常独自念叨,神情略显迟钝。这个老妇人的走失,只能意味着两种情况,一个是人老了记忆力消退,一个有可能是老年痴呆。

走失的老人,从自己家里出来,来到了田野上。这个时候,她看到的是满地的稻茬,空空荡荡。一切都那么熟悉,81岁的年龄说明了这一点,她从年轻的时候嫁了过来,非常年轻,带着不多的陪嫁和无穷的对生活的幻想,来到了一个村子,和一个男人成了家,这个男人可能一辈子老实,辛苦地劳作,生了几个孩子,老头可能早几年去世了,老妇人一个人过,虽然有好几个孩子,可她也许一直是一个人呆在自己不大的老屋里,守着自己的岁月。

这个81岁的老人,在一个平凡的秋天,走出自己的家门。这个秋天和她生命中更多的秋天或许没有什么区别:空气中充满了稻子收获后独有的味道,还是那条路,还是那片土地,走过的羊群,欢叫的家狗,远处是长了多年的杨树、槐树和柳树。这一切,在她的生命里一年一年地喧嚣,很多事物在滋长和繁茂,而老人的身体和神态,却正一点点地趋于萎靡和衰败。她可能眼花了,耳朵聋了,答非所问,她的身形,正在以更亲切的角度倾向于土地。

正在被遗忘,被更年轻的人们遗忘。被遗忘的老人,或许开始被疾病所跟随,这是一辈子劳作所给予的回报,比如说关节炎、腰椎疼痛,或者慢性肠胃病和气管炎,这种种遗患可能正在这个老人身体里一点点地累积,但很多时候她往往在强忍着,不去说出来,生怕让孩子们再掏钱,让孩子们烦。而在农忙的时候,这个或许是身体有疾患的老人,会悄无声息地跟在孩子们的身后,做些力所能及的事情,比如送壶水,帮着扶扶车,扎一下装粮食的口袋等等,因为习惯了,没有谁想起这个白发老人的存在。她走到地里,或许更多的时候是静静地看,像是长在那里的一棵老树。

多可惜呀!当收获之后,这可能是这个老人走在路上的一句叹息。于是,她手里拿着编织袋,开始一点一点地去拣那些遗落在地里的稻穗。沿着田埂,走过池塘,穿过树林,她眼里,永远是前面那没有拣起的曾经直立在地里的作物。白发飘曳,身形瘦弱,老人忘却了时间,一直朝着前面走去,直到来到另一片陌生的田地,或许,就在那一刹那,她犹豫了片刻,她环顾四周,没有发现明显的路径标志,凭着感觉,她开始朝着另一个方向走去。

陌生的东西越来越多,比如说一条突然出现的公路以及上面飞驰而过的各种车辆,老人站在那里,有些不知所措,在车辆稍微稀少的时候,她谨慎地穿越,又来到了另外一块陌生的野地,她或许已经茫然了,像是飘到天空的一只气球,但一路目睹的遗落在地里的稻穗却让她稍有安慰,她认为自己应该把它们都拣到编织袋里,尽管袋子已经很沉了。就这样,天色渐晚,老人才发觉自己非常疲惫而且饥肠辘辘。在她面前,可能是另外一个村子,或许是一个集镇,或许,仍然是一片收获后的稻田——而在她的孩子们看来,她已经是一个被丢失的人了,当所有的粮食被收回来,一个老人却在这之后的某天早晨走失了。

或许,还会有那么一天,一个白发苍苍的老人,从自己居住的地方,沿着一条小道,在寻找什么或者拣拾什么的过程中,从日常生活中突然地消失,这个白发老人,可能是邻居、是远房的姑姑或者是自己的老母亲。或者,有一天,也可能是我们自己。

在阳光明媚的早晨,空气清新,土地深沉,一个矮小的身影走了过来,又走了过去。没有声息,没有方向,或许只有天上的一只风筝,在高空中飘曳,飘曳,下面,一个稚嫩的儿童,抬着充满活力的面孔,在向上张望。

骂街的人

声音从街上传来的时候,很多人家的晚饭刚刚开始或者正在进行中。时间掌握得恰到好处,舞台是街道和分布在街道上的每户人家,路面、半开的大门、迎门墙上的画影、门前的石头墩子,这些天然的道具,罗列开来,等待着这声音穿墙越洞,然后朝自己扑面打来。

非常愕然的一瞬间,是刚开始突兀的尖锐猛一爆发,不适应,或者要听出是何人,在诅咒何事,正在咀嚼的嘴巴就停下来,侧耳倾听,当知晓一二的时候,才回过神来继续晚餐,同时,关注的是这场街骂的演进和结局。

多是一个妇人,因为白天的事由,在稍做休息肚内有食后,进行的一场舌头的运动。这些事由很多,浇地的时候发现自己家尚未成熟的甜瓜纽子被人薅走了几个;屋山头上的粪其子上午还好好的下午变成了扁的;种的几棵杨树被不明利器刮了一个道子又一个道子;家里的小狗跑出去找了一天没找到,在家南树林里看到的是小家伙的伤痕累累和气息奄奄。

天杀的,这种没人性的事情也能做得出来!这是妇人愤怒的原由,而且多不光明,都是暗地里对这些哑巴一样的作物或者家畜下手。天杀的。天杀的。当针对一个事情进行咒骂时,基本上是对肇事者极尽指控和谴责。

比如甜瓜——"恁个王八羔子龟孙搂恁地,咋不药死恁,几个熊甜瓜纽子恁就看到眼里了,恁还有点熊出息头吗,恁拿这去喂恁个死爹还是恁个死娘?吃吧吃吧,恁闺女吃了死恁闺女恁儿吃了死恁儿。"

比如小狗——"有种恁咋不去日弄'狗黑子'(狗熊),对一个小哑巴狗恁倒有种了,它不会说话呦,恁个万人搂恁地叫'狗黑子'咬死恁一家子,恁祖宗八辈都没屙过好血!"

很恶毒地骂。这种诅咒多半有好几层含义,一是泄愤,一是证明自家受到了伤害,再一个是想找出"元凶"。但多半这种事情不会有人出来应战,即使是有人做了这样的事情,也多不会当面出来解释,有"英雄"的人物,会在这之后悄悄地到对方家里去解释,让事情有个完美的解决。

事情有时会出现另外的喜剧性结果。比如正骂得欢的时候,出来一个端着碗的汉子,一个本家的侄子,大声喊着:婶子,别骂了,是恁那两个不懂事的孙子上午没事捣地蛋,这不我刚刚才知道,我把这两个熊踪哭了,明天我让媳妇去买斤鸡蛋给恁送去。

这婶子声音就小了,给旁边看热闹的也是给本家的侄子说——我不是疼乎这几个甜瓜纽子,本来长大了就是给人吃的么,可这么小就薅去了多让人心疼,算了算了自己的孩子就算了,等长熟了让孩子去拿几斤去,我真不是疼乎这几个甜瓜纽子,恁说是不!哎!然后,跟几个街边上的妇女讨论一会子案发的整个经过,最后再说一句:

在旷野中歌唱

我真不是疼乎这几个甜瓜纽子。有人一个劲地点头:是,就是,是。这才回家。

　　在这种有着广大听众的舞台上,骂街是能体现出人的水平和技术含量的。一般而言,鲜有男人骂街,有,也多是变态的老年男子,其阴毒和败坏可以忽略不记。妇人骂街,是传统使然,或者家里的男人也愤恨,只是不好出面,就牺牲自己的老娘们,来发泄所受伤害后的心情,但有的老娘们智商不高,难免会得不偿失,闹出笑话,比如有的妇人在街上谩骂,往往情绪上来,失去理智,什么难听的都有,就有的喊出了"我日恁祖宗"这样的难听话。

"水老虎"在冬天的遭遇

"狗尾巴"草从锈迹斑斑的钢坯里蓬生出来的时候,我已经在工厂里呆了一年多了。外面的世界是关闭的,满厂区都是一种铁尘和炭灰的味道,甚至吃饭的缸子里也是。心里也是。铁尘和炭灰。

我只是知道他叫"水老虎",他真正的名字反倒忘了。

他经常是这样的:在工作忙完后就开始蹿到别人的岗上去,比如说他管拉炭,像个骡子似的拉了几车后,完了,没事了,就瞎溜达。他跑到轧机旁边,看,一会儿后,觉得很无聊,就愤怒而快速地抚摩几下头皮,走了;到了中剪或者精整处,他有时会指责别人干活的毛病:你个熊样,你会拿钳子呗!别人不理,他会说:伙计,你这一缸子水我一气能喝进去。别人还没说话,他就迅速地端起来给人家喝光了,点滴未留。

所以别人就叫他"水老虎",不知是褒是贬,或者两者皆有。

夏天,很多人面前都有一个大磁缸子,白色的,上面印着的红字,呈半圆形排列,

在旷野中歌唱

但是经过空气中炭尘的熏染，已经看不出白和红了，有点花脸的意思。每到上班时，将廉价的茶叶抓一把放进去，倒上热水，就开始干活，觉得渴了，水也凉得差不多了，"咕咚咕咚"地大口喝一气，很爽。

如果渴了的时候发现自己泡的水没有了，骂上一句：奶奶个熊，谁把我的水喝了。旁边会有人说：准是"水老虎"！骂人的就觉得很丧气，从此就看紧自己的缸子，"水老虎"再来的时候就紧张地拿眼盯着他，而"水老虎"却毫不在乎，依然用眼盯别人的水缸子，那样子仿佛随时一跃而上将其饮尽，并发出那种畅快的声音：咕咚咕咚咕咚，啊！

平常的时候，你也能看到"水老虎"拿着自己的缸子喝水，他一手掐腰，一手端着缸子，喝上一大口，就目不斜视地看前方车间里，有时候会皱一下眉头，让人感觉他仿佛心事很大。

有时候我觉得"水老虎"和我有点像，一样宽宽的脸庞高高的个子，还有就是干活时不惜力的姿态，除此以外，我们有很多不同。

"水老虎"看见哪里热闹，就赶忙凑过去，不知道别人在拉什么，就开始看看这个人的脸，瞅瞅那个人的嘴，希望能得到插嘴的最佳时机，但是别人往往并不在乎他的存在，依然故我地拉呱，这让"水老虎"的自尊很受伤，最后，往往就是很愤怒而快速地抚摩几下头皮，走了。

有时候也会因为插不上嘴发生口角，往往一阵乱踢腾后，"水老虎"就青脸肿额地再回去喝他的水。

而我有我自己的方式，我有"卡夫卡"有"海子"有更多的内心倾诉，所以我更多的时候是在人群之外，或者，我可以观察很多人的动作，看他们拿扳手吸烟吐痰撒尿时的动作。总之，我有我自己的功课要做，但是"水老虎"没有。或者，他的功课就是：不断地跑到人群里去，又不断地被人群给攮回到自己的大水缸子面前。

冬天了。下班了。澡堂里都是些"光腚"，因为水热，因为地滑，因为争水龙头，整个澡堂里比菜市场里还热闹。

"水老虎"要打肥皂了，但是他自己没有，就理所当然地拿别人的往身上搓，刚搓了一半，被那块臭皂的主人给一把夺了过来，还顺口骂了声：恁奶奶地个熊，"水老虎"！两个光腚就扭到了一块,像两个掐架的泥鳅。过来好几个人,把两个人拉开了。

悄无声息地穿上衣服,"水老虎"回了宿舍,再回来时手里多了一把刀子,刚刚和他打架的人还没回过神来,肚子上就多了一道口子。

"水老虎"面无表情,只是看着那个人身上的血顺着水龙头里的水一起往下水道里流,红红地,像是温度退却后钢坯的颜色。

过了些时日,被捅的人伤好了,"水老虎"也回厂里上班了。一切都很平静,"水老虎"还是大口地喝水,往车间里定定地看,有时候皱一下眉头。

他还是拉炭,干活,不惜力气。很多人都坐在一个炉子前温菜、拉呱、吸烟,"水老虎"则不断地进进出出,他出去是到水管前洗手,将水开得大大地,一遍一遍地冲,然后回到屋里把手放在炉子上烤,一遍一遍地烤,他在做这些事情的时候非常投入,整个身子和头一上一下地颠,嘴里还念叨着歌词。

过了很长时间,有人发现不对了。一个人说:"水老虎"洗手洗了有 50 遍,另一个则大声辩到:不对,最少 100 遍了。他们都不约而同地说:毁了,水老虎得精神病了!

后来,来了一辆带红十字的车,把"水老虎"关了进去,他还保持着那种洗手的姿态,嘴里念叨着没人听懂的歌词。

他的那个大水缸子没有带走,过了很长时间,有人说,这么脏的水缸子是谁的。

回答说:还有谁的,"水老虎"的呗。

男孩不累

16岁,我带着一副干瘪的胃,跟着庞叔骑车去往运河边上的一处尚未启动的工厂区。那个时候,之所以说我的胃是干瘪的,是因为我在早晨什么都吃不下——包括庞叔给我端上来的一碗表面上漂着一层油黄黄的东西的羊汤。庞叔把"壮馍"掰得很碎,泡在汤里面,风卷残云地把它们"报销"掉,而我却几乎没有动一口。

在这之前,我在学校的很多时间里,其实早晨都是空腹上学,当休息的时间同学们到外面买零食吃的时候,我只能摸着空空的口袋发呆,久而久之,我觉得在早晨自己的胃简直就是一个麻木而无用的口袋,没有灌进东西的欲望,包括庞叔认为是美食的羊汤:在路边,我浅尝辄止的那碗汤被身边"突突"地开过去的拖拉机的黑烟很快地笼罩了,包括那些破桌子烂板凳。

我看见一个呲着黄牙的工头。当我站在他面前时,他几乎没有看我一眼,只是一个劲地和庞叔开玩笑,最后,他喊过来一个中年男子,算是我的师傅,然后趿拉着拖鞋走了，这个人有着一副吊儿郎当的神色，后来我再见到他的时候，一次是在屋里他打麻将，一次是将我的工资甩给我的时候，大家说，这个人只有在看女人的时候，眼神才能专注一些，剩下的时间，就是盯着麻将。

跟在师傅身后的，有我和另外一个男孩，这男孩身形很瘦，手脚非常利索，每当师傅招呼一声：拿家伙什！他总要比我快一拍地将师傅想要的东西递到他手里，而我那时可能还在琢磨师傅到底是需要扳子还是钳子，所以，我非常佩服这个瘦瘦的但是聪明异常的家伙，跟他相比，我就有些迟钝而且缺乏激情，在整个夏季，其实我都是这样，工作卖力但是缺乏"眼色"。

这个男孩叫小胜。小胜话不多，多少有些骄傲，往往在他工作做得出色的时候，更是这样，所以，我只能在粗活或者琐碎的事情上更多地表现一下，比如要抬钢管子的时候，我先跑过去；比如要切钢管头，我在绞钳时用尽了吃奶的劲；往大罐里送水的时候，我跑出去，用手提溜着大水壶往里递下去。小胜有时用眼瞅我一下，白净的脸上没有太多的表情。

这样过了几天，又来了一个男孩，叫小海，他黑，身材健壮，话多而且笑声不断。小海看我戴着一副眼镜，就经常问我一些问题，比如宇宙有没有边、外星人是不是存在、动物是不是都要睡觉等等，这些也都是我常想的问题，所以我能滔滔不绝地将我的想法告诉他，这样小海就非常喜欢和我拉呱。

那里其实是一片庄稼地，地里有两种活在同时进行，一种是我们正在干的——焊大罐；一种是做基础，就是夯土垒房子。这两种活就隔着一个墙头。只是在吃饭的时候，我们才能看到对方。因为是包的活，我们每顿都有肉鱼，馒头米饭随便吃；对方则是上顿下顿地熬茄子，带着自己家里的煎饼蹲在那里啃——他们都是从远一些的汶上山区过来的民工，这其中，有一个和我们差不多大的孩子，不知道名字，大家都叫他"小个子"。

"小个子"确实要比我们几个人矮很多，瘦瘦的，穿着很不合体的衣服，跟在大人身后扛锨铲土，抬筐垒砖。那些时候，似乎是我饭量最大的一段时间，馒头有一回最多吃了六个，"咕咚咕咚"地喝水，尤其是在大罐里呆了两三个小时以后，出来一身水地坐在那里，对食物和水的渴慕尤其强烈，我觉得自己身体里再也不是一副干瘪的胃了，而是生机勃勃，充满了想要填满的欲望。

在矮墙的那边，"小个子"坐在大人群里，慢慢地咀嚼着手里的煎饼，那一浅碗烂茄子也是很快就扒拉完了，而这个时候往往我们已经将碗里的鱼吃得光剩下头和刺了，如果可能，我们这边做饭的师傅，会把锅里剩下的半碗菜盛给"小个子"，望着他颠颠地跑过来的样子，我和小胜、小海会放慢吃饭的速度，一起盯着"小个子"是如何将碗快速地伸过来，又如何以一种极快的速度将菜和菜汤一起大口咀嚼后吞咽下去，因为非常用力，他细细的脖颈就青筋外露，面目非常吃力，不由得让人在一旁替他担心，为他使劲。

茂盛的夏天。干活的时候是这样：穿着厚厚的蓝工作服的师傅先钻到有三米深的大罐里，然后是我们拿着焊条、焊枪、乙炔枪跟进去，师傅手里端着的是护眼罩，要焊哪个地方了，就把护眼罩往脸上一扣，"嗞嗞"的火花就四溅开来，进得大罐里面到处都是，师傅说这时眼睛不要往火花上看，会"打眼"，于是就眯上眼睛或者往相反的方向盯着看。一道程序完了，师傅要焊条，就给他递上去，另外一个人，就拿着一把小锤，敲击已经焊过的地方，把一层表皮敲下去，露出来的，是纹路清晰如同凝固的波浪一样的东西，摸上去，还有些烫手。

随着时间的推移，工期在往前提，我们都更加紧张地忙活自己的那份工作，来了一车钢板的时候，我们三个年龄差不多的孩子，都靠上去一起抬，毕竟力气小，手上和身上挂彩是很平常的事。一身衣服，一整天下来，已完全改变了颜色，汗水已经浸透了好几次，而在大罐里钻进钻出，也让袖口和膝盖处开始出现毛茬，但是我们三人也越来越默契，不论做什么，都能够细致分工，配合完成。

休息的时候，就开始拉呱。师傅知道很多人的情况，比如他知道张工程师的媳妇是在五年前死去的，是因为"血崩"，而我们那时还不了解那是什么病；师傅还说工头是个喜欢"长辫子"的人，往往看上别人了，花再多钱也不心疼。有一次，师傅单独给我说，小胜其实是个苦孩子，别看这孩子话不多，其实心里什么都有，他父亲死了很多年了，也跟了师傅有两年了。师傅还知道那个"小个子"，是跟着村里的大人出来的，因为父亲在开山时被石头砸死了，母亲神经不正常了，就一个人跟着大家在外面混口饭吃。说这些的时候,师傅会总结一句:你呀,小子,是有福的人,打打工只是想锻炼一下自己,不像我们!

其实,师傅并不知道我内心并不太光明的虚荣心:我想要打工,是因为我想要买一辆新自行车,上高中开学的时候骑。一辆新自行车,等于我一个月的流汗,我觉得很值。

当基础暂时不用再做的时候,那些民工在一个早晨开始撤离。我们刚刚做完一段时间正在那里休息的时候,他们开始收拾起干活用的工具、衣服被子和锅碗瓢盆,要走了,这些人们,还穿着他们干活时的衣服,动作缓慢表情单一地走上公路,一个一个地坐上一辆大车的车厢里,像是更换狱址的囚徒,"小个子"跟在后面,还是那样单薄的身体,他看了我们一眼,露出了难得一见的笑容,那一刻,我们三个人都不约而同地笑了一下,向着这个和我们年龄差不多的孩子,用一种同龄人的表情做了最后的道别。永久的,或许是生命中的道别。

整个尚未成形的工厂区,因为这些民工们的离去,而显得空旷和寂寥起来,这样,用小锤敲击罐体的声音,会变得清晰而单调:当,当,当。这声音,一遍又一遍地穿过好几个大罐,传到远处尚未完工的墙体外面,传到玉米地里,传到运河的那岸:当,当,当。从日出到日落,从微风轻袭到夜色降临,从我们仪态尚算整洁到汗水满额,从嘴唇干裂到仰起脖子"咕咚咕咚"的灌下一大缸子水。

在那个时刻,我不经意的一瞥后,结果是被电焊"打"了眼睛。我到处找水,用清凉的水不断地洗,双眼还是火辣辣的,努力地睁,但是睁不开,于是,我在半睁半合中,拿了一条湿毛巾去找一个能够休息片刻的地方:野地。

在那个下午,周围没有人,我躺在几棵玉米的下面,身下是野草,脸上盖着湿毛巾。我在寂静中,感觉黑暗一片,只能用耳朵听。后来,我发现,那些"当当"的声音,其实不单单是从这些大罐里面传出来的,在运河的那岸,也有这种声音不断传过来,我那时并不知道,在运河的两岸,其实有很多的这样的工厂区,有很多的人们,在那里正度过这个漫长的夏季。

那一刻,我的耳朵,在听,那一次又一次从近处和远处的工厂区传过来的声音:当,当,当,当,当,当。

在黑夜中绽放

涵洞

我一个人留在教室里的时候，黑夜降临了。

这是一个有趣的过程。从天色尚明到夜色蒙胧，这中间，只是我趴在那张桌子上以一种姿势打了一个盹儿。就是一个盹儿。

桌子很破，黑色的油漆已经大面积地脱落了，下面的榆木显出来皲裂面，皲裂处开始发软，布满了一个又一个小小的细洞，仿如铅笔尖扎过一样。我就把脸侧趴在那里，眼睛能够很清晰地看见这些小洞，我知道这些小洞可能就是那些虫子的家，我这样看的时候，心里想着是不是那里面也有一双眼睛正在看着我。

屋里很静——大家都跑到了外面，在那里，他们去看一个人吹口琴。我没有去看，是因为我肚子疼。但是我能够听到，在这个秋天落叶的时节，缓慢而伤感的口琴声，正从窗户外飘进来，我能够听着这声音看窗外——在那里，你可以看见一片又一片的叶子从窗子上面落到窗子下面。叶子,一片又一片,从窗子上面落到窗子下面,是的,就是这样一个过程。而不是相反。

秋天真好。我闻到了地里蚂蚱的味道。

就是一个盹儿。睁开眼睛的时候,就看见黑夜了。

这中间发生了什么,我不知道。我只是闭着眼睛,把脸侧趴在脱落了黑漆的桌子上,有些东西就已经发生了,或者说转移了。口琴的声音没有了,那些人群都已经散去,虽然能够睁着眼睛,却再看不到叶子坠落的过程(尽管落叶的过程可能还在继续)。

一切都变得模糊而且暧昧,包括树木、墙头、冰冷而且高大的学校大铁门——我走过去的时候,传达室里的老头正好推开传达室的那片破门,灯光冲了出来,他背着光看我,五官和表情都陷落在了黑暗里,像是被雨打湿的面人。

怎么这时候才走?我记得老头那种有着严重鼻炎背景的问话。嗯。这一个字就是我的回答了。

出来,转过去,沿着墙根往路上走。白色的印记就是路的标志,而左右那些懵懂成一团的,近处的和远处的,就是还没有收下来的玉米或者大豆,这些东西,都变成了一簇又一簇的影翳,没有了杆和叶的区分,看不到触须的缠绕和摇动。这些鲜明的东西都消失了,当然还包括疾疾掠过这些庄稼上面的鸟雀的身影。

那个夜晚,就像我生命中许多个夜晚一样,鸣叫全无,生长隐匿,我只能听见自己那条裤子因为走动而发出的摩擦声:呼呼,呼呼,呼呼。

我只有 11 岁,或者更小。我一个人走在黑夜里。这样,我就想起了我的同学胡海滨。那个时候,他从外面到学校,就是在黑夜里,我们都端坐在蜡烛前的时候,听见了他的嗓音——从远处,那里有一片树林,树林里有一些坟地,他后来说,他就是在通过那里的时候,突然把嗓子高上去的,他唱的是京剧《铡美案》里的片段,他说他唱的时候,浑身都起鸡皮疙瘩。我一个人走在黑夜里的时候,突然明白了他唱戏的感觉。我浑身都是鸡皮疙瘩

我不会唱戏,甚至连喊叫声都没有,我是一个沉默的小孩。第一次独自一个人面对黑夜,我感到了恐惧,这种恐惧来源于夜的神秘和未知,来源于我身体的瘦小和心

灵的懵懂脆弱。就这样,我只有用一双眼睛去寻找那些光明的源点:远处高台上工人劳作的一座塔架上的电灯、奔驰而过的火车前的探照灯、旷野间一簇来源不明的火丛,这些都在告诉我这样一个事实:在黑夜里,还有人在那里,就像是在白天里一样,尽管没有喧嚣传来,这已经证明,我并不是孤独的。我在努力靠近那些光源。

我终于站在了铁道下面,我看见那辆巨大的机车正从上面奔驰而过,"哐辞哐辞"的声音震耳欲聋,先是逼人的光亮扫荡了黑夜,然后是迅疾地向前,接下来就是一节又一节的车厢温情的灯光和灯光下人们模糊的面容。那个时候,我应该等同于铁道下面的一棵树、一只蚂蚁或者一块石头,在绵长的铁道和"轰隆轰隆"作响的火车面前,我感到的是一种无可措手,有着一种将要被抛弃的无力感。后来,随着火车的轰鸣消失,我又一次回到了这种黑夜的覆盖之下,回到了寂静之中,我只听见自己的心跳——我站在了回家会经过的涵洞前面。

涵洞正张着大口,那里面,是比外面更为漆黑的一个所在。在晴朗的日子,我们一次又一次地从这里经过,里面是阴冷的,壁顶都是青石,表面是不规则的凸出,中间常年"滴答滴答"地往下渗水。往常的夜路,在涵洞里经过时,会有人点着一把稻草,然后大家排着队喊着口号通过,往往在刚出洞口后,那把还没燃尽的稻草就已经被人扔在了地上,一溜地是杂乱的脚步声——每个人,都在以最快的速度跑回家。

现在,我一个人面对着漆黑的涵洞,一个张着大口在等待的涵洞。我犹豫着,并被这犹豫弄得六神无主。没有更好的选择了!在这样的夜里,一个小孩面对一个有着吞噬力量的涵洞,就像一个手无寸铁的人面对着一支强悍的军队,那时,我想,只要走进去,被吞没是必然的结局。我站在离洞口五米远的地方,望着我的选择,头皮开始发麻,那个时候,或者说一直到现在,我不得不承认,我是一个天生胆小的人——我最后选择了爬上高高的铁道,从上面翻了过去,虽然我知道如果有人发现我这一怯懦的行为会大大地嘲笑我一通。

当我从高高的铁道上顺着坡跑下来时,我甚至没有回头,我的衣服上,挂满了蒺藜刺,我的脚被轨道下的小石头硌得生疼,我的眼里,似乎要流出泪来。在那一刻,我看到了前面村里的灯光,抬起头,才发现星光满天,而在翻过涵洞之前,我却一直没有看到天空的景致。

那时候的感觉,我无法用语言去准确表述,幸而我在长大后读一位伟大的古希腊女诗人的诗歌时找到了它,她写到:星光收回了黎明散布出去的一切/收回了山羊/收回了绵羊/收回了牧童到母亲身旁……

火车

就像 11 岁那年的光景一样,我再一次站在火车面前,在黑夜里站着,是在车站里。我已经是一个青年,留着齐肩长发,背着行囊,在人群的包围中,我成了在车厢里坐着的一个,成为温情的灯光下模糊的面容。

有好多东西,就在站在铁道下遥看火车的那个小孩和坐在车厢里的青年之间流逝了,迅疾而无情地流逝。

这样,我坐在那里,望着外面,似乎还能看到那个时刻,看到我自己走在那条两边全是庄稼的影翳的土路上,我瘦小的身影,我的裤子摩擦发出的声音:呼呼呼。

现在,这声音已经被火车启动的声音所代替。巨大奔啸的火车,要载着我和更多的人向着一个更远的黑夜或者黎明驶去,向着更多未知的东西驶去,而我所能做的,就是在那里无声无息地观看或者闭目休息,黑夜正越来越浓,随着火车脱离站台往着冷寂的旷野奔去,我所坐的位置,成为这黑夜里一处温暖的光源,整个世界,只剩下火车喘息的声音:呜!呜!哐辞哐辞!

寂寞在一刹那间包围了我。就像是更多的时刻,在更多的人群里那样。寂寞来源于我对世界的感受,那时,人们在说,看呀!时光在流逝!我却觉得时光并没有流逝,而是好多东西包括我们自己在流逝,就像是在河道里漂浮的木块一样,从上游的某个点被冲刷到下游的某个点,我们会说,看呀!这大水在流逝,大水依然在河道里奔流,而我们这些木块却离自己的出发点越来越远,越来越远,被分离、激荡、冲决、击打。我觉得,自己就是一块漂浮在黑夜河流上的木块。一块,黑夜中的,渺小的木块。

依然是秋天。九月。这种季节里会有很多东西要离开,叶子离开大树,船儿离开海港,候鸟要展翅南飞,而我,就在这样的背景下,一个人,离开了自己熟悉的一切,去寻

在旷野中歌唱

98

找陌生。陌生的土地。陌生的人群。陌生的城市。当时,我还没有意识到,在很多人的眼里,我实际上是一个失败者,只不过我当时依然满怀着空幻梦想,那种梦想燃烧得我像一个白痴——我的背包里除了简单的衣服,就是一本海子的诗集和一把弹簧刀,而这就是我白痴的一个明证。

当我所熟悉的那些人们,还在那里劳作,拼命地挣钱,结婚生子的时候,我却选择在一个黑夜里独自上路,而且并不知道方向和目标在哪里,这就是一个糟糕的现实。很多时候,我就这样不断地陷入糟糕的现实中,如同一头迷路的动物,把自己暴露在凶险的平原或者丛林里,渴望有更为充沛的雨水和草料时,却并不知晓暗中的眼睛和待发的箭镞。

那种熟悉的气味弥散在四周。浓重的脑油味、臭袜子的味道和人嘴里冒出来的气息,这些,从周围的人群里散出来的气息,是我所熟悉的,在早先,在我所穿过的人群中,都被这种混杂的气息所占领和包围。一种来不及或者根本就没有闲暇整理的人群的气息,这说明了一点,那就是,他们在路上,一直在路上,颠簸、探询、努力地跋涉,用肉体的劳顿来换取肉体的暂时温饱。其实,我何尝不是这样,在路上,任凭卑微的肉体穿越于黑夜,寻找光明的源点。

人们在昏睡,以各种姿态在车厢里昏睡。黑夜给了大家这种丑陋的姿态以正当的理由。男人和女人,老迈者和孩童,都在一次疲惫的漫长旅程中倒头睡去,紧闭双目,四肢摊开,进入各自的梦乡,那个时候,我想,这身外奔驰的火车和黑夜的笼罩是虚假的,每个人的梦境才是真实的,有一个问题是我所无法解析的,那就是,在这些人群当中,到底会有多少人回归了温馨的故乡?又有多少人已经走上了辉煌的路径?我在想,如果这长梦如此绵软,我希望火车的奔驰和黑夜的笼罩永远继续,不要停止。

火车外面,黑夜的覆盖在继续,这就显得车厢里的灯光是如此温情——尽管,很多人的上半边脸呈现出凝脂的颜色,而下半部却陷入了黑暗。虽然温情,我却开始有点艰于呼吸,从人群中,我努力地跋涉着,想要到车厢连接处去透一下气,我发现这是极其艰难的,这个过程中,我甚至迈过了两个人的头,然后是大腿、胳膊和各种大小包裹。

在一瞬间,从车厢缝隙钻进来的风,"扑啦啦"地打在了身上和脸上,同时火车"咣辞哐辞"的声音也更加真切——这声音就在脚底下,伴随着晃动不断地传来。我希望找到一个静一点的地方,却发现这里早已经有好几个民工一样的人,蹲在四个角落里抽烟,我的到来让他们马上警惕起来,瞪着眼睛看我,这眼神只有在我掏出一棵烟时才平缓下来。

我把脸对着车厢门上的玻璃,打着了火机,双手合拢,把嘴上叼着的烟凑了上去。一阵烟雾升腾中,我往外面看,看这继续着的夜色,那一段时间,火车已经到达了一个城市的边缘,开始有街道和灯光,开始有叮叮当当的声音。在我把烟吐出来的时候,我看见了工厂。在那里,灯火正通明,一切正在发生。

炉火

我守着我的工厂。在那里,有好多年,我在想,这将是要埋葬我的地方。

有两年甚至更长的时间,我几乎天天上夜班。我和另外几个人在等待着一场"战役"的结束,好开始收拾"战场"的行动。冬天,好像老是在冬天,我们出现在那个阔大的车间里,就闻到了这种热火过后烟气逐渐消散的味道,轧机已经停运,行车在头顶悬着,整个车间被几个好几千瓦的大灯照得如同白昼,但是大多很快就被关掉了,当我们穿着靴子忙活的时候,能够听到澡堂里那些下班的人们放肆的笑声。那里面应该是温暖的。这些幸福的家伙!

有些习惯,就这样被慢慢改变了。比如说那一段时间,天气晴朗的日子,我会一直处于一种迷迷糊糊的状态,阳光是刺眼的,非常刺眼,我只能隔着窗帘才能适应,更多的时候,我就躺在自己那间空气窒闷的房间里睡觉,在这样的睡眠中,会出现巨大的火红的钢条,在那里来回穿梭,然后夹杂着楼下路上汽车的真实鸣叫、热豆腐摊子上的叫卖声或者商场里促销员在喇叭里的尖噪,这种梦境非常奇怪,混杂着虚幻和真实,以至于我根本分不清是在做梦还是在街上行走,当新闻联播播音员标准的普通话在耳边回荡的时候,我醒了,也就意味着开始准备上班了。

一个铝制的饭盒,就绑在车子的后座上,里面出现的,常常是西红柿炒鸡蛋、炒菜花或者其他一些菜类,这样当车子行走在有些颠簸的路段的时候,会发出"突突"的声音,如果凑巧身后也传来同样的声音,那多半是碰到了自己的同事——都是一样的装备,一样的方向。把车子骑进工厂大门那一瞬间,常常能看到传达室里的保安披着大衣凑在炉子前抽烟。

咣当——咣当——这样的声音会在车间里响上一阵子,这种收拾从各工段遗弃的废钢的活儿,很能考验一个人的力量,把它们从地上抬起来,扔到车子里,拉到外面很远的一个存放场,简单,不需要语言交流,只是一种重复劳动,这样,我就觉得,其实驾车的若是一头牛或者一头驴子或许更为合适,很不幸的是,在那些日子,我其实就是一头没有多少话的驴子。

出来车间不远,人就陷入了黑夜。拉着车子走路,不需要太多的光亮,因为习惯了,熟悉了,知道要经过的地方依次是晾水池——澡堂——烟囱——更衣楼,最后到达一个巨大的废品堆,把这些东西卸下来就完了。

所以,在这样的夜的路上,如果是一个人在拉车,传来的声音,多半是靴子拖地的响声或者咳嗽声,如果靴子的响声停顿片刻,可能是车子被地面上的凸处所羁绊,而咳嗽则可能是因为天气冷——逃避天冷的最好办法就是赶快干完活,去休息室里的炉火前取暖。

炉后那个休息室有十平方米左右,里面常常没有人,在这里上班的有两个人,一个正在去煤场拉煤,一个正在坑道里挖渣。炉子很旺,打开上面的盖,脑门马上燥热无比,添上一铲碳,"呼"的一声,浓烟过后,会出现一个大的火球。放在炉边上的饭盒,开始传出菜香,两个正烤着的馒头,焦了。

门"砰"地被推开,进来一个人,开始拍身上的土,跺脚,又进来一个,不住地搓耳朵,先进来的给后进来的说:冻死了! 关上门! 后进来的就用后脚跟把门带上,然后跑到炉子前,一腚坐在铁椅子上,点上烟吸了起来。

当所有的"叮当"声都停止了,就只有炉后往炉里送风的声音"呼呼"地在耳边叫嚣,所以根本就感觉不到夜的寂静。当我在抽烟的时候,能够听到一个人喝面条时发出的"呼噜"声和另一个人吃菜时的"吧唧"声,这两种声音交替进行,直到有一个开始打嗝才停止。我希望能睡一会儿,但是已经颠倒的生物钟却让我清醒无比,了无睡意。

后来,吃饱的人开始靠着椅子睡觉了,身上披着破大衣,外面还是往炉里送风的声音,室内静了,偶尔的,炉子里烧的碳会发出"嘣"的一声。在这个四周都是炭灰的屋子里,我突然感觉到了一种幸福,这是一种毫无理由的幸福,但是在那一刻我却体会到了,或许是因为黑夜里的寂静和温暖,或许是因为劳作后的休憩,又或许是因为我能在清醒中守着这稳定的炉火。

再后来,我把目光投向了窗外,窗户上蒙了一层灰,我用食指轻轻地擦拭,就那样,通过这一小块视野,我看到,不远处是一根高高的电线杆,一盏带罩的电灯下,正飘飞着片片雪花,轻盈地,它们悄无声息地,往下落。

刚刚走过的路、晾水池、烟囱、车棚、废铁场,这一切,都开始被一场冬天里的大雪所包围和覆盖。我静静地坐在那里,周围是几个正在睡觉的人们,炉火温暖,灰尘不起,那一刻,我知道,在这黑夜里,有些东西正在发生,有些事物正在变化,有些生活将会改变。

而我所能做的,就是在那里静静地坐着等待。看,看那些雪花的飞舞和落下。

夜市

河水涨上来的时候,我已经在这个夜市上呆了一个多月了。

开张的时候,我在五米远的地方看到,前呼后拥着的,是一些衣着光鲜面容饱满的人们,他们从一头走过来,向另一头走过去,满脸笑容地和那些在锅碗瓢盆前忙碌的人们握手讲话,后者就把手伸过去,隔着那些家伙什把手伸过去,身子有点鞠。做这些动作的时候,就有端着照相机的人,快速地冲到一个位置,"喀喀"地摁按钮,闪光灯下,一切都是那么美好! 我站在一个避风的地方,看到,这条长长的街市,开始灯火辉煌,灶烟满布。一个人气多么旺盛的地方!

运河的水开始涨了,这是因为断断续续地下雨的原故。下雨的结果是,电线开始出毛病,长长的一条街道,各家各户的电路串联在一起,有一个地方出现问题,很多家都得跟着在那里等待,常常是鼓捣线的人正在那里撅着腚"吭哧吭哧"地忙活,那边过来一个人,大声嚷嚷:还能捣鼓好了唄? 还让不让人做生意了?

　　负责电路的是这条街上的一个老匠人,平常在家修锁砸铁皮,夜市开张后有人找到了他。有一段时间我实际上成了他的下手,帮着他背一个牛皮包,包里边别着扳子、钳子和螺丝刀子,他站在高处的时候,我就在下面扶着梯子,并用脚尖将梯子的底端顶住,防止打滑。

　　老匠人很认真,一道活儿在他手里要很仔细地捣鼓,就像是他坐在摊子前戴着老花镜砸铁皮一样。雨水细细地打下来,他的鼻子尖上就老是坠着一个水滴,最后他对负责的人说:这样不行,应该每一户都安一个小铡刀,一家出现问题就只关一家的电,影响还能小点。负责的人就不耐烦地摆摆手:那你去一家一家地问,看是不是同意交这份钱? 老匠人就点点头,鼻子上的水滴终于坠落下来,让我长长地舒了口气。

　　我看身后的这条河。河北岸与河南岸,在雨水的滋润下,开始野草疯长,如同一个人不经修饰的头发,这些东西的滋长让人开始变得恍惚,就像人们视觉所及的那样,没有规则,缺乏理性,到处都是被抛弃和被踩蹭的迹象,比如那些从一家家棚子里倾倒出来的污水、四处飞扬的废纸、浓烟和不经意间一个人朝向河边尿液的弧线。

　　灯亮的时候,就开始听见油下锅的"吱吱"声、勺子的"啪啪"声和吃饭喝酒的人们放纵的笑谈声。一般而言,一个摊子前要有三到四个人,这些人多是一个家庭的成员,比如一个男人和他的妻子、父母或者姐妹兄弟,掌勺的,往往是这个摊子的拥有者,而洗菜、烧炉子、端菜倒垃圾的,就是帮忙的亲人。在一个狭小的地方,他们低头忙活,将自己所有的心思都淹没在这个嘈杂的夜市上,而运河是寂静的,在那里,有点点映射的灯光,或许,在这条街上,除了我,没有人会有注目观看的闲情。有好些时候,我一个人在亭子里,背对着灯火喧嚣的街市,看着运河出神。

　　和我搭班的另外一个人,常常会冒冒失失地推开门,大声嚷嚷到:走吧,走吧,到办公室里喝茶去。这个人白天做白斩鸡,从东郊做好然后运到西郊,晚上再过来上班挣一份薪水,他有办公室里的钥匙,每天到夜市来多半时间是在办公室里待着往外打长途电话,或者翻别人的抽屉,找不到什么东西,就拿一摞旧报纸或者一沓稿纸,问他做什么,他说擦屁股。我就一个人出来在夜市上巡查,我出来时候听他对着电话喊:喂喂,是我,没事给你打个电话,夜市办公室里的电话,反正又不用花钱,喂喂。

我从西边往东走。西边卖烧烤的多一些,长长的炉子架在摊子前面,上面铺排着串好的羊肉,差不多的时候,就撒上一撮调料,端到矮桌上,四五个光着上身的汉子,一人拿一串,大口咬嚼,然后"咕咚咕咚"地喝啤酒。人们在灯光下,吃喝笑谈,所有面前的东西,除了进肚的以外,剩下的,要么成为桌子上的垃圾,要么变成了脚底下的粘腻。

　　夜市就是一个制造需要的地方,也是一个制造垃圾的地方。而我,不过是目睹这种从需要变成垃圾的过程的一个人,这种目睹让我变得没有一点胃口,往往当我饿了时候,我更愿意在自己面前摆上一盘花生豆,捏着它们,我感受到了一份硬艮,一份咀嚼时的纯粹和简约。我喜欢简单的东西,单一的东西,比如说夜,但不是夜市。

　　夜市就在我面前,我是这夜市的守护者,或者说是巡视人。其实,说白了,我不过就是个临时工,为了一份微薄的收入,做一份平常的工作,我在努力地尽自己的责任,守候到最后一家摊子收摊,这常常要等到凌晨时分,尽管那最后的摊主会露出抱歉的神情,我却甘愿等待,虽然这是一份我并不喜欢的工作。

　　我在已经接近凌晨的时刻,骑着自行车从西往东穿越这条已经打烊完全黑下来的夜市。轮胎会不时地碾上一些粘腻或者硬艮的东西,陈旧的破碎的被肢解的被抛弃的食物的气息,从周围窜上来,让我再一次重温他们的也是我的生活的味道——最后那个收摊的人正在收拾家伙什,他在昏暗的路灯下朝我招手,笑了笑,我却突然间看到他突出的一颗老虎牙上粘着的一块菜叶,他的笑,是夜市留给我的最后印象。我骑过去,上了一座桥。那边的路灯很亮。

　　又一年的世界杯开始了。我经过一个露天的冷饮摊,就把车子停放在路边,悄无声息地,我坐在了后排比较空荡的位置上,要了一盘花生豆和一杯凉啤酒。巨大的绿茵场上,22个生龙活虎的,多么强壮而机灵的人正在那里铿锵对垒! 多么激情而有朝气的人呀! 前面的看客都已经沉浸在了这对垒的热烈氛围当中,我就一个人坐在最后面,看屏幕,和屏幕下的他们。

　　那一刻,花生简单,啤酒寂静,我离喧嚣和激情的世界只有五米,就像在夜市上,离那些面容饱满的人们一样。只有五米。

大水

大水在晚间呈现在我面前的时候,是在一个高档区的躺椅上,我坐着,巨大的棕榈树在不远的地方,和我形成了一个空间上的错落,树木无言或许幸福,我正沉默着也或许幸福。

南方。南方的空气无比潮湿,我眼前的这条珠江就在这种潮湿中慢慢覆盖着我所有的疲惫和忧伤,在大水面前,我暂且停靠,像是对面那些一溜排开的大船,在夜幕下,成为一种生活的景致。

在这之前,我来到这里的另外一个晚上,在海南的某个宾馆,我和一个老乡吃完饭后,打开电视,就看到了美国遭受袭击的报道,《凤凰卫视》正在做着反复的播放,两座大楼被飞机撞上去的场面,异常震惊,我半躺在床上,拼命地晃脑袋,以证明我不是在做梦。的确不是在做梦,这是事实。

那些争执,最后让无辜的人们付出了代价。我知道,在我面对大水的时候,在地球的另一面,很多生命已经消失,没有人能说清楚这是为了什么,是谁的罪过,可生命的无辜消殒却是无可争执的存在。每个时刻,在地球的每个地方,或许都会发生这种无可言状的黑暗的生命被剥夺的事实——基督呀! 释祖呀! 各路万能的神灵! 我们被养育我们的河流所吞噬时,谁在上面?

多么安详! 我在整洁的住宅区里,以一个无能的流浪者的身份坐在那里,享受着空气和夜色,享受着大水扑面的潮湿,却满怀焦灼。应该面容沉静,胸怀坦荡,是的,是的,这是多么伟大的时代! 那些我看到的人群,都具有这样的品性,他们从高档轿车里向外伸手,保养得很好的手上,已经坦露出巨大的财富回报——向伟大的财富者致敬! 向大水的养育致敬!

更多的报道在进行。珠江沿岸的城市,正在被缺水困扰,同时伴随的是污染,我在听到这些消息时,正好通过一座大桥,在车上,就能够看到,这条大河的边沿处,是那些乌压压的楼房和上面灰蒙蒙的空气,而正在拔地而起的建筑,上面悬挂着巨大的条幅写到:精品楼盘,升值无限! 一个用自行车载泔水的农民,正好从那里经过,他挡住的,是这个楼盘具体的价格。

空气是潮湿的！家具是潮湿的！人民币是潮湿的！我在一间公寓里躺着，就听见绵软的粤语歌一首又一首地响起，非常适合这里的空气，潮湿是生存的背景，无可选择，一个北方的闯入者，被这种潮湿弄得体无完肤，像是喝醉了酒一样，只有眩晕，没有方向。

我想起另外一个夜晚。很久以前，我第一次站在黄河岸边的那个夜晚。

北方的十月。很宽阔的河滩，河滩上是淤泥和芦苇，这种宽阔的后果，就是水很瘦，而且很浅，我无法把这种事实和我一直想象的黄河联系起来，但是，这里就是这样，没有咆哮，没有一泻千里——这是一个大水要寂静下去的季节，枯萎着的岸边的苇草，仿佛正在诉说这寂静到来的结局，从一个角度看过去，能够发现，在一根一根苇草的竖立中，更多的人正从远处向这边走过来，渡河。

从这里走过去，一里多远，就是村子，以石屋为多，平顶，周围多是一些枣树，干枯的枝刺直楞楞地指向天空，巷路不平而且窄仄。他们说，原来村子离大水很近，淹了几次，靠河近的一些东西冲没了，村子也就离河远了。他们来来回回地渡河，像一群忙碌的蚂蚁。

每一次的渡河，都更像是一次战斗后的退却。大车一辆一辆地开上去，这多是一些拉石头或者沙子的车辆，然后是小车、平板车、三轮车，最后是自行车和人，空着手的，或者背负着各种羁重的人。大车尚有秩序，人就很不自觉，需要不断地提醒、规范或者呵斥，等到一切平静下来后，才能往河对岸开过去。

这样，晚上到来的时候，我们睡在了船上，没有了睡意，就站在船头上，往河里看，对岸有一些琐碎的灯光照过来，可以看到水面在缓缓流动中荡起的褶皱，船底下发出了轻微的"汩汩"声，在告知着河流生命在努力的方向——虽然是那么缓慢和重滞。我在这种声音中静静地立在船头，想象着那些白天里忙碌的人们。

黑夜中的大水，生命中的大水，从远方流过来，环绕着更多的土地、房屋、庄稼和树木，照亮并洗涤了那些风尘满布的面容，没有更多的言语和手势，我们依靠在大水之畔，出没在绿意盎然或者尘土四起的居处，守候着依然贫瘠也依然坚韧的日子。我们把这条大水叫做母亲河，或许，这就是尽管被一次次地无情淹没却故土不离的原因——母亲。

被大水养育的人们,被大水淹没家园的人们,在这个时刻多已经沉沉入睡,这是风尘暂落的时刻,这是波浪不起的时刻,黑夜给了他们以休憩的机会和梦想的权力,尽管也许这休憩的所在并不是那么舒适和豪华!

当我走下船去,在岸边,一群白天守候渡船的人们,正围着一盏马灯喝酒抽烟,他们的面容,被那盏灯照着,显示出温润的色泽,他们微笑着,交谈着,有时又沉默下去,我看到,一个老者正对着灯光捻一个小纸卷,然后,他小心地把烟叶放进去,卷上,用舌头舔了一下,点着火吸了一口。

在慢慢升起的烟雾中,老者的眼睛却非常明亮。我知道,这明亮或许是因为这条依然流淌的大水,大水边上的庄稼和土地,那些来来回回的渡船人,这些,将会在黑夜过后,再次成为生活的景致,成为我们这些卑微的人群不变的内容。

大水,正在那里,在黑夜里流淌,"汩汩"地流淌,尽管是那么缓慢和重滞。

月亮到霓虹灯的距离

租房的生活

　　一个下午,陆平很急地打电话,有尖锐的哭腔(这尖锐到现在还时常闪现),说要搬家。三个小时的时间,联系上房主,找搬家公司,从和我父母一起住的地方,我们搬家了。

　　那个时候,我从单位赶回来,下午,很热的天,她抱着不到三个月的朵朵,站在树底下,用很厌恶的目光看我:去中介所看房子去! 就去了,是一个30岁左右的妇女带着,穿过好几个街区,看了几家待租的房子,房子里空落落的,地上是些破旧的报纸,窗台上布满了灰尘,一擦,满手黑。另外去找别的房子,在路上妇女一个劲地夸睡了的朵朵可爱,陆平方才显示出高兴的表情,穿着高跟鞋,努力地继续跟着看房子。

　　我们围绕着一个大的服装和日用品市场转,周围的几个街区热闹而繁杂,东西路上布满了美发店、饰品店和服装品牌店,音乐在街上经久不息地飘荡,像是连绵的雨,像是一个人的相思。店里多是些年轻的女孩,抱着膀看外面喧闹的世界和莫名其妙的人们,包括我、陆平和三个月的朵朵。

我们从东西路上走到南北向的小胡同。这里一个挨一个的是小吃摊子,米线、豆腐脑、菜盒子、炸臭干、炸鸡柳,烟雾和浓重的油的气息,让整个街区变成了一件看不见颜色的旧衣服,它的地上,更多的是卫生纸、吃剩下的食物的根蒂、痰和宠物拉下的粪便。

菜市小区,一个生活味很浓的名字。其实这里离我父母住的地方只有一条街(多日后,母亲经常拿些日常用品和食物过来看朵朵,我很担心她穿越马路时的安全)。小区不大,很破落,看门的是一个倔强的老头,每说一句话头就费力地扭一扭头,小眼睛闪动的频率过快,一副愤世嫉俗的模样。

房东大娘眼神透亮,问清租房的时间和其他一切相关的细节问题后,然后就是要房租。然后是联系搬家公司。我不太敢看父亲的眼神,在母亲的唠叨中很顺利地搬过来了,就一张床、一套沙发、电视和电视柜、锅碗瓢盆,外加我的书和陆平的成箱的未销售完的化妆品,完了,也就一切都齐了。我看着这间潮湿的租来的不见阳光的一楼,有些伤感。我们拾掇这些东西的时候,朵朵就在学步车里"咿呀咿呀"地滑来滑去,陆平仔细地收拾着东西,说:终于有了咱一家三口的窝了。一个黑洞般的临时的窝。我看着周遭对自己说。

在阳光下,我抱着朵朵出来,站在门口,朵朵就向每一个经过这里的人发出一种奇怪的声音:欧、欧欧。有人露出笑容,算是打招呼。欧欧。生活。欧欧。菜市小区。欧欧。多么幸福的生活。从窗口看着陆平剁菜的动作,听锅开后"嗞嗞"的声响,就想起刚开始认识陆平时的牵手,多么——欧欧。幸福的生活。可爱的朵朵。

总是这样,陆平在前面厨房里忙活的时候,我抱着朵朵到屋后的锻炼区里玩耍,都是一些用钢铁焊制的家伙,能转圈,活动活动胳膊和腿,上面老是站着一些老妇人,在那里不停地摇动,朵朵从我怀里伸出手去,"咿呀咿呀"地要玩,我就撅着屁股扶她上去,对面楼上不断地传来一个老头深沉地吐痰声,我一把抱起朵朵说:回家喽!

岳母从宁阳过来帮着照看朵朵。她们每天的活动也都是在这个小区里,坐在大门口的石头上和另外一些抱孩子的老太太拉呱，我上班就是往外跑新闻兼拉广告，陆平仍然在做她的化妆品，基本上是不成功，但她闲不住，回家就喊累。我也累。那些从原来住处带来的书籍，基本上都压在了箱子底下，我越来越胖，明显地开始失去锐气。

一个下午回来，岳母说她手破了，问怎么回事？她说下午有一个女人牵着的狗出来溜达，那条狗猛地扑上来，当时岳母就坐在石头上，怀里正抱着朵朵，本能地往外挥手，手指就进了狗嘴，待了一会发现手指头破了，朵朵肩头也多了几道划痕。我心里着急，就带着她俩去打预防针，大夫一边给"哇哇"哭的朵朵扎针，一边说：怎么这么不小心，你看让这么小的孩子受这罪。

回来，天黑了，我去找那牵狗的女人，一楼，很黑，敲了敲，没有声息，对面出来一个老太太，说：别敲了，他们两口子，不到十点回不来。悻悻地回去了，坐不住，等到九点多，就又去敲门，看见里面有灯光，然后一个中年女人出来，我说了一大通气愤的话，女人没有反驳，直说对不起，我要了几个疗程的打针钱，就回去了。

小区的路不平，那个时候还有一段水泥开裂的路面，看不清楚，脚底绊了一下，趔趄着差点摔倒，稳住了，我往地下吐了口痰，望着不远的灯光骂了一声：他奶奶地个熊！

过剩的人

总是有太多过剩的人在这个市场和这条街上麇集。这里，像是一个寻找食物的大乐园，各种喧嚣声绵绵不绝地灌进人的耳朵，这是一种没有绝期的雨季的感觉。绝望的感觉。在人们的脸上，洞穴的气息非常明显：苍白，憔悴，缺乏力度和坚贞。

比如市场，一条一条的街区划开，不同的产品就在不同的街区里陈设着，商户的门房就几平方米，人窝在里头，长时间不见阳光，笑容就有些阴深，大多腰里系着一个小小的腰包，站在门口端着杯子喝水，或者和对面的邻居说话，眼睛盯着在巷子里来回溜达的男女，看见有人盯住自己的商品，小跑过来说：老师，相中了呗，你出个价！你出个价！

在皮革的味道里穿行，在铺满了大量廉价衣服的摊位前穿行，从一些店里传来的流行歌曲，加重了这里的廉价味道，那时，看到脚下已经碎开的便宜地板和地板上已经混了泥的水迹,耳边听到了那句:亲爱的,你慢慢飞,小心前面带刺的玫瑰。小心,小心。前面一个牌子上却写着这样的字:小心扒手! 多么小心的时代,玫瑰和扒手都要小心。

挎肩过来的,多是些不到 20 岁的小女孩,半腰皮鞋和节省布料的穿着,一方面在显示着季节的特征,一方面在告知着时代的表象。大大的耳环,长长的假睫毛,粉饰的面部,在催促着小女孩到大女人的过程。一切都在更快地进行着,步履匆匆,急切的吆喝,纷转的时间。我看到,那些商贩们在强颜欢笑。呵呵! 强颜欢笑!

市场西面的路上,排满了一个又一个的食摊,中午时分,这些摊主开始纷纷对着炉子、开水、面食和肉类等等一切可以入口的东西做功课。油炸的,快炒的,成团的,成线的,成块的,都在一片热气腾腾烟雾缭绕中被翻来覆去,最后被塞进那些年轻人的喉咙,这些年轻的面孔,面对这些食品的时候,脸上显现的,是浮尘一般的笑容。

年轻人在整条街上撒开。他们成双成队,他们精力旺盛。所有开着门的理发店门口,都会站着三两个发型怪异的年轻人,随着店里 CD 机的音乐摆动身体,抽烟,把烟圈吐到空中,把痰吐到地上,店里面,年轻的男子正在年轻女子的头发上寻找灵感,身边的架子上排满杂志:《知音》《时尚》等等,一律大开本的,豪华端庄。对面,店名很好:窈窕淑女。更多的淑女或非淑女在睁大着眼睛寻觅,车辆排开的地方,一个女孩将车停好想要加入淑女的队伍,却被身后一个新疆小孩摸包的动作吓得尖叫了一声,啊! 一条街上的人就同样张开这个口型回头去看。

糖球在一个大玻璃箱子里插着,菠萝是要一刀一刀地削成片卖,烤地瓜的炉子老远透着一股香气,这种香气和炸臭干的味道碰撞在一起,很快就消失了。经营这些东西的车子,多被一些四五十岁的中年妇女推着,她们已经身材走形,面部粗糙,任身边的小轿车如何啸叫,这些中年女人总是以自己的规律行动,不过当城管的车辆出现在 500 米以外时,她们动作迅速,又非常热心,招呼着邻摊:城管来了,快! 快跑!

过剩的人群催生着以下生意的繁荣:理发店,饰品店,小吃店,网吧,服装店等等。我的兄弟长军就曾和别人在那里开了一家网吧,有一次我去找他,发现门是半开着的,后来才知道是前天别的网吧里一个小孩被人砍死在了门口,说是因为他玩游戏时和别人对骂,让人认出来,叫了几个人过来,其中一个把刀砍在了他脖子上。公安局的人来查，为躲避麻烦，就有好多网吧开始这样半关着门，很紧张的样子。

附近，我常去吃早点的是一家面饺馆，环境很差，老板和老板娘却非常厚道，话不多，男的添碳、端面饺，女的打汤，每次去她都说一句话：不放芫荽是不！我就点点头，女的在外边和帮手一边包面饺一边说：俺那孩子，小时候多机灵呗！唱歌跳舞，什么都会，有一次，就是让俺那个妹妹的对象狠狠打了一下后脑勺，憨了，现在这么大了就知道玩，愁死了，俺妹妹那个对象，人家说是黑社会，他奶奶地！

门诊

门诊正对着市场，是机关门诊，我父亲和这里的大夫大多很熟，有什么感冒发烧的病，都是到这里来看医生，挂上几天吊瓶或者打上一个小针就完了，没事了。

后来，这里被改造了，一个南方人过来承包，整个门诊就变成了看妇科、男科和皮肤性病的地方，墙上挂着的大大的图，都是男女敏感位置的解剖图，大夫也都是一律地新面孔，屋里电视上播放着这里看病内容的广告，言词充满了恐吓，仿佛每一个人都有可能是一个"性病"分子。

承包人是一个瘦瘦的个子不高的南方人，和人握手时绵软无力，在一个朋友的介绍下认识了，刚开始，我想着能不能拉他的广告，但经过几次的慎重考虑，我还是放弃了，因为到了那里，我经常会闻到一种糜烂的气息。

仍然会有人到这里来看病。门口通的公交车是 18 路、19 路和 25 路，这些路径多是通向郊区甚至农村，从这些车上下来的青年，很多头发是蓬松的，穿着低档的西装，皮鞋上满是灰尘，这些青年，有一部分跑到了市场上闲逛，有些，就是这种门诊的潜在客户。

本地电视新闻，就在播放这么一个潜在客户的遭遇，因为很平常的一个炎症，在这种门诊大夫的恐吓下，将一年打工的钱都掏出来了，却依然不见好，产生怀疑后找到了新闻部门，记者用暗拍手法将整个过程暴露出来。一场骗局非常清晰地展现在人们眼前，据说后来那家门诊投入了一定额度的广告后事情算结束了，至于被骗病人的结果，没听人再说过。

于是，依然是天空晴朗，阳光普照，干净的门诊，穿白大褂的白衣人安闲而神秘的神态,墙壁上挂着的人体解剖图,显示着某种医学的味道。外边,一趟趟的公交车,人们在上上下下,步履匆忙中有一丝迷茫,一些憔悴,等待在不远处的三轮车,正在吆喝着看过往的人们。我开始有些怀念跟着父亲来看门诊的那个时候,怀念大夫并不热情的面容,怀念躺在床上打点滴时没有人过来问候的孤单。

有些感冒发烧的情况,就开始到另一条街上的一家门诊。门诊的门面不大,楼下有六十多平方米,外面是两节柜台的拿药处和医生看病的一张桌子,里面是四张床和一张躺椅,去的时候,常常看见躺满病人的情景,一个一个高悬着的吊瓶,像是从人的手臂上慢慢长上去的古怪的透明的葫芦。

我用自行车载着朵朵从幼儿园里出来快到家门口的十字路口时,红灯,我就用右腿着地在那里等待,朵朵在后面"呀呀"地不知唱着什么歌。后来变绿灯了,我用力一蹬,先是听见车轮里发出的"突突"声,后来听见朵朵的哭声——她的脚被别进了后车轮里。

慌忙抱着她在路牙子上坐下来,抽开她的袜子,看到脚面上破了一层皮,松了一口气,但朵朵还是一个劲地哭着往我怀里扎,就把脚又翻过来看:后脚跟已经突噜掉一大块肉。我一手抱着她,一手牵着该死的车子,气喘吁吁地往那家门诊里跑。

去门诊的次数多了以后,朵朵已经不像很小的时候那样看见白衣人就"哇哇"大哭,她能和这些人非常愉快地交流,就是每当抽出手来要扎针的时候她会说:爸爸,我有点害怕! 眼睛里噙满泪水,扎完后就又恢复常态,一个人"呀呀"地唱歌。

最严重的一次,朵朵肚子疼了一夜。陆平说:怎么办? 怎么办? 我说着凉了,捂捂可能就好了,但是第二天她已经像个小猫一样憔悴地躺在床上,绵软无力,听人说,郊区某个地方一个门诊看小孩的病很好,就打"的"去了。那是一处学校后面不起眼的平房,坐诊的是个中年男人,去的时候满屋子都是人,咳嗽、哭声、大人焦急的询问声,搞得大家心里都很紧张。

中年大夫问了问情况,然后摸了几下朵朵的肚子说:这孩子应该是肠脐周淋巴结炎。拿了十包他配置的药,说到医院去照B超确诊一下吧。我想再多问几句,中年人说:孩子都到这程度了,大人干什么来? 严重了这是有生命危险的。我就把话咽回去了。

后来，就去了附属医院的儿科门诊。门诊等候大厅里同样等着很多家长，都坐在铝合金的躺椅上，前面，高处的电子板上显示着下一个看门诊的孩子的名字，周围的墙壁上，布满了卡通形象，朵朵走了过去，看两个女孩子正往墙上画米老鼠，她说：爸爸，长大了我也画画。我说：嗯！

照B超和查血都是这样等待。后来，在这样的等待中朵朵睡着了，再后来，在门诊里打吊瓶，她也睡着了。一连四天，一直是给她打针，不打针的时候，她就懒懒地躺在沙发上，抱起她的时候，她把头软软地靠在我的肩膀上，气息很弱。不吃饭，一直说肚子疼，头晕。我说：这样不行，我们看看中医去吧。

老运河边上的这家中医，是世代相传，现在的坐诊人叫孙兴，我曾经给他爷爷也就是第一代孙家的中医创始人写过一篇文章。去的时候，没有病人，孙大夫摸了摸朵朵的脉，看了看她的舌苔，说不要紧拿几副中药就好了，包了三副中药，拿了三粒黑药丸子，孙大夫嘱咐了服药注意的情况，我们就抱着朵朵回家了。

一共吃了六副中药，朵朵情况大大地改善了，刚开始，她不喝中药，强喝下去就要备好冰糖，到后来，她自己说：我该吃药了。就一边看电视，一边把玻璃杯子的中药水往嘴边放，那样子，像是在品尝可乐。

外面

迎着阳光，我穿过马路，走到对面的小货摊前。那是带轮子的一米五左右的货柜，柜子面街的一侧挂个小牌子，白底黑字，上写：牛奶供应点。柜子里面放着香烟和矿泉水等物品，柜子上面放着两部电话，和牌子一起挂起来的，是各种报纸，新闻纸的或者铜版纸的封面，是大头的美女或者政治上显赫的人物，她们及他们神采飞扬或面目深沉。

守摊的是一个和我母亲年龄差不多的妇女。男主人另外兼了一份活儿，就是在这条街上清洁卫生，这个时候他正迎着阳光在不远处操作，黄色的衣服黄色的帽子，黑瘦的面容。他是上个世纪六十年代首都钢铁大学毕业的大学生，后来企业倒闭，一家人就守着一个小摊柜过日子，无论冬夏。有时在街上碰到他蹬着三轮车送货，我们彼此热情地打招呼。他的笑容很灿烂。脸是依然黑瘦，个子极矮。

东边,紧挨着的,是修自行车的摊子,一个中年男人,穿着蓝色的长褂,笑容憨厚。记忆中他在这里已经做了有十五六年了,家在运河西边,那个地方我知道,我姑奶奶就在那里居住,人们说,那个村里的年轻人以"进宫"(蹲劳教所)为荣,偷窃成风,因为长期的垃圾倾倒,那里成了著名的垃圾村。我们交流,他说自己老了不能像本村的年轻人那样"进宫"风光,我颇愕然;然后他说能不能关注一下村里的垃圾,我就沉默。我给自行车打气,他从不收钱,他的手指关节粗大,老茧遍布,冬天往往皲裂开很多口子。

这里离东边的那间旧杂货铺子有 50 米远。两边的墙壁上,写满了办证之类的"牛皮癣",这一段路,我因为写过一篇关于它的报道而印象深刻。当时,那个医院的院长被怀恨在心的一个人雇人砍倒,就是在这个地方,他成了一个血人,在阳光下趴着,那些刀伤让我很久以后见到他,依然心有余悸。我见到他的时候,他尝试着在病房里走动,右脚的神经已经失去敏感性,据说恢复的可能性很渺茫。

这 50 米的中间,路北,原来是个澡堂子,生意一直不错,男部里面有两个池子,热气腾腾,外面是搓背和按摩的,经常听见"啪啪"的击打人体的声音和一些人睡觉发出的呼噜声。后来政府封了自备井,两个池子停了一个,据说女堂子的水流像小孩的尿,一个女人还经常在外边喊:注意节约用水。很快澡堂就改成了饭店,二楼改成了网吧,只保留了一部分洗浴的功能,每次经过原来烧锅炉的地方,都能看见几个大厨在里面煎炒烹炸。

杂货铺子是沿着墙封起来的铁皮,上面用预制板搭着,时间长了,铁皮上面长满了锈,有时一不注意碰到上面,就"哗哗"地往头上掉锈铁末。主人是个面部白净的女人,说话很文静,常年一个人守在这里,到孩子放学的时候就关门去接孩子,她说生意不好也就刚够吃喝。一天夜里,有人从上面撕开铁皮拿走了一些烟和别的东西,还有一次这里被人放了一把火,再后来,铺子转了,接手的,也是一个女人,个子要大一些,她上了一个豆浆机,所以,我经常看见她提着水"咣咣"地从远处往铺子里走来。

紧挨着政府,有一个鲜花店,女老板姓肖,戴着眼镜,她的生意很好,在一些节日比如情人节或者母亲节时,经常是门庭若市,门口排满各种鲜花和花篮,好几个女孩子在那里蹲着忙活,所以在那种节日,从那里走过往往很艰难。女老板很能干,怀孕的时候还挺着大肚子在那里忙活,有一次因为从租的房子里拉花,看门的老头和伙计发生了冲突,这个女老板过去和老头吵架,很是伶牙俐齿。

斜对过,是我的老同学高伟工作的照相馆。他在这里已经待了15年,工资依然是三位数,六年前他贷款买了房子,现在每个月还的款项也是三位数,37岁,他没有要孩子,三弟结婚了,是租的房子,二弟没有女朋友。我看见高伟的头发已经白了一半,和我们15年前在一起玩的时候已经不再是一个人了。

15年前,我就在这个照相馆的正对面待业,卖糕点,当时这里是平房,商场的名字叫:清华园。这里的店员多是已婚妇女,整天唧唧喳喳。现在这里早已经盖上了大楼,分别变成了银行、服装店和药店,这些地方的生意应该都很好,可我还是有点怀念15年前的那个时候。那个时候,我能经常和高伟他们一起踢球、喝酒、看世界杯,现在,我们这些人都很少再联系,体型在变样,容貌在苍老,心,在一点一点地沉寂,对于足球,即使在电视上看到,也是一闪而过。

当时清华园的路南边,现在已经是联华超市,人气很旺,原来曾经是国有的商业楼,很不景气。我待业的那一年,这个商业楼做过一次霓虹灯牌子,当时我正提着暖瓶回来,就看见路南楼上的那个大牌子燃起了大火,上面站着一个人,是在上面焊东西的工人,我跑过去的时候,人已经掉下来了,浑身已经烧得没有一丝衣物,生殖器缩成了黑核桃。后来,我看到地下一个一个的坑,人们说那是燃烧的化学塑料砸的。

宿舍北边,沿着墙到路口处,是经营灯具的大门面,紧挨着,是卖花圈的小门面,一个老年妇女,整天坐在躺椅上,似睡非睡,冬天时节,院里曾经去世了几个老年人,这里的花圈就被摞在了宿舍门口的一个三轮车上。

花圈铺往北一点,是经营儿童服装的一个大店,店主是南方人。这个地方的前身,是个酱油铺子,好多年前我来这里时,总是感觉冰冷冰冷的,店里面的地面、坛坛罐罐、卖东西的中年妇女蓝色的大褂,都给人那种阴沉的感觉,我曾经接触过当时的那个男经理,我找到他的时候,他正打麻将,态度暧昧,面色阴沉,几年后这里倒闭我在街上又见过他一次,一样的阴沉神态,骑着个破三轮车,穿过人群,动作非常缓慢。

儿童服装店的这条街上,北边的一座楼,五楼,曾经是居委会,有一段时间我经常往那里跑，结婚办理证件、普查育龄妇女让陆平去报到、给朵朵上户口等等，让我不胜其烦。这里的几个工作人员态度还都不错，有很多事情不是太复杂，但是我依然不喜欢这种跑来跑去的状态。

可他们说，这，就是生活。

姥姥的神物

　　第一次，我从睡梦中醒来的时候，闻到的是一种草香味道，有些干涩，有些微辣。屋里昏暗，有一盏灯，在堂屋的房顶上悬着，我睡的这个小屋里没有亮灯，从微弱的灯影中，我看到姥姥模糊的身影，正对着朝南的窗口，窗台上有三点流萤，她就对着这流萤，做默默的念叨，一声又一声，微弱而悄然，但是能明显地感觉到这念叨中些微的节奏起伏和情绪变化。

　　我看不到姥姥的面容，但是，我能感觉到，姥姥是在做一种极其认真的"功课"。

　　"姥姥，你在做啥。"这是我说的。"没做啥，小孩子，睡吧。"这是姥姥说的。姥姥没有睡。就像以后很多个夜晚我看到的那样，姥姥在守着黑夜，不知道要呆到什么时候。我翻过身去，再次睡去前，耳边听到的，依然是那种模模糊糊的念叨，节奏起伏的念叨。

　　窗口出现了光亮，后来大亮，这个过程中，我看清楚了窗台上的东西是个香炉，暗褐色的,有十多公分高,三个支脚,两个炉耳,里面的香灰满溢,浅灰的细尘有些已经碎洒在了窗台上。里面,有三支极短的已经熄灭的香草,这应该就是夜里姥姥所面对的那三点流萤。

冬季的堂屋里,燃着的火炉让我觉得周身暖和,我就坐在一张小矮凳上看姥姥搓麻绳。她把一缕又一缕的细麻线缠在一起,放在小腿肚子上一点又一点地搓,直到搓成一根长长的能纳鞋底的麻绳。姥姥在做任何事情的时候,都是这样细致而悄然,具有一种令人难以置信的寂静和忍耐,精神专注,毫无旁睨,偶有交谈,她往往会先微笑起来:她的上眼皮已经快要盖住眼睛了,所以看人的时候要努力地抬着脸,像是要讨好什么似的,正对着别人,非常努力。

说到那些流萤的时候,姥姥的神情会变得非常严肃,她说,小孩子不懂不要瞎说,神仙会生气的,我说,姥姥烧香是迷信爸爸说的烧香就是迷信! 如果犟到厉害的时候,姥姥会闭上眼睛沉默地念叨一会儿,大意是:小孩子不懂事观世音菩萨王母娘娘千万不要生气,看到这里的时候我会"噗嗤"一声笑起来,姥姥睁眼迅速地看一下我,念得就更起劲——救人济世的观世音菩萨王母娘娘呦!

被吓怕了的小女孩

姥姥还是个小姑娘时,整天跟在家人身后在桃园里转悠,桃园很大,桃花开的时候就像雪满满地落在枝头,蜜蜂飞过来,姥姥就跟着跑过去,而这段短暂而快乐的时光也跟着很快就跑了过去。

姥姥的娘家叫付庄,嘉祥的一个小村子,这个小村子在上个世纪30年代曾经打了一次大仗,用我田子舅的话说就是:整个付庄给打着了。

一个深夜。我的三舅姥爷刚出门,就看见两匹大马"嗒嗒"地跑了过来,看不清马上的人是什么模样,就在我三舅姥爷满腹狐疑的时候,马站住了,骑马的人发出声音,从黑夜里传过来有点吓人:小孩,过来,问问你,到冯集还有多远?

我三舅姥爷就说:没多远了,一直向前走就行。两匹马就快速地跑了过去。

也就是有两袋烟的功夫,我三舅姥爷他们再从门缝里往外看的时候,就看见一队又一队的士兵像疯了一样地往前跑，身上的武器发出"啪啦啪啦"的响声。

据说，当时，在这个小村子的南头驻扎的，是日本兵，北头是中央军，村子的大沟里是八路军，三方都打乱了，死掉的人就直接被抛进村中间挖出来的壕沟里。

就在战斗开始之前，人们都纷纷逃往嘉祥马集方向，我的大舅姥爷跑着跑着，突然想起家里还有一只鸡没带出来，他说：这一跑就不知道多长时间，一只鸡可金贵了，不能丢喽！

大舅姥爷跑回家，找到并抓住那只鸡的时候，外面已经枪炮轰鸣，从门里往街上看的时候，就看到跑过去一个兵，"彭"的一声，倒地了，再跑过去两个，又倒地了，这些都是被打死的士兵，我大舅姥爷怀里揣着鸡，看看没有动静的时候，踩着街上的尸体才跑出来。

我姥姥在她娘家住的地方，是一个家庙，庭院宽敞，门扉阔大，当战事结束的时候，我姥姥跟着大人跑回家，看到了有生以来最让她惊骇的一幕：满院子里都是死人，像一个又一个的树桩倒在地上，面目模糊，身型走样，血，已经洇满了整个院子，凝固了好久。

我姥姥以一个小姑娘的视角，看着这一切，只能静静地站在那里，好长时间没有思维，后来，她觉得头疼欲裂，视线模糊。

姥姥说，那个时候，她看见的世界不再是一个桃花绽放的世界，她说她看到了阴曹地府，她看到了牛鬼马面。

我田子舅说，很多年后，付庄的人挖地基盖房子，还能挖出人的头颅、半刃腿骨、锈了的机枪等等，他小时候，家里的窗台子上，有很长时间，一直放着一个有捻的手榴弹，但没人敢动，大人们说那东西还能响。

卖货郎李处福

我的姥爷李处福有一副扁担，他用它担着杂货摊子，走遍了十里八乡。

我的姥爷李处福，用父亲的话说：一个标准的男子汉。这种标准，首先体现在外表上，年轻时是啥样不知道，他去世前我很小只隐约有点印象，那时眼前看到的是一个脸膛黑红个子高大声音洪亮的老头,这个老头到我田子舅嘴里,经常的形容就是:如果你姥爷把扁担舞起来,七八个人是沾不上边的。

《嘉祥县志》里这样描写那段岁月:1938 年 1 月 24 日,日本侵略者飞机轰炸嘉祥城,炸毁倪继先菜馆房屋五间半,杜怀伦杂货店房屋 24 间;2 月 5 日,刘星、陈伯衡、曹志尚等人发动永安寺抗日武装起义;2 月 18 日,日军濑武旅团中川部队由济宁进至新挑河东驻扎,与设防在新挑河西、付庄一带的国民党第三集团军二十二师隔河对峙。

当时,那些随风飘荡的膏药旗,已经出现在了这个县城甚或更远的乡间小路上,相对安静的占领,其实深藏着极其恐惧的忐忑不安,这个时段,姥姥说可以看见日本女人从街上走过,脚步很碎,低着头,背上都背着一个叠得整齐的小被子。

卖货郎李处福,我姑且这样不恭敬地称呼——我的姥爷李处福,挑着扁担做自己的生意,就有时碰到这些飘扬的膏药旗,他沉默地注视着,开始觉得腮帮子一鼓一鼓的,有时脑门上的血一个劲地往上顶,他没文化,不像我这种天生胆小的人,只会写点文章,他找不到合适的词形容自己的感受,就是觉得:不舒服!

因为这种走街串巷,人们说,一来二去,我姥爷就跟八路军联系上了,而且开始神秘地来去,扁担已经被放置在家里,所卖的货物也慢慢地布满尘土,而姥爷到底在做什么,他从来不跟家里人说,直到有人偶然在他的腰里发现了匣子枪,才知道李处福已经不再是一个卖货郎了。

1946 年春,嘉祥抗日民主政府在纸坊镇召开纸坊、仲山、花林三个区的大领会会议,宣布成立嘉祥县大领会,也就是从那时起,各乡镇的农会、钢枪队、妇救会、儿童团等纷纷成立,提出了"反租减息、反奸反霸"的口号。

已经 78 岁的贾寿宣姥爷说,那个时候他比我姥爷小好多岁,是儿童团团长,我姥爷被选为了大王庄的农会会长。

"从好几年前到农会的时候,你姥爷给八路军出了大力,但是解放后他什么也没有捞着,你姥爷喜欢喝酒,有一次在集市上喝多了,看到一群穷人,就随手拿出一把大洋撒了出去。"贾寿宣姥爷说。

妈妈,看那些大鸟

自从姥爷把扁担扔了别上了枪,姥姥说,她的心就一直"扑通扑通"地跳。黑夜降临,姥姥就没有睡过一个安稳觉,常常就是呆在黑夜里,侧耳听,像是动物世界里非洲大草原上惊恐的鹿,在夜里,支棱着耳朵,清醒的,还有大脑。

"汪汪汪",狗叫了,姥姥就用手抓紧了被子;街上有急促的脚步声,姥姥就觉得心已经提到了嗓子眼;甚至风刮过树梢的声音,都让她神经质地呼吸紧促;一整夜,她会走到门那里好几次,用手摸摸门闩是不是插紧了,再过来给我大舅和大姨盖盖被子,甚至家里始终都会有一个小包袱放在床下,防备着万一有情况好能轻捷地出门。

一个又一个的黑夜过去了,一切都很平静。但是平静得让人害怕,这种害怕的心情从骨子里往外渗,担心的事会有很多,比如可能会有一天有人传话说李处福被人打死了,比如有一天夜里突然院子里会灯火通明,一队又一队的人马过来撞开门,将姥姥、大舅和大姨拉到后海子里给活埋了。等等。反正从来没有往好处想,没想过地里的麦子会收几百斤?家里养的那头猪是春上卖还是腊月里宰?这些,都没想过。人,今天还好好的不知道明天会怎样,还会想那些?

黑夜里没有到来的事情,白天来了。一个大白天,明晃晃的太阳还在天上挂着,就听到街上的脚步开始嘈杂而纷乱,到处是"嗡嗡"的声音,一开门,这声音更大了,就在姥姥愣神的空儿,邻居一个姥姥直着嗓子喊:上功他娘,你憨了,还不快跑! 鬼子来了,快跑! 快带着孩子跑! 声音尖锐而急促。姥姥抬头看了看太阳,以为自己在做梦,醒过神来的动作就是迅速地从床底掏出包袱,一手拉大舅一手拉大姨,门都没带过来,就一溜烟地往南边跑。

人很多,拖儿带女,哭的喊的,乱成了一锅粥。姥姥领着两个孩子,没命地往前跑,往前跑,跑过河沟和麦地,来到了树林边。这个时候,不到十岁的大舅突然指着天空喊:妈妈,看! 大鸟,大鸟。姥姥抬起头来,就真看见天上有一只很大的鸟,正朝着这边飞过来,还"呜呜"地发出怪叫声,大舅甚至还露出了微笑。但在一瞬间,巨大的爆炸吞没了这些抬头观看的人们,浓烟和呛人的气息把很多人笼罩了。

大鸟过去了。浓烟散去了。大舅和大姨都不见了。姥姥开始撕心裂肺地喊着到处找,一会儿的工夫,大姨满面灰黑地从一盘石碾下钻了出来,而大舅正像个猴子似地在树上猫着。娘仨又开始继续往前跑,人们说,那个时候,那些凶恶的鬼子就在后面紧紧地跟着追。

秋天。九月。空旷的田野,到处是人们逃亡的身影。当来到了黄河边上的时候,所有的人都绝望了,没有渡桥,水流湍急,远处对岸有自己军队的船只,但并没有前来救援的意思,但身后的远处,能从枪声里判断出:那些凶恶的东洋人,就要举着刀来砍人头了。

水很凉,很凉,这是下去后姥姥能感觉到的。淹死也不能被抓住!这是姥姥那时的想法。大姨年龄小,就抱着,领着的是大舅。大舅说:娘,水到肚子了;大舅又说:娘,水到胸口了;大舅最后说:娘,水到脖子了。

因为看到人们纷纷下水,对岸的船开始过来营救,姥姥他们被拉上了船。好几条船过来救人,因为人多,军人留下,让老百姓上船,然后往对岸划。

那些东洋人来到了黄河岸边。姥姥她们就睁眼看着,那些先前还精神饱满的中国的年轻人,在经过一阵喊叫和冲突之后,一会儿就被日本兵用机枪撂倒,变成了一具又一具的尸体,姥姥就拼命用手捂我大舅和大姨的眼睛。

看到这些船正好到了河心,东洋人的小钢炮就开始发射——"嗖嗖嗖",除了姥姥坐的这条船,其他的船都在河中间被打沉了。

姥姥说,就在那一刻,她看见了观世音菩萨。她说自己乘的船没沉,是神仙保佑。

我飞过了三米高的墙头

再后来,据贾寿宣姥爷说,我姥爷李处福跟着的是游击队,到处"拉锯"。他们活动在嘉祥的马集、大山头一带,神出鬼没。在村里,以曹家为代表的另外一个阵营,也参与了一个吓人的组织"黑杀队",村子里的一些大户,是他们的拥趸,他们用眼睛盯着那些八路军"枪班"们的家属。他们掌握着一本村子里参加游击队人员的名单。包括家属。

"黑杀队"曾经在李楼杀害了一些"枪班"的家属,在黑夜里,有的人头被割下来,消息总是令人惊恐,这也让我姥姥的神经几近崩溃。

斗争在继续,这就意味着我姥爷依然要别着枪,而不能重新拾起那根扁担挑子。但是,回家的愿望是强烈的,这样就只能在某个黑夜里悄然进村,像猫那样叩击家门。

线报是那么准确和迅速。常常是在姥爷刚进院子,就听到街上有杂乱的脚步声,喊声是这样的:李处福,你跑不了了,逮住你活剥了你个熊黄子! 姥爷就迅速地跳上墙头,下面突然打来一枪,李处福就回射一枪,消失在黑夜里。

曾经,姥姥家有过水晶的墨镜和一把匕首——这些东西如今大多都没有了方向。这些东西是姥爷杀掉敌人后拿过来的,这其中,也有那些汉奸的。姥爷曾放下狠话:别动家属! 否则,杀无赦! 这也是姥姥他们娘几个在一段时间内相安无事的原由。

当大队大队的"还乡团"进来的时候,气氛开始变得紧张而且残忍。人们互相用目光交流,在被包围了的村子里,清算开始了。就像是电影里演得那样,一个一个,一群一群,最后,人们被驱赶到柴庄的一处大院落里,被查认,被甄别,被捆绑或者处置。姥姥成为这其中的一员。

之前,是这样的问话:李处福在哪里? 这是弱智的废话。不知道,确实不知道。就等来了暴雨般地一阵皮鞭的抽打,然后几个兵扛来一把铡草的铡刀,让姥姥看着,先后把两个人掖在里面———一个是农会成员,一个是鳏寡老头,血流一地,肉末泛起,最后是头颅滚落:农会的那个人怒目圆睁,鳏寡老头则嗷嗷直叫。那些人指着这场面说:看到了吗? 不说是吧,不说是吧,今天夜里就把你铡了。

夜里。这些人喝酒,然后,喝了很多酒。一切都很寂静。为了防止姥姥逃跑,他们专门找了两个本家的妯娌一边一个看着姥姥,说要是姥姥跑了就把这两个妯娌铡了,结果这两个妯娌先是一把鼻涕一把泪地求姥姥千万别跑后睡着了。

姥姥说她满脑子都是那两个人被铡刀铡断的样子,满脑子都是,就呆不住了。菩萨保佑,这些人都睡着了,菩萨还保佑,院墙只有三米高而不是五米,就这样,姥姥飞过了三米高的墙头,跑了。姥姥不到一米六的身高,怎么能爬上三米高的院墙的,这是个谜! 姥姥说她也不知道怎么过去的,她说是神仙帮着她飞过去的。她坚信自己是飞过去的。

其实,逃出来后姥姥并没有跑远。当时是六月初,姥姥就一直呆在了村外的麦田里,趴着,饿了就搓麦粒吃,渴了就小心地爬到水塘里捧水喝。直到两天后,那些队伍开走了,她才爬出来。

真实的情况是:我姥姥在麦地里被柴庄我一个姓秦的姥姥发现了,这个姥姥和我姥姥是小时候的姊妹,她用地排车将我姥姥放上去,上面盖上了草和新鲜的麦秆,拉回了家,在我这个秦姓姥姥家里,我姥姥病了有半年多。

没有被铡,而且爬上了三米高的墙逃跑,姥姥说这也是神仙在保佑。

一把锈了的长匕首

可能,那一把如今还呆在我抽屉里的长匕首,是姥爷留下来的唯一的印证。这是一把断了尖的有些锈了的匕首,但握着它,依然能感受到这把匕首的质地优良,握柄处一半为铜包一半为骨嵌,不像是中国货,很可能,它是姥爷从敌人身上夺过来的。

这把匕首的沧桑,只能说明一点,那就是:它身上沾了很多的鲜血。我知道姥爷在那个年代是杀过人的,多是鬼子或汉奸,也许用这把匕首也杀过,但我不知道杀过多少。对于他们那个时代的人而言,杀人有时也是一种宣告和明示,就像现在被占领的伊拉克那些拿枪的人们一样,有时,杀人也是一种人生选择。无奈的选择。

我姥爷成了农会会长以后,被村里的一些人视为"眼中钉",于是一摞又一摞的黑信被送到了"区"上,甚至有人说:我姥爷私通"小梁子"(解放前鲁西南有名的一个土匪)。很快地,我姥爷就被人逮走送到了镇里。

上面下来人调查,把村里人聚集在一块,对李处福的"罪行"进行揭发,于是就有人走出来控诉,这些控诉的人几乎没有"贫下中农",全是些大户或劣绅,上面的人心里就有数了。

人们说,上面的人回去后就把我姥爷放了,还递给他一把枪,说:李处福,你可以按照你的意愿回去"办"几个人。听说我姥爷被放出来了,那些先前控诉的人都跑了,而我姥爷之后也跟着游击队出去"拉锯"去了。

其实,呆在这样的环境里,我姥爷感到憋屈,为什么? 因为不能随便喝酒,还一个就是还要经常开会,宣布这纪律那纪律,还不能随便骂人。所以,当时有人一次又一次地找他说要他入党,他把头摇得像拨浪鼓:不入不入,不让喝酒还不让骂人受不了。

后来,胜利了,部队要南下了,姥爷没有跟着走,而是回去依然当他的卖货郎。当时,我母亲回忆说,家里的院子里,来了一拨又一拨的部队的高级军官,穿呢子大衣,别着手枪,是来劝他的,但没人能劝得动他。姥爷说:我当初拿枪就是为了把鬼子赶走,现在鬼子走了,南下不南下就不关我的事了。他又挑起了扁担,喝着高粱酒,守着这个家和自己的几个孩子。人们都觉得李处福这个人有点憨。

虽然还是个卖货郎,但是就像那些资历雄厚的江湖退隐大哥一样,姥爷因为这段烽火岁月,在人们眼里,并不单纯是一个卖货郎:他拿过枪!他杀过鬼子和汉奸!这是人们所能知道的,一个缓慢行走在街上的中年人,一个卖货郎,在很多人的眼中,是令人敬畏的。就像那把匕首,虽然锈了,可血性还在。

姥爷的后半生过得相对平静,即使到了红卫兵满街走的时候,也没人敢惹他,而他也似乎对这些穿绿军装没有武器的操蛋孩子们缺乏兴趣,连眼皮都懒得抬一下,倒是有他的拥趸在喝了酒后拿着红缨枪到街上骂阵:谁他奶奶地敢动李处福,我先用枪挑了他个王八玩意!

别和人家斗气

姥姥经常说的字眼有两个:一个是"不要",一个是"别"。比如我小的时候,她对我说,记住乖乖,不要和长着鹰钩鼻子的人交往,这些人多是坏蛋!记住乖乖,别人打你你就离远一点,别和别人斗气。其实,这些话我相信他对我两个舅舅也没少说喽,所以我的两个舅舅也基本上就遵循了,都属于那种遇事不争行事温吞的人。

但我姥爷偏偏就看不起这样的人,他又是个急脾气,领着我大舅干活的时候,一句话不对,姥爷就上去劈头盖脸地揍一顿:他根本就不考虑对方是十多岁的孩子。而且,在酒后如果不高兴,我姥姥也会成为这种被暴打的对象。

姥姥从什么时候开始烧香的,没有人知道。这种小心翼翼的活动,最初应该是非常隐蔽的,当然后来也是隐蔽,不能让我姥爷看见,看见后他会连香炉子给掀地上砸碎,骂上一句:烧他奶奶地这玩意干啥!我姥姥也多半会自己再小心翼翼地拾起来。我姥姥就觉得我姥爷是一个有罪的人。她后半辈子就是这样烧香过来的,在黑夜里,面对着三点流萤,默默地念叨。

我姥爷吃肉,是那种猪头肉,就是把整个猪头放在面前,桌子上再放一瓶高粱酒,"呼啦哗辞"地风卷残云,这种吃法是我姥姥所不能接受的,很多时候,姥姥说,那是罪过,是极大的罪过,不能杀生。姥姥更偏爱植物,比如地瓜秧子、大豆或者其他一些地里收来的植物。她吃这些东西的时候非常缓慢而且细致,就像是多大罪过似的。

但是在我姥爷那里,一切都是那么自然而且随意。当年关到来的时候,姥爷杀猪的样子,很可能让人想起他面对一个敌手的时刻,他手里拿着一把刀,他从容地走到猪圈里,当然这个时候我姥姥已经躲得非常远了——她害怕哪怕是牲畜的叫声,姥爷却从容而自然,用刀子一下戳进猪的脖子,猪在动,他捏着猪耳朵的手却没有动,神情也不动,他在等待这头猪的血一点一点地流下来:滴答、滴答。

看那些打鬼子的电影的时候,我们神情激昂,情绪高涨,这些电影是在打麦场里放的,姥姥也来看,但是当一个最重要的情节,也就是那些龌龊的鬼子要进村时,姥姥已经开始往家跑了——她开始条件反射地拉肚子,她要飞快地跑到茅房里,这是一种习惯,是姥姥在当年头顶上有大鸟盘旋时逃亡的过程中留下的习惯。

我姥爷却没有留下这些习惯。除了他那张从不买账的脸,他对外界的东西一直是冷漠而且不屑的,这一生他和酒最亲近,他靠着这些液体,一步一步走近生命的尽头——我姥爷最后得了食道癌。

当我些微懂事的时候,跟着父亲,我看到的姥爷已经非常瘦弱了,那时,他的病已经到了晚期,他常常在长了枣树的院子里走来走去。有一次,父亲买了一大捆徽子,用开水在一个大碗里泡了,姥爷就用一根筷子沾了沾汤水,往嘴里滴,就这样滴,滴了有两个星期,姥爷就死了。

据说,那一个晚上,姥爷起来,走到床外30公分的尿罐子前,撒了泡尿,然后躺到了床上,第二天,就没有了声息。姥爷在死之前,说:你们都放心,我不会让你们再伺候我一天,不会。

簪子丢了

我大姥姥说:孩子,你姥姥可能真的有法力,我们有时候看见她上屋顶就是一转眼的功夫,而且那些年你姥姥发病的时候,握住人手,感觉很痛。

姥姥后来发病的时候就有些神志不清了,整个人面目浮肿,奄奄一息,这个时候,本庄上有姓马的一家,曾经在唐庄找一个老头看过病,效果很好,就好心地用自己家的马车把已经快不行的姥姥拉到了唐庄。唐庄那个老头就用针灸给我姥姥看病,没用多长时间,姥姥竟然恢复了。所以这个老头就成了我姥姥的干爹。

这之后,姥姥除了烧香之外,也开始学习针灸,用一根细细的钢针往人家身体里头插,这中间就有被看好的。

那个时候,"文革"已经开始很多年了。唐庄来了一个退伍的瘸子,我所知道的是,大王庄的人都叫他"小五子",当时他一高一低地来到我姥姥的干爹面前,说:师傅你看我已经受了好几年罪了,求求师傅给我治治吧。老头就把一把针插到了他的腿上,过了一段时间后,这个人的腿还真好了许多。

"小五子"要认老头做老师,姥姥的干爹是个心软的人,就没有推迟,后来据说"小五子"在济南也开始行医,用一根又一根的针扎别人,或者给别人包好一包一包的药,而且还有其他很不正当的行为,据说直到有一天,出了人命,政府就逮捕了他。

下面的事情,就是追根刨底,就是要问出他的师承是谁,结果就查到了我姥姥的干爹,还有我姥姥,还搜查出了香炉和观音塑像等一些东西,在那个时候,这就是大罪,我姥姥在监狱里呆了几个月。

姥姥的干爹,据说在里面受了大罪,出来后整个人都紧张兮兮的,一听到大王庄这个词就乱咋呼,没有多长时间,这个老头就死了,人们都说:是"小五子"这个熊害的!

姥姥到监狱里面的时候,头上还戴着一个金簪子,非常自然的是,这簪子被人从头上给撸下来,说是充了公,从此就没有了音信。姥姥在里面的时候,吃的是窝头,那些穿绿军装的年轻人,有时没死没活地用皮鞋往人的脸上踹,姥姥自然不会幸免,无疑,她是这些囚犯当中最老实的一个。她说人家打她的时候,她就默默地在心里念叨观音菩萨救世主。

簪子丢了，也就什么都丢了。在那里面，姥姥反倒非常坦然了，这里既没有日本人，又没有"还乡团"，不过就是在里面呆着罢了。姥姥依然没有忘记那些救过她的观世音菩萨，那些救人于水火的神仙们，没有香炉，她就对着窗口念叨：救人济世的观世音菩萨！救人济世的观世音菩萨！

我姥姥呆在监狱里的时候，我姥爷依然在外面吃他的猪头肉，喝他的高粱酒。到后来我姥姥出来的时候，我姥爷可能已经开始得病了，他就像是一个没有精神的老虎一样，在院子里来回走动，目光深沉，胡子邋遢。

我姥爷死了。这是姥姥后来确认的事实，一个强梁的人死了，死了，一个给这个家庭带来了过多的担心和苦难的人死了。姥姥觉得自己也解脱了。她后来从监狱里出来，曾经在我们家住了好长时间，还是那样虔诚地烧香，那样默默地念叨。

直到有一天，我已经是个初中生的时候，姥姥也突然倒下了，因为脑淤血，她瘫痪了，只能呆在床上，有人来的时候，就"呜呜哝哝"地不知道在说什么，仿佛在念叨她烧香时的词语。

那把长匕首，那件唯一印证姥爷那个时代的物件，现在被我保留了下来，锁在了抽屉里，看到这把匕首，会让我想起姥爷那黑红的脸膛。

而我的姥姥，却从来不看那把匕首，她说，神仙会来救我们。神仙会来。神仙会来。

多年以后，我走进一座寺庙，《大悲咒》在四周环绕，一切肃然，我站在那里，感受着一种从未有过的内心平静，在那里，我看一本佛书，我想起了姥姥，想起她白皙慈祥的面容，受苦受难的面容。

第三辑：落叶的奢华

给我一枚叶子，我可以远离世界，独自徜徉。这种感觉真好！我是说在秋天，夕阳西下，一个人在林中行走，那种寂静的气息，充满了人情的思索，你可以回望童年、想初爱的人儿和去世的祖母。

船

我想和别人一样，得到那些鱼，让鱼鳞在阳光下闪耀，映着我脸上得意的笑。为了这一目的，我制作了一副渔叉，拙劣的，很不锐利，但毕竟有了，提着它，走遍所有的池塘，最后，来到了运河岸边，看见几条木船正从北方驶来，在浅处，船主拽起藏在河底的渔网，就有鱼儿在网中徒劳地挣扎，最后，"啪啦"一下被盖进舱里，面带满意的神情，船主们继续远行。这真让人沮丧！我握叉的手儿又红又涩，只好将目光向对岸望去——喔！桑树，甚至可以看见黑里透红的桑葚在枝头丛生，阳光洒下，丛林繁荫，飞出有着鲜艳色彩的鸟儿，好听的叫声，不断地传来，而可望不可即的翅儿，在视野中消失，不可挽回地消失。那是我们从未到过的地方，尽管，只在对岸。那儿有着诱人的桑葚，而更多不知面貌的景色则深藏其中。站在这岸，手拿空叉，我目光专注，而我一条鱼儿也未叉着，腰里缠鱼的绳儿随风飘起，像空洞的蛇皮——那是个充满甜蜜向往的惆怅下午。

我家住在堤下面,是一块洼地,有好多次我都在想:它一定存在几千年了。几千年的概念也许很长,但没人能说明几千年和一个下午的真正区别,就像爷爷的爷爷和我爷爷一样,岁月悠悠,弹指沧桑,他们只是忙着收割、拉车,养育一大堆孩子,偶尔抬头擦汗的时刻,也许才会注目一下运河上的远帆。仅是注目,对岸,桑葚一年又一年,长了灭,灭了长,疯狂而又孤独。我的老家,没有关于船的故事。

我问我的同伴:有谁坐过船儿? 都摇头,目光充满向往和迷茫。船,是一个遥远的词。我们问村里的老人,诉说运河上漂过的木蓬,他们把脸从对着太阳的方向转过来,苍老,迟缓,待听明白了,才说:那是泖子(渔民)。然后,继续晒太阳。这不是一个令人满意的答案,我们心里有说不出的堵塞,那里,搁浅着一条船。

那些关于船的向往,会在我现在的午后苏醒。我回忆,并有一些伤感的理由滋生出来,向着天空张望时,它已经被铝合金所割裂,只剩下令人窒息的一角,离我太远,那些船的梦想。在离开工厂的日子,我被另一类激情所支配,盯着厚厚的文学书籍,开始蜗牛的爬行。我只是一枚种子,在深处埋了,一点点地挣扎。有一天,我的堂哥愤怒地说:你不脸红么? 二十六七的人了,让父母养到什么时候,我的内心于是盈满泪水,船的印象就那样一点点被打湿,模糊而凌乱。文学,文学,爱的哪一门子文学! 我只是一个徒然梦着船的废物。

背着筐,我们在岸边割草。船上,有人下来,是个小不点,短腿,"突突"地奔上岸。他提个水桶,揭开岸上的石板或青草,汲水,然后又"突突"地跑回船。我们甚至能看见小不点的黑眼睛,他坐在船上,托着腮往这儿看,他在河中间,我们在岸上,一条船,让我们分属于两个世界,彼此对望。

日子一天天过去,对桑葚的渴望有时会在梦里出现。有一天,一个小伙伴说:顺着河向南,会有一条摆渡船的。真的么? 我们睁大了眼睛,准是一条大船。哇! 我们可以坐船了。就这样,我们在一个明媚的早晨出发,向南,顺着河,一直向南。

那儿有一个老头,坐在窗棚下,静静地抽烟。爷爷,我们要坐摆渡。老头看了看我们,又看了看天说:人太少,等会吧。我们于是耐心地坐下来,看着大摆渡船,老实而幸福。终于开船了,我们不停地跑来跑去,"咯咯"地笑着。老头说:孩子们,小心点,别掉下去。我们于是跑过来,帮他拽绳子。老头说:走亲戚是吗? 我们摇摇头,又点点头,眼角有狡猾的笑。

伙伴们飞奔上岸,跑进树林,鹿一样自由、快活,叫着鸟儿的名字,脸上洋溢着兴奋。终于找到那片桑林时,旅行达到了高潮,这使一切期盼、失望都化做嘴上的红汁,袋里的柏籽,被带回家,供长久地回味。后来的日子,我们还在岸上割草、游戏,但它融入了另一些意义——等待。我们在等那些船,渴望有一天能坐船走得更远,去看那些不知名的事物,而那将是个传奇。有风的日子,当帆布出现,古老的运河上,一点点由小变大的东西,让我们变得安静。我们在等待。

现在,世界回到它的等待状态。就像那个下午,当喧嚣散尽,人们各自归家,留下忙活后的遗作:垃圾和瓜果的余味。一种生活气息浓重的味道。站在市场上,空空荡荡,我以一名临时管理员的身份,和世界一起等待。这时,有种莫名其妙的孤独开始围绕着我,无声无息,其实,它只是一种很短暂的空白,像你抽完烟扔掉烟蒂的那段时刻,静静地,随便有人拍你一下肩膀:嗨! 哥们,该回家了。你才会意识到一切:忙碌,生存。而这时,灯光在刹那间照亮市场,我看见灯光里,船帆涨满,歌声响起,我正站在船头,向天际,破浪而行……

叶子

给我一枚叶子,我可以远离世界,独自徜徉。这种感觉真好! 我是说在秋天,夕阳西下,一个人在林中行走,那种寂静的气息,充满了人情的思索,你可以回望童年、想初爱的人儿和去世的祖母。总之,走在余晖下的树林中,思绪自然,心胸宽泛。看着双脚时,一枚叶子缓缓落下,蓦地,你会发现,有更多的叶子在四周落下,仿如交响曲,绽放着死亡的光芒,尽情演奏——你被埋进了叶子们设计的陷阱。

在叶子坠落的时刻,我真切地感受到:没有什么可以避免。爱情、繁荣、包括死亡。这是叶子告诉我的。

她问我:你在想什么。

什么也没想。我说。我撒了一个谎。我本来可以说,我在想落叶,飘落姿态很美的,充满一丝忧郁的叶子。但我没说,直到她走开,背影幻化为人群里的一枚叶子,我才明白我的谎话充满了无奈。她根本不可能了解我。一个人沉湎于浮躁的时代、车马喧嚣的街头,叶子的话题,是可笑的。我是可笑的。

我的童年跨过清澈的河水,走进成熟而富裕的树林。我抬起头,目光穿过微动的叶子,极目天空的高远,那天空不含一丝杂物,宽容而神秘。童年的天空,永远如此。我开始劳作了——手里拿一枚母亲做活用的针,针眼里穿了长长的麻绳。一枚,又一枚,用手去拣拾那尚未完全失去精气的叶子,然后穿在针上,态度认真,神情坦然。这是自然的恩赐,没有什么比自然更宽厚的了,它给人们阳光、水和空气,也给人们落叶。母亲说:去吧。她抚着我的头。串树叶子去,晚上给你烧豆。我就带着欢乐和向往,走向我的目的地。

落叶静静地躺在大地上,无畏而坦然,仿佛它们都是一些知天命的活物,并不嫉羡枝上那尚在生梦的叶子。只是躺着,偶尔随风翻动。活过了,做过了,然后飘落,这就是叶子。我走过去,和落叶作千古一刻的相逢——一个小孩子,拾起阅历沧桑的树叶。大地、孩子、落叶,这是我童年的一种抒写,我什么都不懂,不知道落叶在唐诗宋词里已飘落了上千年,上面充满了才子们的怨情和佳人的泪水。我只知道叶子是用来烧火的,往灶里一塞:轰!闪一片灿烂的光,然后,兴奋地用棍去拣拾灶里焦黄的豆。落叶带给我的是欢乐和满足。

当我知道一些落叶的寓意时,我正走在城市的柏油路上,满面灰尘,心生疑虑。我早已不再是那个满嘴灶灰极易满足的孩子了,我失掉了太多的欢乐,而且是永远的,但我却保留了那份快乐的底片。

我拖着叶子,走出树林,看到了坡上的纪留。他坐在羊群中间,嘴里嚼着青草,仿佛他也是一头羊。有些人的孤独是与生俱来的,比如纪留,他本可以快活地长大,却被父亲交给了羊,又常挨打,于是显出一副憨相,终年穿一件破皮袄,流着口水,甩他的鞭子。我觉得他的脸像极了一枚叶子。

作为一枚叶子,纪留不曾拥有阳光和绿色,仿佛,他的出生就是为了飘落,且注定这一过程充满了屈辱和受伤。不久前,父亲说,纪留到城里来了,在桥上要饭。我心里一阵酸楚。他对我父亲说:叔,羊没了,俺大不管我了。我开始明白:他的结局也许到了。我仿佛又看到那张叶子一样的脸孔:粗糙,黑黄,不堪入目。

活着,更多时候,面临的,是太过具体的声色形状,我因之有过疲惫、忧伤,也生过万丈雄心。但不论闪过驶来的汽车,面对虚伪的假面,抑或眺望远处的高楼,叶子落下的景色总是时而闪现。叶子,到底意味着什么？对我,它的永恒意义在于:我保持了一份童年生活的恬静回忆,记住了我该记住的人们,最重要的,是它让我知晓敬畏,明白结局。

一切都不可避免,那就从从容容,做一枚向阳的叶子,高歌生命,不惧风雨,即使落下,也要大方而坦然。如果幸运,能被一只小手拣起,面对那份纯洁,我会说:一切都不可避免,我做过了……

马

那马肯定不会想到，它的一生过不了一座桥。虽然，那桥并不高，很有些其貌不扬的样子。多年了，桥一直呆在那儿，似乎在等那马。沾满泥浆的脚丫，"啪嗒啪嗒"地走在上面，或是一群羊的蹄音，在青石板上杂乱地敲响。一切都安然无恙。青石板上刻有字迹，或隶书或行楷，端庄，秀美，记载着人的生平业绩。马走在上面，它的脚蹄坚强有力，马没有文字，它只有劳作的自由。

在这之前，一切都是繁忙的样子。远处的田里，吹着新鲜的风，无处不在的人们弯腰劳作。他们用手去拔田里的秧苗，密密地，绿色象征希望；一捆捆，秧苗被放在了简陋的大车上，且露出齿色的根茎——说明它们有着很强的生命力。人们靠这白色的根茎活着，他们看着不断向下滴水的根茎，想着不远的将来，会有诱人的香味从瓷碗里溢出：啧啧！再放上一些青椒或菜蔬，想想吧！那日子。还不快走！"啪"的一声鞭响，正在吃草的马儿动了一下头，随即温顺地向前拉车。"啪啪"！响声活跃着田间的气氛，而马只是拧拧头,它似乎已经适应这尖锐的痛楚了,又或许,它的皮太厚了,那上面,伤痕累累。

马上桥。太阳在远处的树丛上安详着。一个下午。一个安静的下午。没有战争,没有马鬃飞扬的形象。"草枯鹰眼疾,雪尽马蹄轻"不是这个时代的特征。我后来读到王维这首诗,就认定唐朝肯定是个马的王朝,它们总是跟那些突兀的形象、雄伟的背景紧密联系。读读吧! 你的眼前会有什么? 是边关,是大漠,是手握利剑的将军,是马革裹尸的勇士。而那一刻,马在上桥,它留下一个影——弓着背,一上一下地点头。它的眼神说不上悲哀,它的身姿也谈不上多疲惫,仿佛是在一幅画里行走。而车上,是一堆淌着水汁的秧苗和一个长相平庸的驾车人,他有一颗卑贱的脑袋和一根能发出尖锐声响的鞭子。他高高在上,他在抠鼻子或吐痰。

乡村正显示出它平凡的底色。天空清凉,万物守序,人的世界充斥着人的气味。小孩子在田间疯跑,被棘类刺了脚,"哇哇"地尖叫。二流子光棍挑逗农家大嫂,少不了一阵乱揍,就"哎哟哎哟"地叫唤,显然是因自己的行为受到了惩罚。这种声音会在乡村持续很多年,你绝对不能忽视,因为,这是从我们身边发出的,它包含了生活中许多艰深的难以改变的习性和规则。

这一切,似乎又跟马无关。它只是在上桥,它看到远处有可口的青草,它要走到那里,在黄昏还没有到来之前。这时,尖锐的声音响起,是那高傲的驾车人,他觉得鞭子就是他的一切,他喜欢这尖锐的响声划破空气。走呀! 你这狗东西。几只鸟雀被惊着了,扑棱着翅膀逃离树枝,而马似乎慌了一下,不知什么原因,整个车子突然加速,顺着桥往下飞驰。

马倒下去时,整个天空盖了下来。它睁开眼睛,寻觅那些青草,那些可口的在远处的青草,然而没有,它看到云,看到云变暗。它没有在黄昏之前到达目的地。这真是遗憾,它失去了它的青草。

人们在黑夜里聚拢。大队院里早被灯照得一片光明,这光明里有多少兴奋的脸呀! 那都是些许久没沾油水的脸,挤在灯光下,像青葫芦,绽放出某种欲望。通常,这一刻,人们正在自己院子里枯坐,或者游逛在街角某处和人拉呱,而今天,人们为了同一个目的来到这里,他们要分享共同的食物——马肉。

马被悬起,像狗一样,这东西,有着大得令人吃惊的躯体,你想象不出,在那样的夜里,在那尚不富裕的年代,一匹马被费力地吊起,会像狗一样,被利刃一点点剥皮,划下肌肉,剜去内脏,总之,下掉一切可食之物。当那些零星的马肉被分到每户,每张嘴都奋力咀嚼时,深夜,一架马骨孤独地吊在大队院里的风中,闪着悲惨的色泽。

那个夜里,有人吃了过咸的马肉,喝了很多水,不得不一次次地上茅房。第二天,他半睁着倦怠的眼,担着自己的尿去上田,边走边骂:娘的! 这马肉,忒糙,呸!

羊群和它的主人

　　我在想那些羊,白色的羊群。在清晨它们离开污秽的栅栏,走在去野地的路上。它们彼此拥挤着,用响鼻交流,身后遗下粒粒隔夜的黑色残物——那是夜的颜色,苦闷的颜色,它们留在了路上,显得非常醒目。后来的人们看了,会说:羊群过去了,它们去了野地。羊群安静,羊群是草地和灌木里最佳的点缀,当着阳光播洒,在春末的堤坝上,于一派翁郁葱茏的空阔,移动着几处悄无声息的族类,那平乏的白,就近乎于高贵和令人神往了。那些撒下尿素或者锄去莠草的人们,于休憩时,呆怅地望天,就不能不为这羊群所吸引,且流露出欣羡的神情了。是的,羊群总是在远处才显示出它的神性和无端的纯洁来,而在平时,它们和人们保持着距离,它们沉默,甚至有极恶的孩子拿土石投击,羊群也依然沉默,只是有痛心的声响发出:咩! 咩!

　　牧羊人是村子里特别的人。他们大多是些单身汉、半痴或孤苦的老叟,他们往往丑,有残疾,总之,他们不为村人所高看。赶了羊在村巷里穿行,牧羊人的脸,是生涩和呆板的,那上面,有洗不尽的尘埃,有积累的辛酸。我知道,每个牧羊人都有一个故事,不过这故事往往发生在这羊群出现之前——他们都是自己故事里的失败者。所以,我有些怕牧羊人,怕失败。羊群和它的主人,都是沉默的。和其他同样的事物一样,譬如石碾、负犁的牛、被蔑视的驴,沉默,显示出黑暗而内敛的质量,散发着屈辱而受伤的气息。那是在清晨或者午后,那个人赶着羊群走向河堤,他的羊洁白而柔顺,但在麦草青青的时节,它们焕发着自由的生机,做出交配的粗鲁动作,每到这时,他总是用那根枣木杆恶狠狠地敲击羊背,张开前凸的唇,吐出两个字:狗熊!可这两个字只能招来人们的哈哈大笑——他是个半憨的光棍。人们就冲他怪模怪样地说:纪留,河堤上有小媳妇呢。这个叫纪留的人,不回应,仍说那两个字:狗熊!

只有在野地里,你才有可能看见牧羊人的笑容。他们或躺或卧在一棵树下,或坐在运河岸边,阳光的金黄在脸上,他们对着羊群微笑,像河里好看的波纹,如夜晚绽开的月牙。那时,我想:牧羊人和他的羊群,就应该呆在草里、树下、河边和风中,他们不应该回到那脏污的栅栏及更为脏污的人们的目光中。

多年后,我见到纪留的时候,他更加丑陋,脸,依然是生涩而呆滞——沉默过久的一种表情。他的衣衫,僵硬而暗,散发着20年前的沉默气息。他一个人走过去,他再也没有羊群了:美丽的已永久失去,丑陋的却还在前行。

玩具

几乎没有谁家去买过一件真正的玩具,譬如塑料枪,或一架全毛全翅的工业化产品,这样的记忆几近于无。倒是有一年,弟弟在春节意外得到了一张齐天大圣的脸,瘦瘦的,也是一副苦的样子,很符合当时孩子们的脸形,又抹了花里胡哨的彩案,于是就更受欢迎。弟弟戴着这层塑料皮,唬得身后几个跟屁虫更加忠贞地信誓旦旦。玩具,很像是成人中不可移弃的权柄和钱物,是地位的保障,是颐指气使的资本。

游戏仿佛真是孩童的天性,或者,它是快乐的源泉。没有任何的授受与强迫,孩子们无不迷恋于这古老的形式,且没有穷尽。在村头巷尾,在麦收之后或寒冬开始,一群衣饰松垮、鼻涕老长的小家伙进行着他们的战争。他们笨拙地趴在地上,用泥捏成一个个碗状的东西,往地上"啪啪"地摔,碗上就爆出许多小洞,而这便是战争的成绩。

愈是寒风彻骨的时节,愈是有许多小手依偎着大地,那是许多受难而又可爱的小手——它们攥着一粒粒透明的弹珠,冰冷的,和这时节有相似的气息,而在这气息里,孩子们靠自己有限的体温使之具有了无邪的欢腾和愉悦。炊烟在四周竖竖地升，而干冷的地上，冻裂的手已淌出疮液，但没有人在意，依然注目的，是弹珠的铿锵撞击，是忘情地傻笑，是那个浅浅的凹洼之地的到达。

玩具的制作，使一些孩子心灵手巧。他们用粗糙的牛皮纸叠成精致的"元宝"，用金黄的麦秆扎成展翅欲飞的蚂蚱、新人成亲的楼台，一切材质皆来自野地，这便大大拓延了欢乐的范围，在寻觅苇杆、柳条和槐根的过程中，总是有人突然间滚下沟地，或者被尖锐的棘扎得"哇哇"大叫，但是，当漂亮的风筝在欢呼中起跃，当旋转的"溜子"在冰面上跑远，没有人会为那些寻觅中的受伤而后悔。

与那些儿时的友人，再谈及那会儿玩具的简陋与匮乏时，似乎并没有埋怨嗟叹，倒是满脸红光如数家珍般地念叨着细节的可笑与作品的丑陋。那会儿，我想：只有丑陋而拙劣的玩具，永远没有丑陋的童年，没有匮乏的童年的天空和心灵。

铅笔盒

　　我的姑姑，她成为我秘密的发现者，她看到我一个人呆在夹道里，对着墙壁说话。这是一种游戏，一个有点封闭的孩子所做的游戏。没有玩伴，当喧嚣散去，他会看到另一个世界，并和那个世界里的人交谈，而这种交谈往往语焉不详，充满怪诞。我大概是在骂谁，因为我在人堆里多半怯懦，所有，需要一个更为怯懦的无形者，供我发泄愤怒。这是一种逻辑。我的逻辑。

　　我的姑姑嚷起来，她的嗓门挺大。你这孩子。她说。我的侄儿呀！你干吗自己骂自己呢？我就一脸难受，很不情愿地走出夹道，才想起我在扮演两个人，并用两种语气说话。对村人来说，这样的孩子是没出息的。我甚至想哭。这感受并不是源于一个秘密被识破，而是世界的改变，也就是说，我不得不重新回到院子里来，面对那些怪脸、讥笑和以后关于这话题无休止的被提及。

　　不知何时，我丧失了合群的勇气，完全不像一个农村的孩子，全无捣蛋摸鱼在河里游泳的技艺，我变得孤立而愤恨，只能站在岸边看着一个个"光腚猴"们的快乐而茫然若失。我有时会在浅水区抓住树根胡乱踢腾，以证明我尚有一丝勇气，但很快，就被弟弟往深水拉我的恶作剧弄得将仅剩的勇气也吓得精光。我只好更多地呆在岸上看弟弟的鬼脸变换，他是一个王，一个小混蛋，我有时恨不得他一个猛子扎下去，再也上不来，但他却游技精湛，胆大包天，我却是个软蛋，是泥捏的。

傍晚，阵阵清脆的车铃声从远处传来，几乎是种反射，弟弟会高叫一声，夺门而去。那一闪的身影乱了我的眼神，但旋即，我把目光投到田字格上，但耳朵却是支棱着的，我听到下班回来父亲响亮的咳嗽声，听到弟弟的笑声，我知道，这多半是在父亲包里又发现了新的吃食。父亲高大的身影出现在堂屋里，我会胆怯地看看他，然后默默地做作业。父亲是一座山，一种无法撼动的存在，他养育我们，带给我们家以荣耀，因为在村里，父亲是为数不多的在城里工作的人。但我不快乐，一点也不。听到弟弟吃东西的声音，想他的鬼脸，我多半会产生无法抑制的愤怒，但有一个声音在说：我不馋！我不馋！

屋旁的大柳树下，堆着金黄的沙子，那是一种梦幻和安慰的色彩。在夕阳下，我和哥哥玩装沙子的游戏。把鞋脱下来，当作"火车"，然后，我们启动这装沙子的"火车"，开往北京，开往毛主席住的地方，"嘟""嘟嘟"。我们跪在沙子里，全神贯注。这种游戏似乎没有厌倦的时候，倒掉沙子，再装，然后再倒，周而复始，乐此不疲。直到妈妈叫饭，才恋恋不舍起身走开。鬼使神差，我拿了鞋到井边去倒沙，手一松，掉了下去，那是一只胶底鞋，新的，"咚"的一声，没影了。我哭了起来。

父亲很严厉，他的脸是青的。跪下！他说。哥哥就跪下了，他大约十岁，他在代我受过。而弟弟，在我的记忆里，仿佛在吃永远也吃不完的零食，而哥哥却跪在他的影子里。我站在一旁，内心忐忑不安。我几乎不曾挨过打罚，大约父亲觉得我怯弱不足以挨打。我只是看着，看弟弟吃零食做鬼脸，看哥哥下跪，替我受过。我只是看着，我是个目睹者。

在夜里，我醒来了，想喝水，却浑身没劲儿。身上尽是汗。我大约叫了一声：妈妈。然后，灯亮了，妈妈用温软的手摸我的额头。这孩子，发烧呢。她说。我张了张嘴，我想说我要喝水,却"哇"的一声,吐了一地。我又觉得很冷,冷得要死。

我病了,两天没去上学。

第三天晚上,我恍惚中感到一只大手在我的额头停留,是父亲,他站在灯下,正用慈爱的目光看我。我半睁着眼睛,正想着那些很乱的梦,父亲突然从身后拿了一个东西在我眼前一晃。你看,这是什么? 他说。我接过来,喔! 是铅笔盒,上面有个很威风的孙大圣,在灯光的照耀下,驾五彩的云。我笑了。我一直想要个铅笔盒,多么好呀! 我的笑是发自内心的。

抱着孙大圣和他的云彩,我又睡了。我做了一个晴朗的梦,我梦见自己在水了游泳,我是一个王,一个做鬼脸的胆大包天的王……

露天电影

　　它的魅力来自于一块布，一块并不能算太洁白的布，在黄昏来临之前，它悬在两棵高大的白杨树之间，四根绳子系着四个角，像是一个不透明的蜘蛛网，等待着在夜里捕捉人们贫瘠而混沌的目光。在一些年份，它几乎成为人们唯一而又奢侈的精神享受，不过这滋润一次次地以单一而乏味的内容出现，譬如战争，譬如劳动和淳朴的恋爱，以至于我们都熟悉了它人物的好坏、既定的过程和必然的结局。往往，在我们撒尿时看着主人公出现，就能立刻闭着眼背诵他的台词，就像现在大型演唱会上，追星族们齐声应和歌手的声音，形式滑稽，程序熟稔。那时，在幕布的光照中，我看到人们对着熟悉的事物依然张着黑暗的嘴，沉迷、忘我，眼睛闪闪发光。

　　只有孩子们能放任自流，率性而为。渐渐地，他们在所有电影的放映日里，为自己找到了一次难得的心灵狂欢和分封领地的游戏，节目的好坏，倒在其次了。放映的机器还没就位，一条条清晰的地线早已画出，在弯弯扭扭的粉笔或者深深浅浅的石块的刻痕内，笨拙的板凳和松垮的椅子，大距离地放开，一些家伙趾高气扬地坐在自己的领域内，拿着冰冷的地瓜或者萝卜大口大口地啃，那声音"喀嚓喀嚓"地骄傲地响起来，在黑暗的胃里慢慢下渗，最后，有一些很响的气体在下面被粗鲁地排出，愉快而又自然，就像那时空虚的岁月，充满了一种麻木的愚蠢和亘古不变的噎人气息。

生动和好奇，被一架古怪的机器所吸引。在那些外来人忙忙碌碌的时刻，更多的人则是在一旁观看，把手揣在兜里或者放在袖筒里，感觉很冷的样子，这样子常常出现在一头猪被摁在地上的时候，或者，一个人骂街的时刻，只不过现在换成了一架机器，复杂而神秘，就没有人再敢内行样地发表宏论，只是看着，听着一根皮绳的抽动后，那"咚咚"地令人激动的响声，那时有人说一声：好了。人们的眼，就闪出滋润的色彩，但旋即，机器如同令人失望的病人，气脉渐熄，就立刻有一种哀伤的气氛笼罩了来。但没人敢愤怒，在那些骄傲的外来人面前，他们伸出热情的头说：再试试！再试试呗！他们看着外来人的嘴，他们害怕那张嘴说：今天不演了。这样的事情曾发生过，在那个肺痨病人一样的机器被一次次抽动后，外来人说出这样的话，人们就默默地收拾椅凳往家走，在气氛压抑夜色深沉中，像一次失败的战斗中被俘虏的人群。

我在 12 岁那年，记住了一条爱情中的鲤鱼。那时，我被父母留在了老家，他们给了我一些零钱，揣着它们，我跟着人群到邻村去看电影。在一个小卖部里，我用它们换了一口袋的零食，就依在一棵槐树下，吃着看，我看到一个长袖的女子在电影里唱戏，这就是鲤鱼精，她爱上了一个落魄的书生，而书生正被定了娃娃亲的那一家人所冷落，尤其是那个小姐，更是如避瘟疫。鲤鱼精幻化成小姐，与书生定了百年之好，后被识破，上神说：若成为人身与书生结成眷属，须受火烤。鲤鱼精愿意。于是，在人群的咂舌与叹息中，鲤鱼在地上痛苦地翻滚、跳舞、很哀伤地呼喊，而面对他们感天动地的爱情，我正奋猛地嚼着零食，它们伴着鲤鱼一起，承受、蠕动，在黑暗中成为粮食，成为可供咀嚼的泪水和故事。

洗澡

在下午,他们上路了。

这是一群被寒冷包围的孩子,身上的棉衣不足以抵挡这外部冷洌的侵袭,从每个冻得发紫的嘴唇上,从那不断打颤的单薄身体上,可以看到他们是如何顽强地与严酷的环境对峙着。更为苦闷的是,在冬天还远未结束的日子,他们必须忍耐隐匿在衣物的黑暗处,那些怡然攀爬的虱子,这些小虫,远比被它吸附的对象更为幸福。那时,一个人突然说了一个词,这使每个人的脑海里,都出现了温热的水、蒸汽、舒适的沐浴。他们不约而同地想到了:洗澡。

这样,他们就在别人的描述里,开始了一次冒险。他们像一群小流浪汉,从各自的家里,怀揣了搓板样的毛巾和一块生涩的臭皂头,聚合在一起,上路了。走过街巷、地头,沿着厚厚的冰层,他们走在了高高的铁路上,在别人的经验里,沿着这铁轨,一直走,在一片工厂出现的时候,目的地也就到了。

他们并肩走着，一根根黑色的枕木被甩在后面，而家也就越来越远，他们完全来到了一片陌生之地。在高高的铁路上，往远处看，是一处处没有叶子的树木和大面积的荒草，是向远处延伸的干硬的土路。没有人，也没有期盼中的工厂，这一切，都在他们的经验之外，那时，有人怀疑了，胆怯了，但一个声音提议到：唱歌吧！于是一些毫无乐感的嗓子吼起来，使得沉闷的远行和虚妄的内心，在歌声里活泛起来，欢跃起来。火车，在突兀之间，于背后野蛮地鸣叫，仿佛黑夜里突然闯来的怪兽，于是，只能跳到路基下。这巨大的疯狂奔驰的黑铁，发出震耳欲聋的撞击与嚣叫，那感觉，像站在了风的中心，被裹挟、推袭，被这气息击碎、湮灭，成为毫不足道的尘埃和影子。

看到那一片工厂时，他们每个人都吐了一口气。欢快地跑下陡坡，站定，他们意识到那些温热的沐浴将成为现实，甚至有人做出了一个滑稽的搓背动作，惹得大家哈哈大笑。在经过一处平房时，突然窜出一条凶恶的狗，它吼叫、龇牙，每个人便只能战栗地呆着，不敢跑，也不敢动，而狗主人，一个黑脸的汉子，则坐在那儿，悠然地抽烟，他幸灾乐祸。一个声音说：石头。于是，靠着冰冷的石块，他们一点点地，集体地，逃出恶狗和它主人的视线。

他们终于站在了工厂门口，可没人敢进。高大的铁门，传达室老头警惕的眼神，使得他们不断地徘徊、犹豫、焦虑，他们没有勇气跑进去，那只能意味着自取灭亡。一个人试探着去问那个老头，他从老花镜上面瞪出光来：有钱吗？他们身无分文。在失望的气氛中，有人甚至流下泪来，对于他们，这是多么漫长的一段旅程呀！可他们将带着肮脏的开始来，又带着更屈辱的灰尘去。

他们围着工厂的围墙转，他们不甘心。在一处无人的地方，他们决定冒险，就搭上了人梯，而那时，突然有一个工人来解手，在他的呵斥下，他们惶惶而逃。

回家后，他们几乎每人都做了一个关于洗澡的梦。在梦里，他们放肆、嬉闹、舒适地沐浴，可后来，他们被一只手拉出，在抖战和恐惧中——他们，醒了。

落叶的奢华

我起来的时候，外面有风，呼啦啦——这是我听到的世界的信息，这信息告诉我，一段有蜻蜓和蝉的光阴正在消逝，而另一个时节却悄然逼近，它使草木枯黄，使落叶缤纷。我切实地感受到它，是因为我觉得脚尖冰凉，四壁阴冷。我坐在床上，我在等奶奶，我们家搬到了城里，我留了下来，等着转学的消息。

我站在屋外那些树底下，我甚至背好了全部东西，无非是些书和衣物。后来，我坐在了树下，往四周看，才发现我的确起得早了些。地面，铺了枯涩的叶，上面有些露汁，极匀而细，如蒲公英的脸，看着看着，就有清冷的感觉爬到身上，不由抱紧了我的行李。远处，拾粪人面目模糊地"拖拖"着鞋，很响地擤着鼻涕，在秋天空阔的早晨，那声音如同一只伤感的乌鸦。

奶奶是用小碎步跑过来的。我站起来，喊：奶奶！就有酸涩的东西在鼻腔里打转。奶奶褐色的衣衫，使她本来瘦癯的身形，愈发显得单薄，那一缕散在额前的花发，在秋风里，不时地扑打着眉眼间的皱纹。她气管有病，近了时，气喘着，欲言，又咳嗽起来。她说：小——小二呀，你爸不能接你了，学校没联系好——那一刻，我"哇"的一声哭了出来。我坐在树下哭。我是跟所有人说我要去城里上学了的——我不能再去学校了。

那年秋天的一幕，是我在一个朋友家院里独坐时想起的。六月，我坐在枣树下面，抽烟，忽有枣的花蕊纷然而坠，簌簌地，当我仰面，我感到了疼，那应该是时光之针对我的催醒吧！就想到奶奶在秋风里碎跑而来的情形，这个有过八个子女的母亲，在我忆起她的时候，她已经下世六年了。那秋天去了，那褐衫和华发去了，只有落叶奢华的感觉在耳边：簌簌，簌簌簌……它们随我的泪一起落下。

其实，那只是一个开始。如果说有什么改变的话，也只是时光的流逝而已，那感觉没变，那处境没变，我一个人坐着，我在为某种东西而哭泣——这极其准确的场景使我震惊，是的，许多东西，远在童年那里就开始了。我将无语，我将坦然，在一个落叶奢华的时刻里，我应该完成我对这个世界的体会，包括目睹、感受、真诚的哭泣。

奶奶不知何时离开的。我在抽噎中抬头，发现世界是宁静的，整个上午，它都是这样。北方的秋天，庄严有力，它高阔的空宇，肃然的气氛，枝间不动声色的叶的决绝坠落，这一切，都在沉默中感染了我幼稚的心，我不懂的事物很多，但，那一刻，我确实体会到某种宁静里的升腾，它们将和黑暗里的心跳一起，伴着我，慰藉着我，当着那落叶奢华的秋天：簌簌簌……

村事

　　我知道在夜里会有一些事情发生。在繁忙的麦收之后,空气里的收获氛围仍未淡去,人们是用踏实而非沉重的举止在夜里忙活。

　　被纯正的夜所笼罩,一抬脸就可以看到星光、无尽的天宇,还有天宇下安详的灯,我在灯盏的指引下,跟着大人走向一处院落。麦秆刚刚被割下,石碾碾过之后,它们光滑干净,有着亲切而贞洁的面目,把脸埋进那种独特干燥的气息里,有种说不出的舒坦。我看到,灯光中出现了爷爷的身影,他有一副好嗓,他在叫一群人叩头。我所知道的事实是:一个人下世了。

　　那个人,前几日还常常坐在街边的石墩上,纳凉。落过花的槐树,仿如一个巨大的绿巴掌,罩在他头上。他的花白头发、松弛的皮肤隐在槐树的影子里,显得深沉而安静。一个将要消失的人,总会变得真正深沉起来的,而我们这些整日蹦跶的小孩,则肤浅得仿如灰尘,随风而舞。那个老人,注目着他生活过的这个村子和他周围的人们,沉默不语。

　　他像树。一株老树。生机勃勃的绿荫，属于昔日，属于不再回来的另一段生活。我以孩子的目光认为：老人，原本就不属于这个世界，他们的下世，不过是又回到他们自己的地方。我其实很不幸地想到了每个人的必然结局。只是，人们似乎并不太在意这落幕的到来，就像面对丰收和饥馑、壮硕和疾病，在辛劳的土地面前，一切，都仿佛自然而然。

　　大灯照得院内一派通明，在新鲜的柴垛前，唢呐班子"呜呀呜呀"地吹奏。他们围桌而坐，人们又围着他们，于是，外围是长长的影子，影子上方，是清冷而寂静的月。唢呐手在匆忙中"咕咚"喝上一口水，便又摇着头加入。人们咧开嘴笑，那一刻，死者被深深地抛弃在外，他被放置在那儿，像板凳，像包裹严实的稻草。

　　翌日，人们三三两两地放还家什，规整现场，他们完成了对一个老人的告别，不是用悲伤，而是用这敲打吹奏，表达了对平凡的抗拒，对死亡的蔑视。一场村事，引来众人帮忙，只不过，结束时，就像刚刚砍完一地的玉米，神情中，充满对过程的迷恋。

补锅人

　　补锅人的木制三轮车停在当街的大槐树下。那是槐花开到极致的时刻,偶有花蕊飘然而坠,如受伤的蝴蝶一样,撞到那人稀疏的头发上,翻个身,掠过那肉嘟嘟的鼻子,最后躺在那蓝色的围裙上,不动了。这一切,他都不曾察觉,目光只专注于手中的锅盆——锈出了小孔的,撞出了裂痕的,都被他反复查看,嘴里还"啧啧"作声,让人怀疑他的牙齿被虫钻疼了似的。

　　一群孩子簇拥着那人和他的三轮车,看他如何磨去器物的锈处,又如何把熔化的锡液涂在破孔处。上午的阳光洒下来,小炉,就袅袅地,传播着一种炭末和金属的气息,不同于驴马也不同于米麦,那是一种新鲜的带有异乡味道的气息。妇女们络绎着将家中的锅盆磁杯拿来,并唠叨着坏蚀的因由、器物的久远和重要,补锅人点头,边听边劳作。两支烟工夫,便交还给物主并拍拍手说:好了。妇女们反复检查、叩击、抚摩,仿佛并不相信这略凸的亮点有防漏的功效,倘若听人保证了,就付了酬金,去了。不过意的,端回一瓷缸开水,补锅人大致谢意,那妇女倒了水,又在阳光下窥照,说声:还真行。扭着大屁股,乐滋滋地走了。

孩子们大多倦倦地散去,只剩下补锅人和几个痴一些的孩子,这中间也包括我。于是,我们就有了用手去摸那锡点的机会,那个人笑着说:肚子不饿了? 我们就带着手指上幸福的温度四处走开。

补锅人在城市里是不多见的,在有些严格的小区,他们和小贩一样不允许入内。有时在门口见到一些补锅或修伞之类的人,大多生意清淡神情卑琐,在来来往往的人流中,仿佛被人遗忘的残片、旧日的影翳——他们消失得很快。

想想大槐树下,那补锅人的神闲气定,简直就是一种幸福的表情了。

我们的粮食

凡回忆,往往铭刻了很深的印痕,抹去它上面时间的灰尘,呈现出来的,是一些生动而无法回避的细节。好比父亲在对粮食的铭记中一再重复他讨饭时的蓝布口袋、别人吃剩下的田螺壳,还有就是庄南头那盘石碾——沉重而单调地喘息,只要醒来,听到那声响,准是奶奶在做一天最早的功课。那些豆子、瓜干儿、玉米粒,在石碾的反复挤压之下,变成粉状的细末,混合着野菜,做成了稀粥或者软饼。正是凭着这些作物,父亲和他的弟兄们,才一天天长高,超越饥谨的年份,摆脱死亡的阴影,娶妻生子,个个独立。石碾,已不再是田园诗里的抒情道具,或牧歌里被人兜售的廉价饰物,它是冰冷的石头,实用性极强。过去,北方农村,在麦秸秆堆积的场院里,它被人们推着、围着、挂念着,这死寂的东西,仿如宗教崇拜物,"吱扭"着一个村庄不能消失的歌声,单调而涵盖广远,冷漠而又热力倍至。

我正是在这种有石碾的地方出生。我能够叙述的事物便开始形象化地呈现:几条不规则的大街,两边是用泥坯垒起的高矮不一的房子,露着本色的土壤———一种愚蠢的和蔼。早早地,人们衣着寒碜地从街角出现,他们大多行动拖沓,脚底很重,尤其是冬天,如果穿那种千层底的棉鞋,走在冰冷的路面上,会发出"拖拖"的声响,笨拙而缺乏生气。那无疑是一种很沉闷的生活。

冬天的大雪,会打破这种沉闷的规则,使一切丑陋之物变得富有线条之美和浪漫色彩。人们被美丽的大雪包围着,看见的只有彼此苍茫的眼神——纷纷扬扬。悲哀。不绝如缕。此时,粮食的萌芽深埋在冻土的下面,梦,希望,守候着。没有谁想要走出去也走不出去,而一个漫长的冬季,意味着一场战争,从嘴巴到心灵的战线——消耗与抵抗着,挣扎与疲惫着。在这场战争中,很多人把欲望降到最低,半眯着眼,缩着脖子,常常会冬眠在一碗面糊的热气中。在野外,有人在雪地里孤独地逡巡,跑遍整个雪野,查找野兔的洞穴,当一个意外的惊喜伴随着呼声传来时,意味着有的人家将度过一个美妙而丰盛的夜晚。

父亲远在徐州工作。他买的那只煤油炉子上,上顿下顿地熬着我的主食:面条,咕嘟嘟,咕嘟嘟。一股冲脑的煤油味,老是漂在我的碗里,衣服上,甚至空气中。哥哥爱上了我的面条,因为他的主食是地瓜干。哥哥说:瓜干是黑的,喝到肚里也黑,是啵?母亲不吱声,用筷子往我嘴里送面条。哥哥说:拉出来也黑,是啵? 母亲就把剩下的面条端给了他,他欢天喜地,开始用碗愉快地洗脸。

那年冬天,欢迎和她的女儿把脚印留在了雪地里,把寒气带到了我们家。母亲正坐在床上纳鞋底。她们娘俩有着共同的特征:头发稀黄、颧骨高耸。欢迎的女儿老是吮手指头,一副吃不饱的样子。母亲说:她闺女比你大,可比你矮一头。欢迎很媚地笑,翻看着母亲手里的活儿,"啧啧"的咂舌头,可眼睛却盯着煮面条的锅,那咕嘟嘟的声响,不亚于任何一种骇人灵魂的美妙音乐。母亲说:拿个碗,让闺女喝点吧。欢迎立马从床上跳起来,迅疾地,用筷子挑了多半碗,缘于热,不住地替换左右手,并用舌头舔碗边。我就站在床边,等着母亲喂。后来,母亲把碗放在桌上,去上茅房,后面的场景可能是这样的:欢迎奔到锅前,手忙脚乱悲喜交加地盛剩下的面条,我则晃悠着挪步,也许是在她女儿刚把嘴张开正准备吃面条时,我则优雅地前扑,眉心,恶狠狠地磕在了炉子边上。

春天来了。阳光,使人们通体透明,似乎是单薄的枝叶汲取着足够的温度和养分。重新打量这个世界吧,农人们站在它的中心,被无处不在而根本没有的粮食所包围,所诱惑,在成长的枝叶、蔓爬的枝条的打击下,日复一日地重复着耕作和收获的过程。这个过程令人身心憔悴。这个过程充满了生命的诗意而又了无情趣。这个过程中许多人倒在了大地的怀抱里却不明白这块土地到底意味着什么?无法摆脱而又渴望摆脱。常常,一个人的形式即意味着所有人的形式,你的就是我的,是大家的,而大家的又谁的都不是。粮食,即是在这个悖论里被人们心照不宣地糟蹋、遗弃而又心中有愧。一个农人,会珍惜地从地上拣起一粒麦子放在嘴里,而面对集体长势萎靡的作物却神情麻木。

春天,是一个虚幻的季节。因为它孕育的承诺和每个人都有距离,你只知道叶绿了,吐穗了,灌浆了,拱秆了,但谁都不知道收获的时候谁家能摊多少。灾荒、人为的浪费、偷盗,使一个目标变得凶险而难以把握,也许一大堆工分换回的只是几提篮作物。但现在一切看上去都多么美好:地上铺满绿色的草绒,阳光缀满枝头,生气勃勃而又爽洁清新。于是每个略显舒坦的脸上透出这样的祝愿:我们的粮食正在发芽,我们的粮食坚韧挺拔,我们的粮食欣欣向荣,我们的粮食生崽下娃。

正是那个时节,我的又一个堂弟呱呱落地。我们的家族,贫穷却人丁兴旺、命根强硬——一个个张嘴待哺的男孩遍地滚爬,衣衫单薄却疾病不生。我们这些小催命鬼们,从开始啼哭时,就注定直接从大地身上吸取养分,吃着那些粗糙的食物,以备下更多的将来向大地索取的资本。一张张有力度的嘴巴,吸吮、咀嚼、吞咽,牙齿坚硬,腮帮绷紧。我们如一条条恶狼,四处寻觅——榆钱、槐花、蒲子棒。我们出没在这些植物中间,流着绿色的口水,骄傲地长大。

粮食,使淳朴的人们变得小气而暴躁。

那时的人家,堂屋里大都有一个放干粮而高悬的篮子,在那里面,置放着一家人的口粮,倘有不懂事的孩子,不经允许而偷拿了,准会遭到大人的呵斥,甚至打罚。孩子们的遭遇是普遍的,而一个孩子的泪水有时也是一种胜利,至少证明他强占了一份热量。一边哭泣一边匆忙地吞咽干粮，在那时并不是一件丢人的事，一个自尊却空荡荡的胃囊，却常使人处于某种无意识的癫狂，以至于咆哮。

根窝的爹，就常让手里的皮鞭释放这种咆哮，他是个老实人，整年不停嘴，蚕豆、麦粒、草籽，有什么就往嘴里塞什么。根窝的娘，常常恶毒地咒骂着没有粮食的日子、吃得太多的孩子们，最后，这诅咒多半会落在根窝爹的头上，根窝爹先是不吱声，当忍耐超限，鞭子的呼啸便会响彻在我们这家邻居的院子里，惊得鸟雀炸飞，鸡狗逃奔，同时还有根窝娘哭天喊地的惨叫。最后，根窝爹多半会扛起一小袋作物出院去换地瓜干，而且是最孬最苦的那种。你会看到，这个皱纹老深的老实人，正眯着眼看着前方，眼角里积着半灰半泥的东西，并且嘴里不断地嚼着什么，很像一匹悲伤的老牛。地瓜干掺着野菜，放在锅里蒸，根窝弟兄几个便捧着这种黑乎啦叽热气腾腾的东西，蹲在墙根，吃，竞赛一样。你会奇怪他们的胃口之好，更奇怪这样的日子竟令这几个家伙骨骼粗壮、脸孔宽阔。就连他们恶作剧地用手作枪状，指着你放一个响屁的动静，也是那么威猛刚烈、极具乐观。

根窝娘有时拿瓢到我们家借粮。棒子面或豆面，母亲总会借出去尖尖的一下子，待还时，却总是一平瓢，这狡猾的游戏虽有时令母亲不悦，但只要我们过得去，母亲对此也并不太计较。根窝爹死于上个世纪八十年代中期：胃，大出血。

在这之前。父亲说，这个老实人一直没有吃过什么精致的粮食，更没放开量地吃一回肉。

人们在没有污染的晨光里起身，在队长的吆喝声里，扛着带泥的笨重农具，朝着广阔的等待丰收的土地里深入。这是一种貌似快乐的劳动场面。我们的长辈参与着一场对土地无形的亵渎和蔑视：在形式上的热火朝天，在心里的委屈、牢骚甚至苟且。锄头犁刀的反光之下，他们无时不滋生着对土地的向往和祝愿，而在劳动之外，谁也不肯再多付出什么。路，是泥泞不堪，土房盖得毫无秩序，家什凌乱地放置，而鸡屎常常出现在堂屋里，甚至碗边上。没有公共生活，除了开会、简单的纸牌、劣质酒、轰天揭地的家族间的干仗，一切，都是热烈而又平淡，宣泄中透露着悲凉。粮食，它似乎就是这样成为无情的主宰，你离不开它，爱它，却更恨它，你守着它，挪不动腿，于是麻木，于是两眼抹黑，心气狭窄，不知道江山河流的空阔与美丽。缺乏粮食，即意味着少有诗意，被爱情遗忘。也许，仅有的一点思想，也在对粮食的刻意偏执中，被冷落得瘦削虚弱，极易夭折。那些有字的书报，通常被累乏的汉子卷成烟卷，渺渺地，抽完，很多人打着哈欠，不洗脚就上床了。夜，是多么容易沉入死寂呀！当村子上空出现星辰的时候，如果有一双清醒的眼睛俯视那凌乱的屋宇，悲悯，会使一颗敏感的心无声地哭泣——因为粮食，因为热爱粮食而又缺乏粮食的人们。

城市的街头，常有蹬三轮的小贩叫卖着熟玉米。那是糕点之外的另类补缀。剥去温热的外皮，尚有丝丝红缨深陷于颗粒的接界处，其香绵延，其味润软，穿着干净的孩子们，手捧这类作物，神情蒙昧而又灿烂地啃着，整齐匀称的颗粒布局，于是一片狼藉，犹如耙过的土地，透露着某种不安的遗憾。

农村的时光里，玉米的滋味更令人难忘。

三五个调皮的孩子，摘了满怀的玉米，找一处避风地，挖沟垒土，寻柴生火，然后，将玉米投入其中，噼啪的火苗，映射着孩子们兴奋期待的神情。烤出来的玉米，较之蒸煮，则又是另一番境地了。每当一群孩子用尿将火浇灭，个个长出黑胡子的时候，世界，重新变得轻松而快乐起来。孩子们永远是这快乐的主体，他们不会面对苍白的日子生发什么哲学的思考。单纯和快乐，像影子一样跟随着他们，直到有一天，他们真正长出胡子，也许这种禀赋才会消失，而消失的，又恰恰会在下一代人身上重新闪烁。这就是为什么大人们拥有辛苦的时刻，孩子们却遐思无限——希望。他们是希望。而希望必须是乐观和单纯的。那些鬼一样机灵的身形，在沉重的土地面前，都显示着命运的另外一种恩赐——你可能痛苦，但你有希望，而且生生不已。那些希望隐没在玉米地里，在宽大的叶子招摇的时际，升腾为茂盛的喜悦，在这种喜悦里，也有我们家那一小块自留地。母亲在那里劳作，然后，安详地看着绿色满布，电影里一样，天空老高，而鲜亮的叶秆在阳光下不可思议地闪着光。也许，母亲是用一种看待自己孩子的目光来看她的粮食的成长。我想。

我的饥饿的叔叔们，出现在那片长势良好的玉米地里。闪光的镰刀，透着一股寒气，他们放倒玉米秆的动作，就像在当街放倒一个三岁的娃娃那样利索，毫不留情。我知道,包括参与劫掠的我的奶奶,眼睛里一定流露出那种含混而又尖锐的神情,那种复杂得近乎偏执的眼神在多年后我依然不忍面对。倒下的玉米秆,宽大的叶子依然绿郁昂然,很无奈的样子。根须上面,有整齐的伤口,新鲜而又锋利。

母亲仿佛一匹忧伤的马,面对仅剩的七棵玉米秆。母亲说,四岁的哥哥就站在田埂上,一手领着我,一手握半块窝头。在秋天愉快而爽朗的田野上,我们小得连影子都找不到。在粮食面前,我们真小。我的眼神一定清澈而好奇,充满了一种只有傻瓜才有的无欲的满足和坦然。世界是如此美好和谐:夕阳、树林、庄稼、甩着鞭子的牧羊人,还有一大片等待我们幻想和飞升的莫测天空。那个秋天,就是这样:我们平凡如蚁,我们善良淳朴,我们无辜。我们就是我们。我们只不过想活下去。我们的力量潜伏在内心,和自然一样安详而又有弹性,贫瘠却又充满期待,不可摧折,无法改变。

母亲的泪水终于缤纷,簌簌而落,洒在了金黄玉米的缨子上,那些红色的玉米花,在那个下午,作为我们活下去的象征,被风吹动,被阳光照耀,被母亲的手一次次地抚摩。粮食。粮食。母亲一次次地念叨,就像念叨我们的小名,念叨一些极易失去的宝贵事物。粮食。粮食。

尘埃与火

　　我的目光总是陷入蒙胧与混沌之中。散发着热度的钢锭，会给这蒙胧以极端而鲜明的割裂，它完全不能像一堆徐徐燃烧的火那样，具备心理的先期预料与更为明确的接受结果，这包括一根暗藏多日的火柴、堆好的杂木、安详的脸和刹那间令人喜悦的亮弧。

　　我在更早的时刻，曾不止一次地与它相逢，在姥姥的身后，在秋草枯黄的野地，或，小时候和伙伴穿越一条可怕的隧洞之前，火，在目光中，以温馨和安全的姿态闪动，以单纯且卑微的目的开始——它的结果无非是一碗稀粥或者一次不太恐怖的夜路。而我所能做的，就是让风箱更加有力，或者在别人的影子里听自己的心跳。

　　而高温的钢锭给人一种无法回避且刺激强烈的目睹。即使在外面晴朗的日子，那从炉口冲决下来的白晕，也会让周围暗下来，静下来，弱小下来。车间的顶壁，是高悬在人之上的，人站在平台或轧机旁，在回环穿梭的火条中，只能被动地等待，成为机器延伸出来的一只把手，一枚钉。

周围总是很暗，这是现实也是感受，既显现于有限的空间，又深蕴于无可触摸的心底，它流动着，以天色的转移和昼夜的更替为表征。而工业的最终目的，就是大批量地制造这单一，从这尘埃与火里穿过，用以照亮人们的物质生活，照亮那些期待的眼神。

我被这灼人的东西逼迫得睁不开眼睛，它是一种折磨，一种不单单是热的疯狂和无可措手。通常，人们脚蹬着翻毛黄皮鞋，握着扳手，敲击着，吆喝着，进入一种既定的游戏和劳动的狂欢之中，在我看来，只有这种忘却般的兴奋和癫狂才足以抵抗这来自外部的焦灼。一个正常的人，是无法站立片刻的，它源自于恐惧，更源自于这不可思议的处境。在冬天，平台上的人只能穿着单衫，但汗水依旧拼命地往外淌，它遍布全身每一处有感觉的皮肤，粘腻、潮湿，总给人以肮脏渴望摆脱而又根本无法摆脱的绝望之感，那就只能忍受，忍受这来不及顺畅地排出就已经干涸的过程，忍受它的不可思议。单衫上，白花花地一片，这是人体内部一种叫做盐的物质，它深匿于黑暗而不为人知的地方，往往在大量地失却水分后，它才出现，只不过现在它出现得更为迅速，带着一股咸腥的气息，在灼浪和尘埃中，凝固，干结，与那些破衣烂衫成为一体，又从色泽上彻底地改变了它们，使那些蓝色的工作服更接近于雪的颜色，棉花的颜色。

那些从平台上下来休息的人，立刻进入另外一种截然不同的处境。车间的敞阔，使得凌厉的风找到了一处回旋与肆虐的绝佳的巷道，即使躲在某个角落里，依然能感到它的无情侵袭，刚刚还无法忍受的焦灼，立时又化为一种渴慕。这样，人们就陷入了一个两难的境地，那具躲在大衣下瑟瑟发抖的肉体，成为这尴尬的焦点，它无法安适，更不能躲藏，只能在寒冷和焦灼之间来回游弋，如果能找到什么更好的方式的话，那就是打闹、胡侃、一刻不停地走动。所以，那些人总是有一副傻气而肤浅的笑容，有一种什么都不会过分在乎的情怀。他们站在尘埃满布的车间内，灰黑的脸上挂着笑，露出烟黄的牙，吐痰。

一刻不停地旋转，轰鸣，喧嚣，这就是这个世界的特征。人们在吆喝、斥骂与眼神的交锋中传递着彼此的信息，哪个环节突然的停顿，都会引起一阵骚动，许多个身影奔向那个地方，敲砸、装卸，行车在头顶"磁磁"地滑行，而另外一些人则飞快地扔掉手里的扳手,就像战斗结束扔掉一支可恶的武器,然后找到一处有炉火的地方,安然地抽上一支烟。对他们来说,这样的炉火充满了温情与惬意,以至于有人会在那一点短暂的时刻昏昏睡去,仿如一条疲惫的鱼,口张着,流下晶亮的涎水。

我在一次劳动中摔倒在地。我是一个笨拙的人,这是我在那些日子里得出的一个令人失望的结论。在夜里,在他们结束的地方,我和几个外围人员忙碌起来,喧嚣的气息已经散尽,也就意味着机器停转,尘埃落定,大炉里的火安静下来。我们分头收拾。我觉得空旷而安静的车间更适合自己走动,我通常在思索中劳动,这样的人,就可能处于一种身心分离的景况,一些潜伏的危险往往被忽略。譬如,通红的钢坯,谁都不会靠近,但暗下去的钢则更阴险,它不动声色,如一截哀伤的枕木,如一个人极有涵养的面孔,可就是这样的事物在等待一个人的靠近,耐心地,极有城府地——我踏了上去,迅疾地滑倒。

那个时刻,我坐在一处温暖一些的角落里,看他们忙碌,外面就开始零星地下小雪。我静静地注视着漆黑的夜,听着叮叮当当的声音在远处响起,就忘记了伤痛,开始想那些在白天闪动的面孔,那些在臭气和寒冷中换了衣服回家的人们。

我想起那张更为苍老的面容,那个人就站在炉后的烟尘中,用一种充满执著的目光往大炉里看,他是一个老工人,可我最初仍然为他过分的老态所震惊。他的工作,就是守候着一炉火,在尘埃里守候,在时光的流失中守候。我现在仍然不能忘记,一个人被生活压迫得如此深重,却依然如此真诚而毫无怨言地拉车、添碳、出渣、鼓风。很多时刻,他沉默、吸烟,盯着一个地方发愣,或者,用两只手搓脸,很粗糙的摩擦,能感受到他的皮肤已在这尘埃中干硬枯燥,使人想起一些丧失水分的事物,譬如沙漠、石头的表皮、秋天的落叶。

在尘埃与火中,那些劳动着的人们,是一些看不见的黑点,他们守着这些光亮而激昂的东西,却注定隐匿在昏暗里,微笑、咳嗽,以另外一种尘埃的方式驻足、徘徊、悄无声息地飞扬。

目　睹

在马路和市场之间，有一条高阔而长的巷道，铁门关闭着，它的外面，是各式各样的人力车、机动车，而里面，是睡了一夜的瓜果，在蒲席和塑料下面，这些带着南国气息的作物，正等待着另一轮的颠簸循环、辗转贩卖，在争执和推搡中，它们经过一只只粗糙的手、点过钞票的手，被倒进肮脏的车厢或苦闷的目光中，最后，于凉意和睡眠中，它们进入一个个黑暗的胃，在那里，这些美丽的水果彻底消失。

现在，这些执著于此项生计的人们，在铁门的"咔哒"声中，伸长了细瘦的脖子，往里看，手就做好了随时启动的姿态，给人一种前倾而努力的印象，许多人带着隔夜的疲倦、乡村土路的灰尘和冬季因寒冷而发红的皮色，在保安冷漠的目光下，抽烟、瞌睡、用力地擤鼻涕，一个戴着头巾的老年妇女，抬起戴了破毛线手套的手，不断地擦拭因风而流泪的眼睛，这使我想起我乡下的那些亲人们和我没有工作的母亲。

人群骚动。一些声息在车辆的前后抵触中开始荡漾，在阴凉的巷道中，它们氤氲成男人洪亮的嗓门、女人尖锐的讥讽和铁皮的摩擦撞击，这一切，成为每天不再新鲜的必现的场面，包括那些临时保安对着车辆抬腿一脚的愤怒，和车主含义深邃的媚笑、让烟。我每天都看着这些人们，在经过这一段必须的阴沉后，急匆匆地逃进市场，那样子，如同饥饿的羊群看见春天的山冈。我有时坐在门后看，透过一处没有玻璃的木格，我的身后，是一张冰冷的床和更为冰冷的高大墙壁。

我和另外一个收票人几乎没有话说。除了抽烟时彼此谦让一下，我们各怀心事，守着这道莫名其妙的门巷，守着不知何时结束的临时工生涯，为了不至于尴尬，我们俩一个门里一个门外，而他则更希望在门外，在验完票后，他会从大衣里欣喜地掏出橘子、梨、花生或者菱角之类的东西，在我于门外收下一些门票的时间，他已经在黑暗的屋里"喀嚓"完了这些果类，他的声音很大，在寒冷的冬天，容易让人想到潜伏的松鼠、狼或者其他冬眠中醒来的尖利的牙齿。我却往往没有胃口。一点也没有。

市场内，到处都是忙碌的人群。地上，在冰渣和泥浆一样的果皮中，踏过满是灰尘的脚，这些脚在一处处摊位前停留、徘徊，又匆匆地奔向收款处，而后，伶俐或者艰难地穿过到处散放的车辆、拥挤的更为脏兮的脚，踏在了一辆三轮的踏板上，它努力一蹬，在信心中显出一丝满意。这样，就会看到这脚的主人在吆喝声中，不断地跟熟悉的摊主打招呼，那些生意清淡者，把自己裹在大衣里，冲着这人冷漠地撇撇嘴，或者嘟嘟囔囔地冲地上吐一口痰作为对自己委屈的一种发泄。

而一些更为火爆的场面，会吸引这些落魄者欣喜的目光，在一个人被另一个人追打的紧张中，在保安野蛮地推搡或扭住一个偷窃嫌疑者的时刻，这些目光毫无遗漏地审视着，同时，嘴巴在快意和期盼中张大着，形成一个圆状的黑洞，这黑洞奇怪而麻木，在接下来的时刻，它会迎接那些菜叶、馒头和劣质酒。它不会歇息。

我能够看到，那对母子在摊位前面对顾客的样子。在门口，我正好有了一个角度，我看到那个五岁的孩子，正坐在烂纸箱上奋力地啃甘蔗，带汁的内瓤被嚼成纤维后，他抬起脸，粗鲁而夸张地向空中吐，纤维就形成弧度，落下，远远近近地在路上摆着。

这是他自己世界里的一个游戏，但游戏失败时，譬如，纤维落在脸上，他哭了，向母亲要求安慰，正专心地捏柿饼的母亲回过头来，狠命地捶他的后背，"砰砰砰"，并吐出难听的诅咒，这孩子就立即收敛戚容，继续这只有他自己能理解的游戏。这个来自于郓城的母亲，穿一件人造革皮衣，且上面已经斑斓，她身材臃肿，头发成为绺状。当她抬起黑胖的脸倾听顾客的问讯时，稀落的牙齿往往会给人一种打击。她的生意清淡，但这并不防碍她用脏兮兮的手一个一个地捏那些柿饼。她表现得过分勤劳。

一个外地的汉子在保安的推搡中，突然伏地大哭，人群便呼啦一下围了上来，在那时，这个汉子具有了观赏性，谁都不会在意这个人到底有什么委屈，这不重要，一点也不重要，只要他被人斥骂，被人用手或者脚重重地击打，他就具有了观赏性。我往往不会去看这样的场面，尤其不去看得意的保安——这些从农村来的孩子不可思议的面容。而在另外一个中午，一个保安提了几袋瓜果，不需要任何票据，紧紧跟着一个凸肚的中年人，把东西送到了外面的一辆轿车里，回来，在门口，他却突然给了一个蹬三轮的人一个耳光，那人也许是个下岗工人或者郊外的农民。在那一刻，我和那个被打的人一样，都愣住了，门巷很暗，我看不清这个保安的表情。其实，我也不想看清。

后来，我离开了那儿，再后来，我常常出现在人才市场上，我一次次地去，然后一次次地回来。我走着，经过一些散落的果摊，看见晶莹的葡萄，金黄的哈密瓜以及各种精巧的果类，内心充满一种顾念和悯惜——它们曾经穿越多少不为人知的黑暗隧道呀！我提着优雅的塑料袋，衣着体面地走过一家洗头店，在落地玻璃内，一个女孩向我挥了挥手，她笑，白得过分的脸上有掩饰不住的憔悴，在那一刻，她捏起一枚桔瓣，阳光照过去，使得她纤细的手指呈现出蒙胧的美丽色泽。

我冲她笑了。我的笑是真诚的，可在这不恰当的地方，在路人看来，那一定是虚伪而且暧昧的，可我还是笑了：女孩和金黄的桔瓣，从南国来，她们穿越，她们抵达，她们承受着既定的命运之苦，却依然努力保持着新鲜而美丽的姿态。

我在这个世界的灰暗背景里冲她们笑。在经过那儿之后，被一种突如其来的巨大感情所逼迫，在风中，我迅速地流下眼泪。在那一刻，我不知道自己在那儿。我真的不知道。眼前，只有苍白而坚硬的路，只有我自己的影子，还有那些远远近近陌生的人群。

黎明之黑

他看见天空中一颗流星陨落下来，消失在黑暗之中，那就是他自身的象征。

——里克特

诗人用那些热情的词句歌颂黎明。正像一个南斯拉夫诗人写到：黎明是光之喷泉的顶端，是希望和爱。我相信他一定看到了某种奇迹，尽管，这奇迹也许并未发生，也就是说，黎明并未到来，但是，歌唱本身赋予了诗人以光的形象神圣的形象脆弱而美的形象。不是吗？清新的黎明即意味着黑夜的结束，意味着另外一个世界的诞生，而等待和期盼的现实只有一种，那就是：诗人深陷于黑暗之中。

黑夜呈现出虚无之状：绵延、无序、深沉、失血般的压抑和无助。一个人只有在黑夜里，才会如此渴望真实的自我而又真真切切地丧失着自我，在单调的黑充斥在天地之间时，你会本能地感受到自身的破碎和消逝——你成为黑夜的一部分。尽管，事实也许并非如此。我们不可能用白昼里的经验去描述那浓重威压下面的事物，那些宽阔的街道、宏大的屋宇、嘈杂的车站,在阳光下它们浮动干燥的人世气息,但这种真实在黑夜里成为最虚假的成分——关键的是,你站在了黑夜的中央,你成为一种最深沉的埋伏,就像过冬的种子,就像梦,那种窒息的状态,只有具备坚韧的能量才能熬过。

那时,光成为一种稀缺的品质。从清阴的月亮,不测的星子,一直到亲切的萤火虫,这些在白昼不复再现的事物,勾勒出一道奇特的景致,它表明了眼睛的本能向往,眼睛不能被蒙蔽,只要它睁着,就一定会表明自己的立场。它是个契机,一旦时机到来,它将如同百灵。它将开口歌唱。

"我在那儿就是为了这个,为了看到其他人永远不会知道的东西,看到这黑夜中的黑夜,这黑夜同另外一个黑夜一样,永恒般沉闷,只有它才有世界上难过的生活。"杜拉斯的这些话深深触及了我。

黑夜会使人陷入无法自拔的自我伤害之中。我相信诗人都有着这种自我伤害的气质,这气质源于纯粹的双眸——因为你看见。一切,阳光下的发生,都会是一种刺激,那刺激意味着无法容忍的清晰和浑浊,难以选择的融入或叛离,意味着你渴望自我放逐:那就深入黑夜吧,仿如游子回归他的故乡。

我曾经在一个夏天找了一份看夜的临时工作。我坐在那儿,看到整个小吃街上灯火通明,烟气缭绕,那是混沌的开始,吃喝叫嚷的人们蹲在马扎上,在光芒四射的快乐中,他们目光昏暗地猜拳行令,光着膀子的样子,像极了某种动物。常常,有人醉醺醺地趔趄而行,旁若无人地小解、互相纠缠或斗殴。我坐在透明的亭子间里,同时也是坐在黑暗里,看着一拨又一拨的食客,相互扶着,走向了一处处暧昧的霓虹深处。夜,极易将他们吞没,就像什么也没有发生一样。

的确什么也没有发生。没有质感的生活,被人们涂抹得面目全非,除了吃喝后桌上凌乱的垃圾,没有任何新鲜的东西。于是,我等着那个时刻,曲终人散的时刻,万物沉寂的时刻——我把钥匙放在手里,又拿出来,用它去开启一扇木制的箱门,我摸向橡胶的把手,"啪"的一声,灯光消失了,世界仿如回到了原初的样子——黑而寂静。

我站在那儿,感到一种深深的满足和满足后的手足无措。回到亭子间,独自坐着,看脚下那条河道里闪着的微弱的光,就点上一支烟,沉默地吸着,那种苦涩的味道,弥散在燥热的空气中,令人不安,我似乎想要回家,又有一直坐下去的念头,去看,看夜怎样持续地占据街道、房顶、绵延的时光,还有脚下的河,看到河时,我仿佛又看到了那个男孩。

那个男孩在白天的水里浮游。他的大声叫喊吸引着岸上成群的目光,有些人,眼上明显带有午睡的倦意,脸上印着凉席的压痕,就显出几分滑稽——在这之前,他们正安然地下象棋,或坐在仿古建筑的亭廊下闲谈,叫声传来,仿如刺中了马蜂窝,那些短衣的人们就突然一下子暴露在了阳光之下。人们在那个倦怠的下午,群立着,看一个乞儿在河里扑腾:他的裤子破了,只能长久地浸在水里,但没有人帮他。我正在这岸拉扯条幅,内心陡然生出一种情绪——我找到了一条红色的大裤衩。

穿过人群,拾阶而下,我把那红色的物件抛了过去。那男孩最后湿漉漉地站在了台阶上,他并未像我想象的那样狼狈,他甚至很夸张地向人群敬了一个礼,人群就"哄"的一声笑着散了。他的敬礼,是个很精彩的结局。

我们俩的影子就斜斜地躺在古桥上。那一刻,我看到了这个 14 岁少年浑身的伤疤,于是他开始诉说他离异的父母、贫困的家乡和精神失常的奶奶,那也许是一切乞儿大致相同的背景。那个孩子的表情异常多变,时而咬牙切齿,时而泪流满面,最后他说:叔叔,我要回家。我就掏出身上仅有的 17 块钱给了他。后来,那个孩子攥着纸币往街市上走,我在后面,准备回亭子间,在我即将开门的那一刻,我突然听到远处那个男孩向一个食摊高叫了一声,声音高亢,精神得意。在阳光晃动的下午,我听到那声音在喊——老板,来一大杯啤酒!

我继续着守夜。很多时刻,我只能看见对岸昏聩的灯下影影绰绰的人们,我看不见他们的五官,那是视野所带来的局限,这局限抹去了一些细节,譬如无助的表情、沮丧的姿态或暧昧的眼神,这些在某种程度上都被夜所遮蔽、掩饰和覆盖。黑,有时是另外一种纯粹,如一场大雪的来临,我只是在单纯的色泽面前保留了一份幻想的自由。我依恋夜色一如倾慕大雪,二者反差极大,却给我同样的安慰。那时,风自由如同呼吸,在树丛和篷布之间翻动,在头发与皮肤之间划过,在人心里激起复杂的涟漪,在河面上碎成莫测的光斑。

很久以前，在更深的夜里，我曾和茂华离开一片水洼向村北的铁路走去。那时，我们的老家正熟睡如同巨鲸，它的脊背在我们爬上高高的铁道时蒙胧浮现，在那儿，有我们曾经嬉戏过的池塘、攀爬过的槐树林、屋宇、成片的柴垛。那个混沌的时刻，我们从另一个角度睨视我们出生成长的地方。那一刻，具体地说，该是黎明将至。之前，我们在一条船上"啪啪"地拍蚊子，这种拍打绝望地响到午夜，最后，我们决定带着一身叮包和蚊子的血腥走向那条铁路。

那是真正的静坐。当周围一切都沉沉地睡去，而你却清醒无比，这种静坐就不能不惊心动魄。清醒呈现出不可思议的状态，清醒成为一种折磨。那时，我渴望一头倒下，酣然睡下，可头脑却凉如岩石，我就只能睁开双眼，望，眺望，然后，就是我和茂华之间断断续续的谈话。

在夏日的黎明前，我们的声音响亮而深沉，仿如不堪重负的驴子打的响鼻，铁道边上，排列着高大的杨树，微风袭来，叶片发出"啪嗒啪嗒"的声音，富有节奏和美感，完全不像我俩的谈话那样停顿而时常伴有突兀的叹息，人的叹息在夜里显得滑稽和无奈。黑夜在继续，我们所有童年的闪亮和快乐，都在回忆中被黑夜的虚无所重重浸染，于是，那些白昼，那些漂亮的阳光和色彩，就像顽皮的足迹，在海水漫过的沙滩上，它们，无影无形。

无助的人，待在黑夜里等候黎明。就像我和茂华坐等天明的夜里，我们就处在青春而苦闷的年龄——我正渴望成为一个真正的诗人，而他正为工作所伤害。我们的无助，因为精神的纯粹，而被现在的我所怀念。那时，我记起金斯堡的一句话：你能获取拯救的唯一办法即是歌唱。不错，歌唱。它会成为一个人无法割舍的行为方式，难以忘怀的精神习惯。歌唱。它是坚持，它是火籽，无论夜怎样漫长，你都不会趋于麻木，因为，是独特的眼睛使你获得了深沉的激情——在混沌集成的时刻，你却看到了流星与萤火虫，看到了黑夜里从不为人知的事物……

第四辑:农历的日子

这些被上天抛弃的孩子,用这样的歌声,在自己生

命里唱响了生活的真谛,而他们也许并不懂得创

伤的来历,不懂得苦痛的所在,但那一刻,他们张

开口唱了,而且唱得那么优美,那么自然。

立春

我给孩子起名叫"硕硕",就是希望他体积壮大,能在这个世界上很有质量地活下去。从医院里见到他的时候,是一个早产儿,只有四斤,瘦得光剩一个小脑袋还能入眼。陆平说,把他抱起来的时候,硕硕就抓住了她的手指:就是这孩子了。陆平想。没想到几个月后,他像个气球一样被吹起来了。岳母总是说孩子如何如何能吃,一口不饱都不行,我想这孩子可能是饿怕了,对一切能入口的东西都有一种亲切感。

陆平的弟媳丽芳当年怀孕的时候不够年龄,在怀了七个月的时候被政府逮住了,拉过去硬流下来,岳母端着放孩子尸体的痰盂出来,眼里含泪:是个男孩,都成形了。每次再说起来时,都充满悔恨。从那以后,丽芳再也没怀过孕,人越来越胖,跑遍了治疗这种病的各家医院,都不见效。后来,陆平就帮着从医院抱了个男孩。我给他起了个小名:硕硕。

入冬。硕硕开始喘、咳嗽、夜里啼哭,在宁阳一个镇上住了两次院,效果不好,勉强

在旷野中歌唱

回到家里,又开始喘,电话打过来后,陆平说,过来住院吧,这边条件好点。在一个中午,我回到家,就看见了硕硕,满脸涨红,喘出来的声音"嘶嘶"地叫,很吓人。

到了人民医院,病房里的大夫检查一番后下了一张病危通知书,大家都愣了,陆平就开始跑到另外一个屋里呜咽,给朋友打电话。丽芳则抱着孩子坐在那里抹眼泪。我说,这是医院的一个程序,就是告知孩子的病情,同时一旦出现险情也是他们一种推卸责任的办法,别害怕,该尽力就尽力。

住到病房里以后,发现硕硕不是最严重的,临床的一个婴儿,被放在一个小暖箱里,外面有一个显示器,在二十四小时观察孩子的情况,周边围着的,是爷爷、奶奶和父母,都是一脸的凝重,而在走廊里,也已经摆满了床,上面躺着的,都是这种不大的孩子,多是因为肺炎造成的心脏衰竭。到处是孩子的尿布味、奶粉味和成人的臭脚丫子味。

还没有下雪,天是灰蒙蒙的。去堂哥卖电动车的地方扛躺椅,有十分钟的路程,回来的路上,在一个小超市里,买了一些洗漱用品和水果,一起送到了病房里。

接下来的日子,就是经常往医院里跑。每天中午到楼上来的餐车,三块钱一份的菜,岳母她们根本就不会去买,午餐往往就是一杯开水和馒头。我对陆平说,去买点牛肉,切成丝,或者买上一些榨菜,放在那里,否则,这样下去,岳母可能扛不住。

更明显的事实是:岳母家里已经没有钱了。这让陆平也非常焦躁,因为她的美容院,两年了,我们身上背着好几万元的债务。但这一切,在一个病重的孩子面前都显得那么苍白!至于到底陆平去医院垫了多少钱,我始终没有问,但是我知道,岳母在村子里借钱,往往是五十或一百地借,还要看对方是不是脸色难看。

所以住院的过程在疑虑、惆怅、徘徊、商计和希望中度过了。在这之前,我由于工作的原因认识医院一个大夫,找了人家,说帮忙让他看看孩子的情况,其实是希望医院能不能在经济上稍微予以照顾一下,对方答应着过去看看,也许因为太忙,始终没有露面,这样我就放弃了这种想法。

出院后我没有让他们走,主要是考虑万一回去再出现什么不测的情况,那里的医疗条件不行再过来就很麻烦,所以,就让他们在家里住了几天。硕硕因为胖,再一个可能是病情没有稳固,整天腻着身子哼哼,每天晚上必须要哭上一个小时,非常"守时",那个时候,总是在蒙眬中听到他的哭声和丽芳的走动声。我就不断地在床上翻身,很快,第二天就来到了。

最后,还是又转到另外一家儿童医院去了。这里的价格稍微便宜一些,这是选择这一家医院最主要的原因。过了两天,我带着朵朵过去看望,推开门,发现里面很暖和,但是气味难闻,一眼就看见岳母就躺在硕硕打吊针的那张床底下休息,身下是医院提供的海绵垫子,头发凌乱,因为头朝里,看不见面容。朵朵过去喊:姥姥。

出院的时候,我正在外边忙别的事,他们直接就回家了。陆平说,因为快过年了,家里还有很多事,岳母表示就不在这里住了,这么些天大家都跟着忙活,而且住院也都跟着掏钱,都挺不容易,过年就不让我们过去了。

看来这对他们来讲,将是一个穷年,所以,一定要去。一定要去。我回答说。

惊蛰

路面上是煤灰,细细的粉面一样的堆积。这些漆黑之物在路边会绵延好几公里,同时出现的,是一辆一辆慢慢驶来的拉煤的大车,因为装得过多,而且车高,每次经过,自己坐的车一下遮在这大家伙的阴影里,我都有一种过分的担忧——我害怕这种大车会一下子歪下来,将我们彻底砸瘪。

一些路面明显地深深凹陷了,上面铺了一层又一层的煤矸石,但是煤矸石也陷下去了,这也是大车走得慢的原因之一。公路的两边,不断地出现一处又一处的水面,人们说这是塌陷造成的,很多村子都搬迁了,在有些塌陷浅点的地方,甚至还能看见半爿屋宇,或者还没来及清除的一些电线杆,只剩下上半部分露出水面。

水多么清澈呀!我说。但是有声音传来:这种水什么用也没有,从地底下冒出来的,养鱼都不活。那怎么办?怎么办?谁知道。我就只能沉默了。我经常会在自己脑海里冒出这三个字:怎么办——面对很多问题的时候。往往问过自己以后,仍然找不出来答案。这或许就是一个没有答案的世界。怎么办?

到达目的地,已临近中午,在高高的煤矸石山前,我们站定,过来一个中年汉子,就是这个村里的支书,他指着这些煤矸石说:我们村里什么都没有,就有这些东西,这都是财富呀!漆黑的财富,一大堆一大堆的财富!我看到支书说这话的时候,是真心地绽开笑容,掐着腰,身体向后仰,就像一个忠厚的老农给别人说自己庄稼地里的收成。

庄稼的收成早没有了,因为土地开始塌陷,因为房屋开始裂缝,因为树木开始死掉。支书说,他们的任务就是一次一次地往矿上跑,只要谁家的屋子裂缝了,谁家的地又陷了,就到矿上去要钱,就因为这样,很多村民都在地头上垒砌了矮矮的猪圈,不养猪,就等着墙裂缝了到矿上要钱,矿上的煤矸石占了村里的地也得给钱。这不给老少爷们办点实事吗!支书说。

屋子裂缝了,土地塌陷了,树死掉了,村子让煤矸石给包围了,人们却并不难过,把手一次一次地伸向矿上,而且乐此不疲,好似此乃上天给予的百年不遇的发财的机会,但是,面对着这黑漆漆的包围,如果是我住了多年的家园,我可能会哭出声来。发财。发财。发大财。

煤矸石正在等待着新的处理,比如说这里,就开始用这种东西掺进黏土里做建造房子的砖。机器都到位了,巨大的机器,正在做系统的碾碎、搅拌、粘合、成型等一系列工作,这些程序完了以后,这些半成品就被一排一排地放在一处晾晒场进行晾晒。工人们来回地忙活,这些人多是村里的村民,他们不需要远走,在家门口就能挣到钱,很惬意。

因为离矿近,很多生意都很兴盛。饭店、理发店、小超市,等等。在这种到处都是煤灰包围的地方,我看到了人们脸上的笑容,他们各自忙活着自己的活计,浑然不知寂静的表面之下正在发生的坍塌,我站在那里的时候,好像感觉到了一种揪心的撕裂,慢慢地,却不分昼夜地,在脚底下,撕裂,撕裂。

我到过那些矿区里面。非常豪华的办公楼,绿化到极致精美的环境,高大的雕塑,优雅的喷泉,那里的人们在介绍此处的时候往往非常自豪地表示,自己的矿区已经达到了什么什么标准。这些标准都是用从地下采出来的"乌金"堆积而成的,没有什么奇特的。而且现在还在堆积。

　　一辆又一辆的大车，从这些街道上通过，各色各样的人们，出现在这些大车周围，财富，吸引着所有人的目光，复杂的目光，赤裸裸的目光。在煤炭黑漆漆的映照下，这些目光都盯到了地下，仿佛能听到挖掘的美妙声音，那声音意味着钞票，意味着更多的钞票，尽管，同时也意味着更多的塌陷，但不知道，会有多少耳朵在真正地倾听。

　　我怀念纯粹的村庄，怀念绿树的包围和河流的清澈，怀念人们脸上没有煤灰附着的表情。这一切，可能真的就是怀念，直到，我的脸上也附着了一层看得见的煤灰，粘腻而肮脏的感觉，让我渴望离开，渴望被清水覆盖。

　　在回去的路上，在离开那个地方的时候，司机把车上的音响打开了，从里面传出来的声音是歌手郑均的，他正在唱"我的爱，赤裸裸，我的爱，赤裸裸……"

春分

　　淅淅沥沥,这是一场小雨。在鲁西南大地上,我感觉到了这场小雨的润泽,这种润泽正慢慢地洒向面前的峄山和它脚下的土地、人群、麦苗和错落的石群。农历二月二的古会,就在这场小雨中拉开序幕。

　　高建军,一个研究民俗的老大哥,从他那里,知道了这种古会一般分为春季和冬季两次,春季就在农历的二月初二,很隆重。冬季在十月初五前后,规模小,数年一次。

　　上午。峄山脚下。还没有到会场,老远就已经听到高音喇叭的叫嚣,在这种叫嚣中,前面出现了一辆又一辆的轿车、农用三轮、自行车和步行着的人们。喇叭呜响,人群中有回头的小女孩,三五个,相互携手,很羞涩地让开路,用跳跃的姿态——笑着。过去的那一刻,能看到她们已经湿润了的刘海,在额前散着。

　　转过一处山道,就看见了赶会的熙攘人群、扎起的帐篷(叫嚣就是从这上面传出来的,里面正在进行着舞蹈表演)、一溜摆开的货摊,红火、喜庆、嘈杂自生。可能是下雨的原因，上山的人不是很多。我们气喘吁吁地上去，又下来，站在一处石崖处往下望，能看到这条古会中的长街，已经绵延了数里。

通常，在这场为期三天的古会里，周围方圆几十里的百姓和商贩，都会登上山，而商货就陈列在山道两旁，前来登山求福的人们，在购物游玩之余，烧香敬神，祈求风调雨顺，所以，这种古会内容包括：香客敬佛、文化娱乐和物资交流。

山门外，子孙石下面，已经聚满了来还愿的人们，多是些老妇人和中年妇女，静立，双手合十，默默念叨，这样，就能看见，这里的大香缸里，一直烟雾渺渺，一个老太太说，这都是去年许愿称心了，今年来还愿的。她说，要想祈求得子，将一拴了红绳的石块扔到子孙石顶上，不掉下来就能得到一个男孩。就不断有这样的人，抬着脸往上扔石头，同时喜笑颜开。

峄山会的特点就是它的饮食，由于处在山地，羊肉就成了饮食当中的主角。建军兄这样说的时候，我们正被两边的餐馆所吸引，这里的路边餐馆，门前大多倒挂着剥了皮的羊，色泽暗红。灶上一派热气腾腾，案板上的刀剁得"当当"响，一溜地，花椒大茴，酸香咸辣，看到灶旁摆满的锅碗用具，就开始有些流涎水。

当地的饮食原料，大多取之于峄山，像用山鸡烧的菜，就有"眼前金凤凰，涎水二尺长"的谣曲，另外，淡水螃蟹，峄山脚下的大泥鳅、蚂蚱，孤嶂坪一带的白色山兔，都是美肴的原料，风味独特。现在峄山脚下的饭店少了，是因为交通方便了，很多客人可以乘车到市里去就餐了。建军兄说。

峄山会以山前为中心，东起马家沟，西至刘家沟，方圆五六里。一般而言，到会的以香客为多，六七十岁的老人，中年夫妻，少男少女，三五成群的亲戚邻里，都是这种香客的主体。还有以村庄为单位组织的"香社"，就是由村里的老人组织的文艺团体，选拔能歌善舞的青年，按照习俗排练"高跷"、"花船"等文艺节目，赶会那天，挑着彩旗，敲着锣鼓，一路欢歌奔向峄山。当然，这是很久以前的事情了，现在已经不复再现了。

现在，从各地赶来的人，多以物资交流为目的，这个时候，他们将批发来的商品或者自制的货物，或车载，或肩扛，从四面八方，纷纷前来赶会，形成了百物聚集，万人相汇的景况。

在市场上一路走来，看到的是服装、农具、木料、竹器，等等。这时建军兄想起了牛马市，就开始跟人打听，走了两里路后，在一个大水库旁，看到了一个交易市场，刚刚下去，正赶上有一头牛惊着了，乱跑起来，着实让我们心惊肉跳了一番。我看到，整个偌大的场地上，只有稀拉拉的十几头牲畜，那些主人们，因为前来交易的人少，正在那里闲话拉呱，一个老头说，这种交易，已经大不如从前了。

　　现在买卖的牛，大多是肉牛，因为很少有人再用牛耕地了，在地里跑的，都是"铁牛"，耕牛的时代，早已经一去不复返了，原来看资料上记载的"交数上千"，不知道是个什么场景。这时，小雨渐渐急切起来，我们只好选择了回程，在泥浆横流，伞花缭乱的长街上，开始了快步急走。

谷雨

现在,我在前才村。谷雨之后,这个被层层树木包围的地方,正在升腾着无尽绿意,大水还没有到来——但我能感觉到此时土地的呼唤,树木的呼唤。雨水在路上。我在前才村,麦子还没有灌浆,但是它们正绿意盎然。

西面,是一座山丘,远处,有好多个这样的丘陵,它们属于泰山脉系。其实,这个村子就坐落在山丘的脚下,一条路从山丘那边劈开来,延续到这里,又延续到了更远处,直到通往一条国家级公路。从那条公路,到前才,坐上一辆三轮车,往往要二十多分钟:两边是高大的杨树、庄稼和绵延着枣树层层抬高的丘陵。丘陵寂静,人影罕见,或许,是因为一切都隐藏在了那些褶皱中。

从顺坡而下的那条乡村公路看前才,就只能看见杨树,大片大片的,密不透风的杨树。在清晨,我曾经走到了这片包裹着村子的树林里面,那个时候,是早晨七点多,整个树林像是裹了一层绿色腹膜的玻璃体,透彻的,澄明的,但是阳光的灿烂和白晕都被阻隔在了外面,这里自成一体,有着清新和自在的空气,有着无法言说的寂静和天籁之音——鸟在枝头偶尔鸣叫,风掠过树梢,波浪起伏中人却心静如秋。

树木的长势是这样的:一些长在村子街心的一条水沟两旁,更多的是顺坡往岭上和公路上长。因为这样,越是处势低凹的杨树,越有着无法遏制的成长欲望和挺拔的身姿,有一些树,高大得不可思议,它们直冲向天空,笔直而且锐利。我在它们下面,只能呆呆地顺着躯干往上看。杨树,杨树,我在下面沉默,鸟儿在上面筑巢,不知道,在我和这些飞翔的小精灵之间,哪个更寂寞,哪个更幸福。

我是从这片树林的中间,一座普通的居处走出来的。此前,我已经在那里呆过好多个夜晚,院落窄小,却栖落着好几种家畜:一头猪、四只羊、一条土狗、两只猫和鸽子若干。这样,在夜晚,我走到西北角那个土厕里小解的时候,要小心谨慎,不断地摸索着脚下哪里是羊躺下的地方,同时听到那头猪的"哼哼"声和墙上瓦罐里鸽子低沉的"咕咕"声音,站定后,抬头往上,能看到星星满天,深沉的天宇,正在高处毫不吝啬地覆盖着我。

这种覆盖,让前才提前进入睡眠,整个村庄都在沉睡。但有一次,在这之前,或者说,另外一个年份的夏天,我曾经呆在对面杭哥家的屋顶上,多半夜未眠。那个时候,陆平的爷爷去世,在经过一个白天的喧嚣和忙碌后,因为客人太多,我和几个小孩子,抱着凉席,爬到了这个温度尚高的地方,躺下来,面对着天空,拉呱。

小孩子中有两个从济南过来的,中学生,思维敏捷,问题很多,从灵魂的有无到外星人,从核战争到庄稼的收成——那是我在前才说话最多的一次。其实,我在走上屋顶的最初,是希望能够平静地躺在那里看天空,没想到却陷入一场语言的围剿之中,而黎明将至的时刻这些孩子开始打呼噜,我却又开始和蚊子作战。

其实,我觉得在前才是不用多说话的,我刚开始并不能接受这里人的沉默,而现在,我却认为这里就应该如此,不说话,只是走动,站定,蹲在那里,或者,坐在一个小椅子上抽烟。在这里,人的语言,一经说出,就被树林稀释了,被风,被大片大片的阳光和岁月稀释了。

走出院子后,开始顺着那条从岭上淌过来的水沟往岭上走。雨水大的时候,这条水沟里发出"哗啦哗啦"的响声,里面,常常有各种颜色的鸭子,三两成群地,趴在里面频率极快地哆嗦着嘴,像是在过滤食物,那些水里,除了一些叶子、花蕊,我再也看不到什么东西了。也许,那些鸭子能看到食物——这里是它们的世界。

水沟的两侧,除了我所说的那些参天树木,就是人家,一家一家的砖屋、开着的或关着的大门、柴垛、卧在旁边的黄牛和遗弃很久的一辆拖拉机车厢。雨水过后,我曾经在这条路上走,突然看见,从一处柴垛后面,闪出来一只刺猬,缓慢地,往树林方向爬过去,后面跟着几个小刺猬——看到这一家人,我暂时停下,希望不打搅它们的行程。但是,一条狗突然从旁边窜出来,对着刺猬,龇牙狂叫了几声:汪汪汪汪。现在,我没有再看到这些小动物。我是和我的一家人——朵朵和她妈妈,一起往上面走的,我觉得自己也是一个大刺猬,在寻找自己的方向。

高一点的一处岭上,是一处废弃的砖场,高高的烟囱还在那里,前面是一片平地,在小杨树中间,搁着一个一个的蜂箱,这些放蜂人,往年都要来到这里,在这个山脚下的一处平地,呆上半个月左右,他们的眼中,那些正在盛开的槐花,芳香无比。

搭好的帐篷,有两个,一个里面放着很多物品,另外一个是他们的休息之所。走过去的时候,有两个人正坐在里面抽烟,他们看到我们,招着手笑着点点头,朵朵跑过去,她说:爸爸,看,好多蜜蜂耶! 话尾音有故意的撒娇。我也说:注意,蜜蜂是要蜇人的耶!

他们是浙江金华人,从这里做完就要赶到唐山,然后是辽宁,追寻着花的踪迹,这样一直到八月份。然后,就说到蜜蜂,他们说,这些蜜蜂一般活一个多月就要死掉了,是累死的,但是会有新的蜜蜂不断地繁衍出来,顶替这些空缺的岗位。我说,到八月枣花开的时候还来不来,他们说,不来了,那些花蕊太小,蜜蜂根本就靠不上去,只能飞着采,太辛苦喽! 太辛苦喽!

在路上,看到了满地的萝卜花,是那种白色夹杂着紫色的花瓣,长长的茎,朵朵就跑过去,要摘花。我说,现在可以摘一支,但就一支,自己去吧。她跑到那里,突然停下来,说:爸爸,我看见蜜蜂了,她在采蜜呢。她把小小的身子凑过去,不动了,阳光照下来,我看到她纯净的眼神,在一片灿烂的花丛旁,一动不动地看一只小小的蜜蜂。远处和近处,一切都在忙碌和歌唱,我看到,一个生命的小影子正和另外一个小影子,在那里,做亲密的接触,亲密的接触。

谷雨后,我在前才,大雨尚未到来,一切都在路上。

立夏

（之前，听到了这件事的基本梗概：一个中年男人的儿子在和邻居冲突中伤害别人致死进了监狱，中年男人花尽了所有的积蓄走关系要救儿子，钱耗尽以后，他动了一个让人匪夷所思的念头：把自己的老母亲杀死，通过丧事收敛钱财，用这部分钱再去救儿子，结果是，老母亲被残忍地杀害，自己的儿子没能出来，自己也进了监狱。）

这个村子在我的眼里是熟悉的。这种熟悉，就表现在那些狭窄的堆满庄稼秆的街道上，还有那些在街头呆坐着的老年人——这场景和人，在北方的中国农村，一天一天地平静地存在着，直到像这样的事情发生，才会激起一些涟漪，这种涟漪会让人们极为愤怒：这个畜生！这是我们打听中年男人的家庭时一个白发老人嘴里吐出来的话语。

先看到了那个被儿子杀死的老妇人的住处。这里是一个独院，土屋，有些地方开始坍塌，木窗棂被风雨吹打得朽蚀断裂，上面曾经糊过的一层报纸，应该糊的时间很长了，都已变成了缕状。这是一个快要废弃的房屋，可能像那个老妇人一样——呆在命运的夕阳里,等待着落下的那一刻。

　　或许,连老妇人自己都不会想到,自己会以这种方式落下:辛辛苦苦拉扯大的儿子,会用一把尖刀对准了自己的脖子。很难想象,这带着寒光的利刃是怎样切向一个母亲的。辛酸的母亲,苦难的母亲,这就是一个母亲的结局!从那个破窗棂的断口处往里看,像是一张张大的嘴,充满了黑漆漆的内容和复杂,像那个中年男人的恶念,而土屋是寂静的,院子里的空气是寂静的。我想,在那一刻,我的面容也应该是寂静的。

　　院子外的街巷,通往儿子一家人的住处。可以想象,这间土屋可能就是老妇人一生的住处,在这里,她生下儿女们,包括这个用刀子刺向自己的中年男人。那个时候,她每天劳作在田间地头,回家生火做饭,孩子们在玩耍,她抱他们,亲他们,用自己的乳汁喂养他们,喊着他们的乳名,盼望着他们长大,直到有一天,他们都有了自己的家,盖起了砖瓦房,而她仍然还呆在这间过了一辈子的土屋里。

　　在农村,这是再普通不过的一个母亲的结局——当她们乳房干瘪,虽然儿女成群,老人却依然索然独居,即使孩子们的空屋连成片。在那里,这些熬尽了心血的老妇们,或许只有靠回忆才能找到一些人生的颜色,而这些回忆,还是围绕在孩子身上,她会想起儿子们刚刚走路时的笨拙样,会想起他们第一次喊妈妈时的天真,会想起他们摔倒后向妈妈哭诉的情景。她们自己坐在快要坍塌的土屋前,想着已经成为壮年人的孩子们的纯真年代!

　　中年人的家,和他母亲的那间土屋在一个街巷,门头高大,黑铁门,有铜饰的门环,从外面看,这应该是一处殷实的所在,而现在,这里除了沉闷还是沉闷,家庭的变故,让这个家庭的男人们命数不定,只剩下以泪洗面的女人——中年男人的妻子和女儿。

　　女人,黄瘦,个子不高,生活的艰辛,让中年女人显现出了过早的老态。像是正被某种东西压榨着的干果,她早已经没有了女人应该有的仪态,或许是变故的接踵而至,女人已经濒临崩溃,坐在那里能感受到她在发抖,声音和灵魂的双重颤抖,泪水,作为宣泄物,在她的脸上一直不断——她哭的时候,身子往前压,声音就被压抑住了,只剩下瘪瘪的"呀呀"声。

砖混的房屋是高大的，但是里面很空旷，有物品的屋子则凌乱不堪，院子里只有一节拖拉机的车厢和一些农具。能卖的都卖了！可以想象这个男人的救儿心切，他一次次地奔跑在乡村和城市之间，找关系，走后门，以为用钱可以买回来儿子的命，钱花完了，他想到，母亲死了或许就能救儿子，这是多么疯狂的念头！疯狂。是什么能让一个人这么疯狂？

槐花开过的时节。外面，一簇又一簇的茂盛的槐树叶，装点着这个季节和这个村子，浓郁隐含其中，让人生出许多期待，不知道，在这之前，这个家庭在这个季节里会做什么？是不是一家人在一起，去查看地里麦子的长势，沿着墙根去采槐花，那个时候，父亲，儿子，妻子，女儿，在一起，在一起。

我知道，这个村子一直被很多东西所包围，就像是被开过花的槐树所包围一样。在这里，平静就意味着接受，如同接受阳光一样，人们接受这一切的包围，接受平静生活的既定，包括接受那些老妇人的索然独居。

熟悉的，这些场景，对于我而言，是单从嗅觉就可以感受到的，这种熟悉让我无话可说，就像对那个中年人的行为一样，其实，从一开始我就发现，自己其实对这个中年人根本就恨不起来，如果说有什么让我觉得不安的话，那就是：深深的悲哀和无奈。

因为，我更多地，是对那些女人的命运有着无法排遣的压抑。死去的老妇人，一直哭泣的中年人的妻子，躲在一旁始终沉默的女儿，这三代女人，都在一场谁都无法阻止的变故里被深深伤害。

那个女孩，因为自己的家庭，已经辍学在家。我们在院子里的时候，她总是躲在屋里不出来，当相机举起时，她突然出现在我们面前，说了一句：你们干什么？

那一刻，从这个女孩的眼神里，我看到了难以面对的复杂纠葛，那里面，有忧伤、绝望、抵触和疑惑，还包含着一丝被压抑着的歇斯底里。

小满

雨后。济安台靠着老运河的这条道路有些泥泞,不断地出现水汪。太阳一出来,这个在城市包围中的有 2000 多口人的村子,因为这场雨,显得更加湿热,憋闷。然后,就看见了 40 岁的王秋季——这个村子的书记。他站在那里,我看到他的身后,是电厂里那两个巨大的烟囱,缓慢地,往上飘着白色的雾气,非常缓慢。

王秋季在说着老运河。运河,就是很早以前的那一条,那个时候,济安台就处在运河进入城市的开端,运河是不规则的,时宽时窄,漫漶中,就形成了一个小湖区,这样,就出现了几百亩的藕荷,夏天,它们成为这个村子最美的点缀,然后,是一拨又一拨的孩子,一群"光腚猴",在水里出没。

几百亩藕荷一下子就消失了。王秋季这样说的时候,甚至咽了一下唾沫。他说这种消失很有趣。上个世纪 70 年代,这里开始出现高高的烟囱,出现电厂,冷却水就取自这条运河,然后,用完后再排到运河里,藕荷在这样奇怪的温度中奇怪地开过花,这样折腾了几次，就再也见不到这种水作物了。而这只是一个开始。

水草青青，鱼跳蛙鸣，仿佛就是一个很短暂和虚幻的梦，对于王秋季们，都是一样的，往后的岁月里，就像现在，你只能面对着一条臭水沟发愣，发愣，直到生活在这条臭水沟旁边的老人们，大多数在一种叫做癌症的病症中死去，他们才知道，这种发愣是一种真正的发愣：无可奈何！巨大的烟囱日复一日地飘着白气，缓慢地，日复一日。

好多年前的一天早晨，人们发现了一个奇怪的现象，就是这条沟里的水变得五颜六色，就在人们站在那里嘀咕时，整个河道突然火光冲天。乖乖！这是济安台人几辈子都没有见到过的壮观景象，一条河道里竟然烧起了大火，而且，越烧越旺，整整持续了一小时，快把街里的桥烧塌了，直到消防车来了，费了好大的劲，才把大火扑灭。

"那时候，水大得很，一浪一浪的，在夜里能把人打醒"。这是离开王秋季后，河边一个姓文的大爷给我说的，他说的时候，就躺在一张躺椅上，我蹲在他右首，我们的前面，就是这条老运河。旁边，就是一处尚未拆除的小平房，文大爷在这里卖点烟酒，平常，他就静静地躺在那里，一个80岁的老人，戴着一副盖了半边脸的水晶石墨镜，仿佛和一切都隔绝一样。

由于当时的老运河水大流急，每一条要过闸的船，都必须有人在岸边费力地拉拽，还有的在闸口配绞索，将船挂住后，几个壮劳力"咯吱咯吱"地将绞索一圈一圈地缠紧，方可以把商船送过闸去。在闸前闸后，经常有人用网捞鱼，捞上来的，多是一些鲤鱼和鲂鱼，一扎多长，在闸前闸后劳动一上午，绝对会有大收获。而当时的人们，就在河道里取水，挑到家里以后，放上明矾一类的东西把水澄清，就可以饮用了。

那时，水大。在夜里睡觉，听着一阵又一阵的涛声，听着听着就睡着了。新运河开通以后，老运河就废弃了，水成了死水，前几年经过治理，状况得到了一定的改善，有的地方开始活动着小鱼，但在文大爷眼里，这些仍然没法和当年相比。文大爷一直这样躺着，不知道他是否听见当年的大水拍打岸壁的声音——哗啦，哗啦。那一定很美。

后来，我和36岁的左洪洁一起，在河道里乘着小船捞垃圾。左洪洁是临沂人，做这种工作已经八年了，内向，老实，但我的出现还是让他非常兴奋，他带着我从这段老运河的一头开到另一头，又从另一头开过来，他说，很久没有人上他的船了，平常都是他一个人驾着船捞垃圾，一个人，有时候，呆在河道里，是很寂寞的。

在河道里，感觉是凉爽的，我们来回跑了好几里的路程，一个多小时，捞上来的垃圾什么都有：塑料瓶子、塑料袋子、一次性的餐具、破鞋、拖把、水果皮、散了架的破凳子。等等。有一会儿，我们漂在那里休息，就断断续续地拉呱，抽烟，岸上的人们，走过来看看我们，然后又走掉了，还有人站在那里小解，也回过头来看我们。

老左做这份工作，只有330元的工资，妻子没有工作，在街上蹬三轮卖水果，有一个男孩子上小学了。老左很喜欢这份工作，他说这比原来强多了，没治理以前，根本没有办法在河道里呆，那时候还不是机动船，是人撑的那种，捞一次垃圾要用一上午，篙下去就看见水面上"噗噗"地往上冒沼气，太阳一蒸，人脑浆子都疼。现在好多了，这样的天，你看多凉快！老左说。

再往前开的时候，已经没有太多的垃圾了，突然，船熄火了，老左看了看，说螺旋被塑料袋缠住了，要鼓捣鼓捣，他就用篙撑着，把我送到了岸边，自己找地方去鼓捣螺旋去了。我坐在那里，翻开随身的一些资料，就找到了一名本地作者在采访乔羽老先生时，乔羽描述的当时的老运河。

夏日中午时分，微山湖上的帆船成群结队，驶进大运河，顺流而下，进入济宁城里。船上的人，上上下下，你来我往，或装卸货物，或上岸购物，有的拿条土布单子在岸边的树荫下一铺就睡起来……到了汛期，大运河与微山湖交汇成一片汪洋，有那胆大的，跳进激流滚滚的波涛里捞西瓜和一些值钱的漂浮物。少年乔羽颇喜钓鱼，自制渔具，鱼多上钩，收获颇丰。夏季发大水，运河满漕上岸，尽是泥汤子，他不畏浪险，将身子贴在桥爪子旁边，手执渔竿，从浪里拽出条条雪白的大鲇鱼，回家清水煮熟，肉极鲜美可口。

像梦一样，这种情景已不复再现。

芒种

是麦子要收割的时节。沿着一条路向前,目的地是一个乡镇的村子,据说,那里有几十亩的庄稼已经枯萎死亡。据说,人们在那里已经等待好长时间了。

汽车奔驰,下面不时发出"啪啦啪啦"的声音,这是轧到公路上的麦秆发出的声音,声音时断时续,也就意味着并不是整条路都被麦秆占领,还有一些可以喘息的空白地带,直到,前面正修桥——在一堆堵在路上的大石头的阻碍下,车子转头上了一条土路。

开始缓慢,而且颠簸,司机的手忙活着,在不断地换挡,在这种颠簸中,我开始注意路边的庄稼和树木,在上午晴朗的阳光下,这些寂静的金黄之物,正在等待着机器的轰鸣或者镰刀的挥舞:我对这些作物有种久违的感觉,充满了接近的欲望。那时,天空高远,鸟雀无迹。

车子戛然而止。转头前看,车前横着一条粗大的木杠,这木杠是从路左边一个小

在旷野中歌唱

屋里伸出来的,不见有人出现,我们只好下车。走到那里,看见一个五十多岁的男人,正坐在屋里抽烟,问什么原因,对方说要交钱才能过,说这是村子里的规定,他只是在这里值班。经过几番交涉,这个"负责"的农民根本不买账,最后交了五块钱,他才出来把木杠的一头压下去,另一头高高地翘起来,车子"呜咽"着开了过去。

到了的时候,有人正在村头等着,然后引到了一户人家的院子里,在堂屋里刚刚坐下,就陆续来了十多个农民,有的骑着车子过来,有的是小跑过来的,坐了满满一屋人,后来的一些妇女,就倚在门框上往里看,可能刚从地里过来,亮亮的檐帽还没摘下来,脸,黑红,眼睛里透着一丝期盼,眼光不断地从这个人身上挪到那个人身上。

很多事情一说起来,就乱成一锅粥,都有倾诉不完的委屈,叽叽喳喳,有一个年龄大的老者说:都别乱插嘴,慢慢地说,想解决问题就得一个一个地来。人们就都不吱声了。

六月初,我在孙汪村。这个 3000 人的村子有 60 多口机井,多是用来浇地,但是凡是用过这里一所中学后面的机井浇地的人家,庄稼都出现了问题,有二十多户,三十多亩地绝产。出了问题之后,他们找到乡里分管农业的领导反映,尽管距离乡政府驻地不到一公里,但除了一位农机部门的领导来看了一眼后,就没有人再来过。

阳光在头顶怒放。跟着人们到地里去一块一块地查看,在一些地段,这些应该正是金黄喜人的作物,却萎落了,蔫了,稀疏如同一个"败顶人"的头发。机井就在学校的后面,井很深,打上来的水很凉,闻起来并没有特殊的味道。从发现这些问题开始,人们就用大青石把井盖了起来,他们说,学校里的水塔离这里有十米远,也是直接从地下抽水吃,两三千个孩子呢,这庄稼毁了还是小事,万一学生出了问题可就大了,这领导不当成个事真让人愁。

人们说,两年前,这里的煤矿在地里钻过勘探眼,已经出了两年煤了,在这两年才开始出现这样的问题,相邻的一个庄一直有做豆腐的,今年开始发现同样的水同样的豆子已经点不成豆腐了。所以,人们怀疑是煤矿上的原因,但是,人们都不知道怎么办? 比如说,怎样通过法律程序去维护自己的权利,他们说一个是不懂,再一个打官司要花钱,谁来掏? 还有,要真是矿上造成的污染,人家有钱,镇上也是向着矿上说话,咱平头百姓哪有那个能力。说到这些的时候，人们站立在阳光下，一言不发，用眼睛看着我们，仿佛是在看救星一样。这种目光我见过很多，但是我们不是救星，我们无能为力，在很多事情上都是这样。

我所知道的是，这个城市已经有了太多煤矿，而且陆续有新的煤矿成立，一个又一个的高耸的矸石山出现在村子的旁边，出现在原本庄稼茂盛的良田里，大车在乡间路上来来回回，地面是乌黑的粉尘，树木失去了葱郁苍翠。这就是我们的家园，我在一篇文章里看到中央某媒体采访这个城市的一位官员，用他的话说：每年因为挖煤要塌陷一万亩土地，到2020年，这个地级城市可能会塌陷将近一半的良田。

而这些萎落了的庄稼不过是个小小的征兆，一切，才刚刚开始。

放学了，满脸稚气的孩子结群成队地从校园里出来，分散着，回到村子里或者走在土路上。这是个收获的季节，成熟而绚烂的季节，这些孩子们不时地靠近路边的庄稼和树木，用手去摘下麦子头或者掐下绿叶和花蕊，这一切都还在，在孩子们的童年和生活里，但是，不知道明天会怎么样，没有人能保证。

一切都结束了，要回去了。坐在颠簸的车上，或许是因为一下午的奔波让我开始疲惫，竟然低下头小寐了一会儿，在那一刻，我竟然又回到了童年，走在田野里，出现在树木生长的地方，那些庄稼，那些河流，气质茂盛，波光闪闪，贫瘠而又丰盛，熟悉而又陌生。在车上了公路后，我又睁开了眼睛，看到了宽阔的路面和上面被轧得发亮的麦秆。

这样，我打开了数码相机，看上面的图片：板结的土块，在两个关节粗大的手里握着；一个农民蹲在地里，用手去拔下枯萎的麦秆，脸朝前，嘴张开着，在说些什么，我不记得了。

最后一张照片，是那个年龄最大的老者，他叫潘克文，当时他正站在麦地的中央，望着远处，手里握着一束麦秆，画面的远方是高大的杨树，成排的，指向天空。当时，我是蹲在地里，向上仰着镜头，"喀嚓"一下，完了，这个老者就向下看了看我。面无表情。

夏至

　　东郊,在楼房还没有大面积矗立的地方,是一家一家独门独院,这些院落被焦化厂的烟尘所覆盖,被一条恶臭的所谓河道所包围,不知道什么时候,人们把垃圾随手丢在路边,脸上可能有些羞怯,但慢慢地,这种丢弃理直气壮起来,直到这个被城市遗忘的村落被一条长长的大垃圾带所包围。别人叫这里垃圾村,村民自己也叫这里垃圾村。

　　我曾在很早以前来过一次。朵朵身体虚弱,陆平不知道听谁说这里有一个很灵验的老妇人,说要给朵朵求一下。我向来极厌恶这种事,但最后还是带着她过来了。当时,地上到处泥泞,而且夹杂着各类乌七八糟的生活废品,让人顿生绝望,去老妇人家,要穿过一条长长的菜市场,就得忍受腐烂的菜根气息和人群不友好的目光。

　　老妇人住在一处低矮的平房里,到的时候前面已经排了好几个人,都在那里端坐着等待命运的"良好"祝福,前面的方桌上供着佛像,香炉里点着三根香,袅袅中弥散着一种神秘的气息，只看到老妇人从里面的屋子里一趟趟地进出，包好一包不知道何物的东西，递给来人，恳切地嘱咐如何如何，来人点头，她就喊下一位。这老妇人从始至终嘴角都叼着一支烟，熏得厉害了，才用手夹下来，然后擦一下眼里的泪，再把烟塞回去，问陆平的时候，那根烟在嘴里还一上一下地点头。

我转身出来了。屋内是那种浅薄的神秘，屋外是无可回避的肮脏气息，这就是当时那个地方给我留下的印象。

那种印象，在又一次的到来中得到了加强。我们从北面过来，离村子还很远，就只能步行了——因为刚刚下过雨，地面上已经成了河，汪洋一片，尤其是一条矮铁道下面的涵洞处，根本就过不去人，只能爬上铁道再下来，才能顺利地通过。

村口那条绵延的垃圾带，还是让人吃了一惊。这是一条宽度和高度都有一人多高的垃圾带，能够想象，如果人们想再往上扔垃圾一定是要费些力气的。而就在我们走过去的时候，正好有一位妇人出来，手里提着一个塑料袋，她站在远处，脚前是一片水汪，她掂着脚尖，袋子后甩，身体前倾，"嗖"的一声，袋子飞到了上面，发出"砰"的一声。这应该是一个很漂亮的动作。

有了一番交流。妇人说，这垃圾带已经存在很长时间了，夏天气味很难闻，到处都是苍蝇，有的时候还能看见地上爬满蛆虫，但是没有人管。说到村民都到这里扔垃圾的事情，妇人说，没有办法，村里没有人负责运送垃圾，就都到这里来扔，时间长了，就成了山了。恁能给反映反映呗！要能解决喽，那忒谢谢恁了。

村里有一条横贯而过的河道，已经是一条臭河，各种垃圾重重覆盖着河面，两旁也是垃圾，这样，在垃圾上又长出了怪异而浓密的植物。整个河道臭气熏天，很多地方都能看见粪便的痕迹，人们说，原来还有地，这些东西可以直接倒到地里去，现在没有地了，就只能这样解决。

一个大妈家里的水管前，放着一个大水缸，里面蓄满了水，大妈用一把勺子去接水龙头里淌出来的水，满了，就看见里面漂浮着四、五点类似水草的黄色乳状物。大妈说，有时候还会出来那种红色的线状小虫子，这种情况已经出现好长时间了，不能不吃水，但又不知道这东西是什么，心里老是不舒服。

之前,到村里的那个大水塔去看过了,水塔就坐落在垃圾成堆的河道边上,被疯狂的草包围着,谁都不知道,水塔下面发生了什么。

大妈的老伴就在离焦化厂很近的公路上修自行车,一条汗衫刚刚穿了有十多天,洗了一次就发现有好几个破洞,大妈说这是空气"烧"的,同时晚上感觉很憋气,村里有个老头就刚刚给憋过去。我们了解到,这几年,村里出现的肺癌病人很多,一位姓贾的大嫂说,几年前,她的大伯哥得肺癌死了,前段时间,大伯哥的对象也查出了肺癌,人才刚刚过 60,没得病之前还常常跑到城里扭扭秧歌跳跳扇子舞什么的,这说不行就不行了,哎!

这个大自然村,我们走了一趟,跑了四家卫生所,都有正在挂点滴的病人,有老人,也有孩子,进去以后就听见一阵阵的干咳声,这里的大夫说,现在这样的病人挺多,大多是上呼吸道感染,应该是因为空气的原因,如果空气和环境得不到彻底的整治,这种情况将越来越普遍。

好多年了,就这样被这些垃圾所包围,被这样的空气所笼罩,不知道人们是怎样一天一天地生活下来的,他们说,能用上的都用上了,比如说蚊帐,比如说杀虫剂,还有,在夏天的时候尽量关闭门窗,虽然热一些,总比那种令人窒息的气味窜进来要强得多。

这是六月底。在疯长着不明植物的那些河道边上,几个放学的孩子仍然把手一次一次地伸向这些植物,尽管一阵阵的恶臭传过来,但并不防碍这些小手的努力,我看见,这些灰蒙蒙的小脸正在努力地抬着,这种姿态本身就让人有些忧伤,有一种无法诉说的压抑——抬起头看,远处的烟囱,正在冒烟。

夏天的东郊,灰落大地,无处躲藏。

小暑

到广场对面坐车。20路。这是一辆通往南郊的车,车很破,开动起来"吱吱嘎嘎"地叫唤,叫唤得让人心里发抖。司机面无表情(这是大多数司机的状态),除了靠站时打开前后门以后,就是换挡,加速,再换挡,中间有一个老年妇女,不住地问:老师,医院到了呗。司机就一句话:早着呢。

车开到快活林。路边早就等着一群穿着灰暗的老年人,这些人一大早从郊外来这里斗牌,打麻将,或者听地方戏,到中午了,就坐车回家。这个时候,他们黑压压地坐在路边,每人屁股下面一个马扎,车过来,这些人不分前后门,一个劲地往上涌,司机就喊:前边上,前边上,刷卡,刷卡,都聋了么?从后门上的老年人,可能真聋了,坐在马扎上一言不发。

车里的气息更加浑浊。这多半是因为这些老年人的原因。在我前边的一个老年人,正在用手一遍遍地擦嘴,抬起来的手面,布满老年斑,脸上皱纹堆积,黑色衣服陈旧,领口处已经有了毛边,上面沉积着汗渍和脑油混合的东西,估计很长时间没有替换。

过了这里,公交车依次经过的是花鸟鱼虫市场、电厂、钢厂、浸出油厂、运河大桥、造纸厂,过了造纸厂,往南开,就快到胡庄了。往南的这一段,车辆开始慢下来,因为两边摆满了各种摊位,蔬菜肉食,日用百货,都在这里聚集着,公交车需要慢慢地挤过去,这个司机还算有耐心,没有从嘴里吐出太难听的话,曾经坐过另外一个司机的车,一到这里他的嘴里就不间断地骂:奶奶地个熊!

过运河大桥时,平常还算顺利,如果在星期六和星期天,就会从桥根那里开始排队等候,一大长溜的大小汽车一点点地挪移,这是因为西边的河堤上有狗市,来来往往牵狗的人和车辆阻断了东西向的行程。我曾经到狗市上看过,那么多种类型的狗聚集在那里,场景非常恐怖,有时候还会有斗狗的场面,引得这些人像是看杀人一样地奔跑。但是,我基本上对这里没有兴趣。

往南去的这一段,在更早以前最多的就是一家一家的饭店,但是饭菜很难吃,因为那个时候还没有修外环,很多外地的车从这里经过,这些饭店门口多坐着一些穿着单薄的小女孩,引导这些外地的司机休息进餐,生意也曾经火爆。现在不行了,外地车不从这里过了,饭店就多绝迹了,只剩下这些卖杂货菜蔬的摊子。

车辆开始往边上停靠,鸣笛,这是对着前面一个蹬着三轮车的老年人的。"嘀、嘀嘀",响了几声,对面的车辆开过来也开始这样鸣笛,这个骑在车子上的老年人才慢慢地回过头来看,然后下来,把车子推到了靠边的一小块空地上,公交车慢慢地开过去,坐在车上的人有一个跟蹬三轮的人熟悉,在过去的一刹那,从窗户口伸出头去喊:老家伙!还不回家,好狗不挡道!下面的人就呲着一嘴黄牙笑。

上午11点。20路公交车从这样一条公路市场上艰难地穿过来,往南驶去,一条高高的火车道上面,奔驰着的是一节又一节的油罐,"哐辞哐辞"地从东往西,下面感觉到了震颤,但是在桥洞下的两头牛,却在怡然地反刍,它们,一头站在一堆粪前,一头卧在了柴垛边上,阳光没能照进来——过了桥洞,从公交车上往前看,一片灿烂。

离父母住的地方有20米,一个"丁"形的小路口,靠头,北面,路边有个石槽,几个老年人就偎此而坐,在夏天的时候他们手里拿着蒲扇,现在只剩下了拐杖,抱在怀里,其中,我能认识的一个是桂森哥的奶奶,一个是延五的母亲,老人们年龄都已经超过80岁,形容还算健朗,看见我的时候,老远地喊:小二,来啦。我笑笑说:来了。小妮儿(朵朵)没来?上幼儿园呢。然后,老人们就说:回家去吧,恁爸恁妈这段时间精神好着呢,刚买菜回来。

一条路,路西是房子,路东一小块菜地,路西靠着房子的也是一小块菜地,这两块地里,先后栽种的菜是黄瓜、豆角、韭菜、蒜台、油菜,另外还有几十棵玉米,门口一棵香椿树,东边菜地边上有一棵银杏,很细,是盖房子的时候大哥弄来的。门口的水泥路面上,一大块塑料席上面,摊开着麦粒——很明显,这是母亲先前从地里拾来的。

母亲满脸潮红地出来了,她有高血压,看来又要出问题了。父亲说,她闲不住,又不听劝,只能再去打针冲冲血管。两个人就开始因为一些事情争吵,这中间,有甩门的声音,后来,父亲就出去了,骑着电动车,说要到西头一个地方打面,走的时候,他回头撇了母亲一眼,那个时候,母亲正专注地看着我滔滔不绝地说话,情绪很激动。

后来,母亲就笑了。她说村里选举,有我一份钱,人家在夜里给送来的,说就不给我了。我这才想起来,这里还有我的户口,我12岁的时候,父亲给我往城里办户口的时候,不知道什么原因,原来的户口没销,就一直留着,我的一块地我叔叔他们种着,前些年交公粮的时候,还能从大喇叭里听到我的名,后来,地收回去了,人虽然不在,户口还有,也就是还有选举权——我也成了一个接受贿赂的"选举人"。

南边,出了树林再往南,住着机灵哥的父亲母亲,老两口都八十多岁的人了,我走过去的时候,大娘正坐在那里洗菜,看见我的时候就笑,牙齿缺稀,她说身体也不行了,浑身都是毛病,也不知道哪天就可能要"报销"了,这时,她十多岁的孙子骑着车子晃晃地过来,又晃晃地走了,动作幅度很大,大娘就骂:你个龟孙,骑那么快干嘛!

有好几年,延坦的父亲就在这一片慢慢地挪腾。延坦是原来的支书,死了好几年了,他父亲在一个地方看树,后来得了脑淤血,拉回来了,慢慢地能在门口坐着,或者,慢慢地挪步,据说,他的屋子不能进,里面气息难闻,有时候还拉在裤子里。就那样磨了几年,死了,我最后看见他的形象,就是慢慢地,斜着身子挪移,一双眼睛睁得老大,不说话,胡子凌乱,都白了。

喇叭里开始叫喊,内容是选举的事,在这之前,我在墙上也看到贴着一张纸,上面写着:村民们,要投好你神圣的一票! 我就想起,上一届选举的时候发生的事:夜里,村支书听到外面有动静,拿着手电筒出来,就被枪击中了,这是一种散弹枪,后来,支书被抢救过来,身上剥出来几十粒散弹,再后来,查出来是村长指示人干的。

胡家洼,这里已经开始听到枪声了,这是我从来就没有想到过的。

大暑

下午的阳光,让整个农贸市场变成了一个蒸笼。这是一家位于西郊规模较大的市场,聚集着很多本地的蔬菜零售贩,同时也聚集着从外地来的批发户,偌大的一个地方,这个时刻人却很少。白晕之中,那些生意清淡的人们,都躲在遮阳伞下或者阴凉的角落里,打瞌睡,或者闲聊。路上是零散的烂菜叶、塑料袋子和其他生活废品,因为曝晒,散发出很浓烈的腐烂气息。这是个很恶劣的环境。

我在找一个叫张东的人。没有人知道。但是,我知道他应该在这个市场的某个地方等着我。几年前,他的爱人在路边拣了一个弃婴,取名叫张淑慧,孩子有先天性的心脏病,她需要帮助。而我过来,只不过是再次关注一下,以期待更多人的关注。

终于在一个角落里找到张东的爱人尹燕。是在一个菜贩的指引下,我来到一辆农用三轮车前面,上面,还堆着多半箱没有卖完的瓜果。尹燕说,张东到外地批菜去了,也快回来了,说到孩子,尹燕很快地进入了另外一种情绪——与此同时,小淑慧正在幼儿园里，和很多孩子在一起，学唱歌。

这是我们走进那个只有十多个孩子的郊区幼儿园时，一个老师告诉我们的。她还说，孩子每天都在大声地笑，只不过，每天都像这个下午一样，玩一会儿就开始喊累，坐在门槛上或者地上，头上丝丝地冒汗——很显然，正是先天性心脏病在折磨着这个幼小的身躯。

之前。一个中午。孩子和妈妈洗完澡以后，喝了一袋奶，睡觉。凌晨三点，小淑慧在迷迷糊糊中开始喊肚子疼，张东过去给她揉，突然，孩子"哇"一声把喝的奶全吐出来了，然后，又在迷迷糊糊中睡去了。那一夜，尹燕就守在她身边。而常年的感冒、发烧、咳嗽，让两口子背着孩子去看病已经成了生活的一部分。

这之前，张东在一家企业开车，月工资 600 元，尹燕无业。现在，为了能多挣点，两口子在这个农贸市场上赁了个摊位，开始卖蔬菜和瓜果，希望能多赚点钱，给孩子动手术。

暴雨突然砸下来，我们跑进了张东的家里，瞬间，天就暗了下来，因为没有电，屋内极黑，里面只有一些桌椅瓢盆，有一种浓重的尘土气息弥漫着，以至于张东想要给我倒碗水，都找不着水壶和干净的茶杯——这个时候，他的父亲 56 岁的张志民披着塑料袋跑了进来。

在大雨下来之前，张志民在地里干活，这块地离家有好几里路，平常，他干活都是拉着车子带着水和干粮，早晨出去，晚上再回来。这一天，他是去浇地，中午没回来，在地里吃了个干粮。在屋里呆着的时候，张志民一直沉默地抽烟，和他说话的时候，他只是笑一笑，然后再低下头去抽烟。只有在小淑慧喊声爷爷偎偎过去时，张志民才露出灿烂的笑容，一种真心的笑容。

张志民高中毕业，在村子里属于有些文化的人，曾经当过村里的会计，再后来买了缝纫机给人做衣服，那时候的生活还算可以，但是张东的母亲有精神性疾病，几年来几乎年年都到医院去看病，这个家被拖累得有些破败了。当我们提到张东的母亲时，小淑慧就往尹燕身后躲，我问她怎么了，她说怕。我问她怕什么？她说怕奶奶。

雨停了。我走到院子里。院子里有十多棵槐树，这些树旁堆满了老砖，砖上满是疯长的草。尹燕说，原本是想用这些砖盖个门面，这么多年家里这么多事，就把砖都搁这儿了。她说这些话的时候，眼睛往外面街道上看——那里有一家人家正在盖一栋二层楼，我们来的时候，有人正拉沙子和石灰，机器轰响。

那一年，在街头的一个小纸板箱里，看到只有十个月大的小淑慧时，孩子瘦得皮包骨头，因为自己没有孩子，再加上一种温情和爱怜，让尹燕把手伸了出去，这一伸，就是几年的泪水和磨难，是一次次来往于医院和各种挂牌子的单位——她希望能得到一点救助，但得来的常常是白眼，尽管，在某种意义上，他们是在为社会分担不该分担的责任。

因为生活和经济上的困难，曾经有一次，两口子商量了整整一夜，流了整整一夜的泪水，决定把孩子送给一家条件较好的收养。第二天送过去了，两口子心神不宁，第三天听说这家人对孩子不好，张东一下子就急了，跑过去又把孩子抱了回来，三口人哭作一团。再也不送人了，再也不送了，有口吃的我们就在一起。尹燕说。

除了卖菜一天的利润二三十元，张东还有两亩地，一季的麦子，一季的玉米，每亩收成都不到 1000 斤，除了化肥和水电钱，留到手里的钱就可想而知了，而且，一到母亲看病时，还要和姐姐、弟弟一起凑份子。这是我给他算的一本账，如果这样下去，两万元，也就是给孩子动手术的钱，不吃不喝，恐怕要好几年。而谁也不知道这个小女孩能不能撑到那个时候。

这是先前我在一些地方看到的弃婴公告：3 月 31 日，姚村镇西辛村汉马河附近拾到一名女婴；5 月 1 日，曲阜开发区火车广场拾到一名男婴；5 月 16 日，曲阜市民政局路南拾到一名男婴；3 月 15 日，王因镇政府东十字路口拾到一名男婴；4 月 11 日，在兖州颜店镇袁一村村西机井房内拾到一名女婴；3 月 26 日，曲阜至宁阳交界处崇化界拾到一名女婴；1 月 26 日，在华泰汽修厂后面拾到一名女婴；3 月 20 日，在小孟镇北坡东南拾到一名男婴；1 月 5 日，在新峰镇蔡庄村村北拾到一名女婴……

一切，都看不到特征。看不到名讳。看不到过去和将来的迹象。

立秋

（一个父亲，坐在竹椅上，秋天的院子，藤蔓在枯萎，这个父亲的腿部静脉曲张严重，手在微微颤抖。）

那个时候，俺庄上有个喜事，有个结婚的，去帮忙，都没想着会有这道子事，真没想过，现在想想，跟做梦地似的。大喇叭里"喇叭夯"在吹着，板凳桌椅都排好了，忙厨的老师都正张罗着菜呢，多咱也没想这道子事。就有个小孩过来喊我，说叔，公安局有人找你有事呢，咱想着能有啥事？就走到了街上，真有一辆公安的车在那里等着呢！你想想咱能想着有啥事，就跟着走呗，到了镇上的派出所就关了起来，我说为啥抓我，人家说你是杀人帮凶，等着判刑吧。俺的个老天，俺可是个老实人，啥时候会干这事，俺就喊冤枉，真冤枉！人家根本不听，说你老实点有你说理的地方，现在别咋呼，咋呼也没有用。真冤枉，冤枉死人了。

到了看守所里，俺心里想这可咋办呢，这孩子都小，家里又没有个劳力，要真给关上几年可塌了天喽。俺就给公安上的人说,同志同志你们弄错了真弄错了那个姓翟的那人我知道,我和他有过节,他杀人了说我是帮凶是在陷害我,你说我俩有过节我怎么能帮着他呢,恁行行好,我是冤枉的,恁调查调查清楚。这公安上的人根本就不听咱说话。铁门铁锁,铁门铁锁,12月里那个冷呀,真是受死罪了。

从关进去那时候,俺就天天喊冤枉,喊冤枉,嗓子喊哑了,人家也不听,后来就因为我喊还关了我禁闭。他们都说我有神经病,说只要进来的能有冤枉的么。再后来我就不喊了,不喊了,就那么糊弄着过吧,谁知这样一关就是13年,13年呀!我都没想着再能出来,想着没有指望了,你想想都这么多年了,还会有指望?

孩子他娘就因为这个事,我进去没几年她就死了,是憋屈死的,我知道,就是憋屈死的,你想想能不憋屈,四个孩子,一个老娘们拉扯,容易么。这四个孩子也都受委屈了,我进去的时候,最小的才一岁,现在都上初二了,就这一个最小的男孩上学,她们姐仨都没上学,怎么上?谁来供?爹进监狱了,娘死了,孩子们能活过来就不孬了,也多亏了这老邻四居的,关键的时候能照顾照顾,要不然,这孩子们还不知道是个啥样呢?

现在我废了,真废了,什么也干不了,你看我这些药了吗,瓶瓶罐罐的,都得当饭吃了,浑身没有好地方,这一到阴天关节就疼,木麻!睡不好觉,刚出来的时候,躺在床上昏昏沉沉,没睡安稳过,到了半夜里就不知不觉地喊出来,出一身冷汗,还觉得是在监狱里,到现在还是那样,闭上眼睛就觉得四周都是铁栅栏,冰冷。冰冷。

(女孩有20了,是三个闺女当中的老二,老大去外面打工没回来,老二和老三就在家里伺候父亲,同时照顾弟弟。这女孩和同龄人比起来,个子矮小,而且偏瘦。)

那时候我小,六七岁吧,我想不起来什么情况了,俺大(爸爸)进去的时候,我就看见俺娘哭,坐在屋里哭,俺姐也哭,俺弟弟和俺妹妹更小,都在那里站着看,害怕,心里想着,俺大是不是做了坏事了,要不怎么被公安上的人逮进去了呢?

后来,俺娘就不哭了,还是到地里去干活,也不说话,回家也不说,做饭也不说。后来俺娘给俺几个说:记住,恁几个都记住,恁爹是被冤枉的,他没做坏事,他早晚是要出来的,咱娘几个一定要好好地活着,不能让人家笑话。

俺大姐从十一二岁就开始打工了,那个时候,俺都小,不能出去打工,就帮着俺娘在家里干活,后来俺娘就得病了,病得很重,再后来就死了,是俺大爷他们帮着发的丧,俺都小,什么都不懂,俺娘临死的时候说:恁姐仨听着,一定要团结,好好地活着,照顾好弟弟,让他上学,长大了要给他找个媳妇,等着恁爹,他一定会出来的,恁都听懂了吗?

都是俺大姐领着俺几个过来的,俺娘死了以后,俺大姐就在地里干活,在家里做饭,有一次,俺想穿新衣服,给大姐说,大姐生气了,她说娘的话你忘了吗,咱几个的任务就是照顾好弟弟,然后等着咱大出来,家里没有钱,就是有钱也要留着供弟弟上学。

那一年过年,外边净是放鞭炮的,"啪啪"地响,俺四个就坐在家里,什么都没买,锅里也是冷的,就这样坐着坐着,突然都开始哭了,后来就抱在一块哭,哭完以后,俺大姐突然把眼泪擦了擦,她说,行了,咱都不哭了,娘死了不是还有咱大吗,他迟早是要出来的,咱还有这个盼头,咱不是没爹没娘的孩子,咱得好好地活下去,完了就开始出去借东西,回来后俺们一起和面包水饺。

现在俺大出来了,俺就没心思了,大姐在外面打工给弟弟攒钱,俺过一段时间也要出去打工,这段时间是因为俺大才没出去,俺不想呆在家里,俺弟弟上学需要钱,将来娶媳妇也需要钱,俺得按俺娘说的去办。

八月,我在一个叫白果村的地方,和那个叫崔宝富的人聊天。从 1992 年被判决到 2005 年释放,这个人被无辜关押了 13 年,13 年的监狱生活中,他以为自己出不来了,但他的孩子们却始终相信他会出来。这 13 年付出的代价是妻子患胆管癌去世,是三个女儿没能进一天学校的门,是孩子们普遍的营养不良,是他们终身都不会消失的心理阴影,是崔宝富一身的病痛。

崔维顺,烟台大学新闻系毕业,跟着我实习的学生,在回来的采访手记里,我看到他写下了这样的文字——

我们内心世界的干净,我们良知深处的清澈,我们对人的生命的尊重和对法的敬畏,并不见得比我们的古代先哲仁人走得更远更好,13 年,30 万元的弥补,我们实在应该感到惭愧,我们无法正视这些受冤者饱经痛苦也饱含希望的眼睛。

崔宝富不是第一个,理智告诉我们他也不可能是最后一个,但善良的人们多么希望他是最后一个,至少,能与下一个的时间间隔长一点,再长一点!

历史资料是这样写的——

1938年1月1日（农历腊月初十），侵华日军攻占济宁后，到处抢劫杀戮。当时的中国守军难以抵抗，日军追赶守军来到西大寺街，见清真西大寺三个门都紧紧闭着，就疯狂地砸门，并向寺内鸣枪。寺内住着乡老海里凡和避难的教胞，刚刚做完礼拜的王恩荣阿訇带领马呈祥、王官立和杨兆春三位乡老打开大门，解释说寺内是做礼拜的回民，但日寇不容分说，将手无寸铁的王恩容打倒在地，接着又朝三位乡老开了枪，随即追杀奔逃的教胞，在不足百米的西大寺街，日寇残杀了29位无辜的回族百姓。

这是一对日本夫妇前来调查的一段历史背景。松本耿郎先生是日本英知大学研究生院教授、图书馆馆长，他的夫人松本真澄是日本敬和学园大学教授、日本中国穆斯林研究会会长。松本先生头发花白，嘴唇紧抿，眼镜下一双真诚的眼睛紧紧盯视着和他讲话的人。我非常注意观察人的眼睛。我在松本的眼中，看到了一些东西，可以把这东西叫做关怀。人性的关怀。

这天天气晴朗。西大寺内的大殿寂静安宁，尽管在它的外面，一条传统的商业街巷，从早到晚都在摆摊设点人来人往，但在这个清真寺里，一直保持着这种应有的寂静。平常的时刻，这里大门紧闭，除了一些带着白帽子的教胞出入外，非教内人士是进不去的。

今天，这里来了一对日本夫妇。时隔将近 70 年的时间，同样是日本人，却有着根本不同的目的。前一群人端着杀人的枪械，作为一部战争机器上理性泯灭的触手屠戮了中国人的生命，而且把这种屠戮作为一种荣耀至今深深浸淫着这个民族的灵魂；后者是这种浸淫中游离出来的另类，作为知识分子，这对夫妇有着正常的人性思维和关怀，所以，他们用自己的眼光来看，来解读，来验证，来调查。西大寺，作为历史的场所，在自己的怀抱里，目睹了来自这异域态势不同者的光临，它，庄严依旧，赫然而立。

而那些泪水依然是温热的，这泪水是从那场浩劫中幸存者的眼睛里流下来的，虽然时光已经远去，但是述说本身就是再揭伤疤的过程。中国人的伤疤，在六十多年前的那个岁月里，就是血淋淋的现实，就是触手可及的硝烟漫布，就是无可逃避的砍杀和惊魂，这一切，在人们的述说中得以再现，令闻者动容。在那一刻，作为一个中国人，我只有沉默着面对自己的同胞和一对日本夫妇。我觉得，历史依然在进行，在那一刻，沉重地进行，承袭着我们先前的耻辱和愤争。我感觉自己的内心冰凉但血管膨胀。

最后的仪式，就是大家静坐，在阿訇的默念中，人们把手抬到胸前，手心对着脸颊，像是手里捧着一本书在读的姿势，默默地，诵经祈祷，那个时候，阳光从窗口斜照进来，打在人们的帽子和背上，让人倍觉温暖和肃穆，尽管我是一个没有宗教信仰的汉族人，但那一刻，我体会到了这种仪式中所潜含着的悲悯和庄重。人心和大道呀——让历史的归于历史，让光明的走向光明！

残垣得以补却，断碑正在修复，在西大寺的一角，那些被黑暗历史的力量所摧残的遗迹，如今重新开始被人们端详，尽管上面模糊斑斓，坑凹不平，但这就是历史带给我们的纪念。我们本身就是从这个母体中生蘖出来的芽叶，在这片天空的照耀下，不知道还有多少人能体会到这种艰难和沉重。

回来,翻看资料,书上对西大寺的解释是这样的:始建年代无考,明弘治年间重修,万历年间陆续建大门、卷棚殿,清康熙二十年建中殿,道光年间方成最后规模。寺院建筑布局匀称,结构严谨,颇具中国宫殿建筑风格和民族特色。楼台殿阁形式对称,苍松翠柏蔚然成荫,气势雄浑肃穆壮观。

再翻开那一段被侵略的当地历史资料,满眼都是血腥,每一个当事人的回忆都惨不忍睹,让人艰于呼吸,以现在和平年代的想法,那是非人间的景象,那是非人类的杀戮。有一节算是轻微的叙述是这样的——

当时有一老者张世荣,在日军打进来的前几天,人们逃亡,他不走,一是恋家,二是认为自己乃花甲之人,日本人来了不会抓他的劳工,更不会怀疑他是当兵的:无论啥军还能见人就杀,不要老百姓? 这是他说的话。他很自信,城市生活让他戴着礼帽,围围脖,身穿长袍马褂,自信地呆在家里,但日寇来后,三个兵把他拖出屋外像练习刺杀工具一样,一人一刺刀,杀死了他。

张世荣以一己之思维,想象着别人的思维应该如他,但,他错了,有很多历史是不要老百姓的,岂止是不要,简直就像杀猪宰羊般地灭掉。这就是历史,这时,我想起一本书,书名叫做:历史在这里哭泣! 是的,历史正在这里哭泣!

秋 分

这是公交车上的荧屏上放映着的：伴着舒缓的音乐，一段优美的动漫，一个小女孩，瘦瘦的身子，短裙，两只马尾辫。小女孩跑过树林、独木桥，来到了草原上，蓝天和白云在上面，她伸开双手，做拥抱状，开始跑在草原上，一只斑斓的蝴蝶吸引了她的目光，于是一场追逐开始了，在一座独木桥上，女孩趴下去，小心，再小心，用手去捏蝴蝶的翅膀，没有捏到，她却掉到了水了，再上来的时候，她却依然活力充沛，支着两支瘦弱的手臂再次跑在了草原上。

我不是第一次看到这个动漫了，但是每看一次都感动一次，这是因为小女孩的形象让我想起女儿胡朵朵，想起她一样瘦弱的样子，扎起的两只小辫子，跑动时支起的两个手臂，在草原上，在花丛中，在自然的呵护下，阳光，树木，水流，蝴蝶在飞翔，没有嘈杂的声音，只有大自然的音乐在潺潺流动，潺潺流动。女孩，女孩，永远是女孩。我仿佛看到了那种天真无邪的笑容，它们，在我的心里长久地澎湃。

然后,就看到了站台,阳光刺眼,人流攒动,我知道目的地到了,就开始下车,离开的那一刻,仍然忍不住再回头看一眼那个荧屏,但这个时候,它已经停滞在了一个画面上,声音传来的是:某某某公司提醒您,某某站已经到了,请您在后门下车,注意安全!

站立的地方,是一个大的居民区,穿过一条街道,我来到了一个大的铁栅栏门前,从这里望过去,里面是一个校园区,月季正在绽放。门口有一个卖爆米花的妇女,正在用力摇一个用锅改装的工具,面前,放着一袋又一袋已经装好的爆米花,远处,一个老太太正推着一辆婴儿车慢慢走过来,只不过,车上放着的是一些菜蔬:芹菜、萝卜、土豆和另外一些塑料袋子。我站在那里等着有人开门,一位中年教师向门的方向走过来。

50岁的潘秀清老师,她面对着我,这个有着心脑血管病的女老师,看着窗外,看着那些沉浸在自己世界里的孩子说:你看,他们也许并不聪明,但是他们是那么真实,是一些真实而又诚实的生命,他们是我的学生。这样说着的时候,窗户上已经趴了几张面孔,就是那些刚才还沉浸在自己世界里的孩子,他们趴过来,鼻子压扁在玻璃上,出现了一张张滑稽的面孔。

在楼道上,我看到了这些孩子,他们用自己独特的眼光看我,仿佛就像是在看一个外星人。教室里,一场技术课开始了,但是,这些孩子正在以自己的方式感受着手里的布料,他们有的把脚底下的缝纫机蹬得"腾腾"响,但是上面却没有放一块布料,有的正在低头做一张剪纸,抬起头来的时刻,还会露出一丝的羞怯,那种与人隔绝的笑容,充满了自己才能理解的满足和欣喜。

"我终于看到所有梦想都开花,追逐的年轻,歌声多嘹亮,我终于翱翔,用心凝望不害怕,哪里会有风就飞多远吧,隐形的翅膀,让梦恒久比天长,留一个愿望让自己想象。"一群孩子在走廊上高声唱着《隐形的翅膀》。我走过去,走到楼下,依然能听到这歌声。这些被上天抛弃的孩子,用这样的歌声,在自己生命里唱响了生活的真谛,而他们也许并不懂得创伤的来历,不懂得苦痛的所在,但那一刻,他们张开口唱了,而且唱得那么优美,那么自然。

孩子。这些孩子。我在想着更多的孩子。那个时刻,我想到了车上的动漫,那个支起手臂奔跑的小女孩,想起女儿朵朵,她在街道上奔跑的样子,想起我所见过的那些孩子,包括,我在街头的一张毯子上,看到的被抛弃的婴儿,福利院里向着我望来的茫然而天真的目光,还有那些身患疾病的孩子,他们在那里躺着,稚嫩的天使般的面孔。

从那里出来,我坐在回去的车上,翻开笔记本,那上面,有我正在写着的另外一个女孩的故事:小煦煦。她的名字就是温暖的意思。但是,我见到她的时候,她已经被一种并不温暖的病所折磨——急性淋巴性白血病。这个四岁的孩子站在我面前的时候,我能从她那天真的眼神里看到一丝渴望。在一次红十字会的捐助活动中,她的母亲带着她,来到我的面前,这个皮肤发黄的小女孩,用很低的声音叫我叔叔。而我能做的,也只是更多地了解她家里的情况,这种情况非常普遍,那就是:贫穷。

在公交车上,我依然渴望能再次看到那一段动漫的出现,那个瘦瘦的奔跑在草原上逮蝴蝶的小女孩,只有看到这一幕,我的内心才会感觉温馨和些许的慰藉:美丽的草原,绿色的世界,清澈的溪流,奔跑中的生命,还有,就是那些唯美的音乐。

但是,从始至终,这一辆车都没有出现那个片段,里面播放的,是治疗男科女科的医院,是一支叫做"花儿乐队"的无知叫嚣,是一个又一个的商家的产品介绍。我就把目光投到外面,一排又一排的建筑,一辆又一辆的轿车,出现,而后又退去。后来,我走进幼儿园,看到了朵朵,她一下子扑到我怀里,说:爸爸,我会唱歌了。

找呀找呀找朋友,找到一个好朋友,行个礼呀握握手,你是我的好朋友。你是我的好朋友。你是我的好朋友。

寒露

有好一段时间了，我在观察对面的情况。十月的阳光，打在行人的脸上，已经透露出虚弱的迹象，尤其是打在那些从车站里走出来的旅客的脸上，这种虚弱又大大加强了，这些刚刚从车辆颠簸里恢复过来的人们，被车站外一股嘈杂的气息所包围。那个时候，车站外聚集的人们主要有下列几种：过分热情的三轮车夫、面无表情的戴墨镜的交警、拉客的身型臃肿的中年妇女、擦皮鞋的下岗工人和拉着地排车卖香蕉的郊外农妇。

一些人，蹲在路边。他们在看周围走动的人们，我在对面看他们，我的身后是一个报亭，报亭的妇女在看我，直到我把翻了一会儿的晚报又放了回去，她的目光才又落在一个学生模样的人身上：晚报五毛，周刊一块。妇女很急切地说。整个街道上的气氛都是那么急切，人们就像是在赶场，从一个地方到另一个地方，从一条街道到另外一条街道，从一座城市到另外一座城市，或者——从一个世界到另外一个世界。

从一家商店里的扬声器里传来了歌声:亲爱的!你慢慢飞,小心前面带刺的玫瑰。在这歌声里,一个南方茶商的妻子在门口坐着,用力地拍双手,不远处一个刚学会走路的婴儿,就慢慢地,前仰后合地,挪移,当最后这个孩子栽倒在女人怀里的时候,男人从店里扭过脸来,露出一嘴坏牙猛烈地笑。

我在这样的世界里寻找新闻。新闻,知道么?我的一个诗人朋友张海滨在《电视新闻》这首诗里说:而新闻总在虚假的边缘/战斗。战斗。他用战斗这个词。如果是战斗,我就是一个厌战的人,一个渴望从战斗中逃脱的人,做一个逃兵!做一个逃兵吧。我心里对自己这样说。

但是,目光还在街上游荡。我觉得自己和那些街头上拉客的妇女差不多,和理发店门口撩裙子秀大腿的小女孩差不多,至少,在眼神上,我们一定是一样的,充满了渴望、探询、急切和欢欣鼓舞。这些有人群的地方,就布满了这样的目光,当然还包括那些还未得逞的偷包贼和他们身后的便衣。就这样,在这样的街道上,一个人的目光盯着另外一个人,而自己也被别人盯住:我就是这一链条中的某一环节。

最后,我把目光落在了路边的一个老头身上。这个老头,干瘦,戴着一顶羽纤维的帽子,敞着怀,正盯着从面前走过的一个又一个的人,他的面前,木板上的塑料袋上,摆放着几个固体胶类的东西,有圆的,有条状的,颜色也不一样。旁边的一个牌子上写着:人造鸡蛋、果冻、葡萄、脆豆腐、香油等等,通过加工,都能做成跟真的一样。技术转让,包教包会。我就蹲下,观看,我们的对话是这样的:这是什么?——人造鸡蛋——能吃么——能吃,造出来的跟真鸡蛋一样,还有黄哩。这是一个河南口音的人。我心里一阵窃喜。

老头看我问得仔细,他说的也仔细。他说,这是他的一种发明,是专利,如果想学,只要交几百块钱就行,配制的原料市场上都有,如果能制成这样带黄的鸡蛋,比真鸡蛋成本低多了,要是能卖上鸡蛋的价格,那不就发财了!他说:恁想想是不是这个理!我点头:是这个理,是这个理。老头不知道,我已经有了一个卑劣的想法。

电话打到了工商局,我说明了情况,对方说,要看他到底是什么情况,如果是食品制造,只能是从没有加工经营证件上查他。我希望他们能过来看一下,我说:我觉得这是假冒,真鸡蛋就是真鸡蛋,他用别的东西做鸡蛋,这不明显是扰乱市场的行为?我的口气很坚决,有一种正义在胸的感觉。

带标志的车很快就来了。这辆车的到来,先是吓跑了在路边卖水果的地排车,几个老娘们像受惊的兔子一边跑一边向后张望,然后是擦皮鞋的人们满脸恐慌的神情,最后,两个着制服的人,走到老头的摊位前,我就赶快跑过去。一翻盘问之后,穿制服的人说:收拾起东西来吧,去看看你的住处。老头说:没什么,真的没什么,我这是专利,是加工项目。在老头拾东西的时候,我说:不要动。在老头正愕然的那一刻,我手里的相机"喀嚓"一下,把老头弄得一愣。

住处在离车站不远的一间小屋里,有几平方米,除了一张床,就是床底下几塑料袋子的原料,我就让他们配合着,"咔咔"地摁相机,我得说我是个不错的导演,照片角度也都不错,表情逼真,现场感很强。完了以后,我们就一起去工商局。

在那里,一切都了解详细之后,人家告诉我,说这种行为并不能说明什么,只能从没有食品加工或者经营证件上追究,做轻微的处理,但是要罚款这老头并没有钱,最后就是没收他的原料产品。

在我和那些人交谈的时候,老头过来了,这时我才知道,他姓吴,菏泽人,快60岁了。他说:恁行行好,俺这来了半个月,还没有做成一桩生意,带来的300块钱就剩下几十了,恁把东西还给俺吧,俺那里穷,想着能出来挣点钱,恁多行行好吧!老头过来拉住我说:记者同志,恁给说说话,俺再也不干了,这就回家,恁让他们把东西还给俺吧。老头快要哭出来了,我突然觉得自己做了一件很卑鄙而且无聊的事情。

最后,老头把几袋子原料拿回来了,出来门后却一脸茫然:俺这咋弄回去?我也出来要回单位,走了几步,又回去,塞给老头五块钱,我说,叫个三轮吧,也不很远。然后,我没敢看老头的表情,很快地离开了。走出去老远,我突然对着自己骂了一句:他奶奶地,这狗日的新闻。狗日的新闻!

霜降

　　早晨四点。郭庄。78 岁的庞大爷从床上坐起来,稳上一会儿,开始穿衣服,同时开始咳嗽,在这种咳嗽中,他去开门,到外面去看他的小狗,她的老伴被吵醒过来,又倒过头去再睡。

　　这里原来是个化工厂,厂子倒闭了,就闲置起来,后来陆续有人租这里的房子住,庞大爷也托人租了两间平房,又糊弄着搭了一个小院子,齐了,老人觉得很满足,老两口住在平房里,养的那些小狗就住在院子里。生活,这就是生活。老人说这些的时候,感觉一直是平静的,这个快 80 岁的人,并没有让人感觉一丝凄艾。

　　每天,他起床后的第一件事,就是走到院子里去看他的小狗。拍拍它们的背,摸摸它们的小爪子,一切正常,然后他说:等着宝贝,咱们吃早点了。这些小狗摇摇尾巴,低沉地发出"呜咦"的声音,算是一种期盼。棒子面,或者麦麸子,用开水和好,盛到盆里,端到它们面前,就开始听到那种有节奏的"啪嗒啪嗒"声,老人听这种声音的时候,抽上一根烟,微笑。

九点左右的时候,庞大爷开始启程了。他骑上三轮车,车里有个笼子,小狗们就呆在笼子里,有个别的大狗,就用链子拴在车里。一个泡了孬茶叶的深绿色的塑料大水杯,放在车筐里,这样都忙完了以后,他就迎着阳光,慢慢地向市场骑去——这一段大约15分钟的路程,老人骑了有20年了。

这个市场很小,从济安台往东,在两座桥之间密集着。除了星期六和星期天外,上这里来的人还是挺少的。今天,人就不多,庞大爷更多的时间,就是坐在旁边一个卖凉粉的摊子前休息,他的大水杯就放在那张污迹斑斑的小桌子上,他不时伸手端起杯子喝一口,然后,抽烟,烟很孬。

十多条小狗,就在旁边的笼子里蹲着,有时候互相打闹,有时候静静地躺着。年纪大了,没有力气管大狗,这么多年都是在养小狗。老人说。这些小狗有博美、八哥、巴吉度、沙皮狗和鹿犬,一般的狗几百块,也有上千元的,市民多买几百元的狗自己玩,上千元的送人居多。

一般而言,老人的小狗要养50天再卖出去,他说这样人家买回家养活的几率比较大,小狗在生出来30到45天之间最有生命危险,过了这个时间基本上就安全了,也有人把生出来时间很短的狗卖出去,这很不负责任!老人说他不会这样做。即使这样精心地照顾,庞大爷手里的小狗存活率只有20%到30%,损失很大,这样一年忙下来,也就赚个生活费。

庞大爷从东北回来已经45年了,他有两个孩子,都下岗了,生活不富裕,老人多年就靠养狗赚个生活费。他说,这样一是能有零花钱,二能锻炼身体,三可以开心,挺不错。庞大爷年纪大了,有心血管病,老伴得了多年的胆结石,都没有正经地去过医院,因为看病太贵,心疼钱。

这天,庞大爷在市场上没有开张,早晨拉来的小狗,傍晚又一个不剩地拉了回去,其实这已经是第三天没有卖出去狗了,平均一个月他能卖出去三条狗。这需要等待。庞大爷说。没有顾客来的时候,他基本上就在那里坐着,慢慢地伸出手去端杯子喝茶,抽烟,他在做这些事情的时候,动作非常缓慢,有一种淡定和温润的苍老。

我走到对面的时候,那个姓王的大爷招呼我:买鸟吗? 看看,相中哪个了。这个王大爷先前我认识,他已经 75 岁了,头发和胡子都是白的,但是身体壮硕,精神很好,说话的时候大眼珠子往外冒火似的激情迸发,这种激情,可能源于他很小的时候当过儿童团团长。

他只养两种鸟,一种是鲛凤,也叫虎皮鹦鹉,一种是牡丹鹦鹉,日本种。因为常年做这种生意,他也是在附近租的平房,现在到处都在开发,都是楼房,在小区里养鸟根本就不可能,就只能找平房。买卖难做,这是王大爷的感慨。他说以前是独门独院,养上几笼鸟很正常,现在不可能在阳台上挂几笼子鸟,没有地方放,还有一个原因,就是现在大家都很忙,缺少那个心情了。

过来一个年轻女子,买鸟,讲价。王大爷说:你不用讲,我送给你一个装鸟的小网,实话说,一只鸟我就挣一块钱,这么多年,老顾客都知道。女子就不好意思了,交钱,提鸟走了。王大爷这样跟我算:送给顾客的小网是一毛多钱一个进来的,如果卖一个笼子,能挣三毛,小米是一块四一斤进来的,再掺进其他营养品,成本在一块六,他卖一块八,这样他配好的小米,如果卖出去,一斤能挣两毛钱。利润很清晰。

下午。市场上人少的时候,王大爷就坐在躺椅上休息。这个时候,他拿出一个塑料袋,里面有半块馒头和两块烤地瓜,他说中午光忙了,还没有吃饭,边说边“呱唧呱唧”地大口吃起来,吃上几口,把玻璃杯子拿过来,灌上几口凉开水。这个老人的胃口还是不错的。

王大爷是上个世纪 80 年代在一家国营饭店退休的,当时孩子们也在那家饭店,现在那家饭店早就不存在了,王大爷一家除了他还有点退休金外,剩下的孩子们就都自谋生路去了。旁边卖烟的一位中年妇女说:老王有 700 多块的退休金,卖鸟还能挣点钱,现在孩子们都在啃老头。王大爷听到这里就裂开嘴笑了,花白的胡茬子颤抖着,嘴里的牙已经剩下没有几颗了。

这个搭话的中年妇女,头发是灰白的,身体很瘦,在我和王大爷说话的时候,她其实一直在注视着我们,倾听着什么。我转过脸来和她说话的时候,他的儿子就坐在一张凳子上看一本旧杂志,这孩子已经 27 岁了,无业,没有女朋友,喜欢文学。

10月27日的这一天,和庞大爷不一样,王大爷总共卖了35元钱,但是当天死了两只虎皮鹦鹉,每只10元进来的,也就意味着损失了20元钱,除去一两块钱的生活费用,当天王大爷的纯利润只有几块钱,说到这里的时候,王大爷张开没有几颗牙的嘴,说:爷们呦,我今天呐,白玩!

立冬

早晨,从 9 点到 10 点,我的面前,坐着一个女人,或者说,一个女人面前坐着我。天气慢慢冷起来,外面冷,屋里也开始跟着冷。这种感觉就弥漫在这个女人的脸上,并从她的脸上蔓延在空气中,蔓延到这条街上。我知道,有时候,这是一种时代的蔓延。命运的蔓延。

每个人都会保持一种习惯。比如说,我在看人的时候往往把嘴抿得很紧,这个女人在看人的时候往往把眉头拧得很紧,眼睛就有些眯缝,是那种往外挤压的眯缝,然后,从嘴和鼻子里喷出烟气,下颌低下去,咳嗽一声,然后又把右手抬起来,送到嘴边,食指和中指夹的香烟就在刹那间明亮,恶狠狠地明亮。

屋里,门后的蜂窝煤炉子上,正在烧着一壶开水,咕嘟嘟——咕嘟嘟——咕嘟嘟,这样的声音响了一会子,没有人去理会,直到震撼人心的啸叫声"嗖"的一声响彻起来,才有一双留了长指甲的手,过去抓住了烧水壶的把手——啸叫声没了,屋里充满了煤气味,是没有烧透的,生涩的,新鲜的,煤气味。

屋里有镜台、毛巾、洗头用的廉价洗发水,这些东西长久地存在和使用,让人的鼻子陷入一种潮湿粘腻又夹杂了陈旧的人体汗碱的综合味道里,无法逃避,无法自拔,这样的味道,是这个女人常年浸淫其中的——无法逃避,也无法自拔。

阳光从窗子外照过来。窗子关着,下半部贴着海报一样的铜版印刷纸,只能看见半个女明星的脸,从这半张脸来看,她应该是在微笑着介绍某种洗化用品,或者,女性药品,所以,准确地说,阳光是从窗子的上半部,照进来,打在地上,打在一张蓝色圈椅的中间,那个部位的皮革已经裂开,露出了海绵,海绵在里面藏着的时候应该是白色的,现在,它是红褐色的,裸露着。

在这道打进来的光芒中,腾飞着细细的微尘,它们在这些能看到的光里上下飞舞,永不停止,任何的走动,甚至说话声音大起来的时候,我都能看到这微尘世界里的轰然变动——这些东西,其实一直在包围着我们,在我们看不到和现在看到的地方,飞舞,轻曳,寂静地游弋。微尘。悄无声息的微尘。

在某些时刻,比如说在沉默的时候,我的眼前,是那个抽烟的女人,她侧对着我,左脸,所以我把眼睛从她的轮廓挪移过去,方向是开了一半的门,能看到街上的人和骑过去的自行车、摩托车,或者,一个买菜的居民,听到摩托很嚣张的"突突"声,听到人们打招呼的声音,然后,女人把手抬到嘴边抽烟,就挡住了我部分视线,我的眼睛,就又挪到了她的左脸上。

她留着很短很短的头发,是那种能看到头皮的短,并且很稀,她说,这是掏剪。这个孩子都已经 13 岁了的贵州女人,明显地身心疲惫,这种疲惫让我手里的笔记本上,长久地空白,我只能把笔夹在笔记本里,放在腿上,等待一种恰当的时机,再让它们分离,只不过,这种时机并不多,也就是说,大多数时间,这个女人是在沉默。我是一个尴尬的造访者。

长久的暧昧的职业生涯。一年六七部手机,被偷,被抢走,喝醉酒后丢掉。男朋友换了好多,吵架,打闹,欺骗,被欺骗。在回老家和留在这里之间徘徊。破旧的小屋,吃饭,给客人洗头,抽烟。日渐松弛的皮肤,被榨干一样的心灵,一切都在老去。小时候的树林，溪水，老牛。奶奶的白发，亲人的葬礼。一个曾经天真的小女孩。一个奔向中年的憔悴的女人。

这是一条城市的街道。街道两旁，有着太多这样的门面，一爿门扇后，掩藏着一张张煞白的长久不见阳光的脸。女孩的，女人的，脸。脂粉，廉价的化妆品，遮住了许多本应常见的姿态或者功能，比如说，微笑，哭泣，自然地亲近阳光，坦露，让每个毛孔做风中的呼吸。

这样的早晨，立冬时节，我从城市的那头，坐公交车，来到城市的这头，看到一个女人。我坐在一个女人面前，或者，一个女人的面前坐着我，整个上午，我们就像两株植物，在一个冬意显现的时刻，互相，偶尔交流，更多的时候沉默。其实，在整个的过程中，我们就是两株不同的植物，在一个地方，彼此短暂地目睹，然后，又各自回到自己的土壤和空气中。我们，在这个早晨，就像那些在光柱里飞舞的微尘，做短暂的碰撞，然后，在轰然的震动中，各自飞翔。

小雪

越河北街 35 号。这是我记得比较清晰的一个地址,那座院落被荒草和断垣所包围着,已经有好长时间了。穿过布满了小食店、粮行、衣饰店的小街巷,走过鸽子笼一样楼宇密集的小区,转过几个弯,就来到了这里。

这里是一座历经百年而尚未倒塌的老宅子,鼎盛时期有 90 多间房子。历史资料这样描述——

越河北街 35 号(后门是炉坊街 10 号),就是清代同治年间米姓知州的宅院(俗称"米进士大院")。该宅院,为清同治十三年(1874 年)进士、官至甘肃静宁州知州米协麟的宅邸。米协麟是"洋务运动"时期在山东主张实业救国的著名官吏,任东平县知县时,受北洋大臣李鸿章御准派遣,与峄县绅士金铭、李相朝等人,于光绪四年兴建了枣庄"中兴矿局"。其后代子孙五代从事教育,堪称教育世家。1938 年初到 1939 年春,日军占领期间,米氏宅院曾设七处难民收容所,并开办难童学习班。

此宅院现保留有三进院落,院子里有两株近百年的枣树,后堂楼院,有二层堂楼三间,穿堂三间;西楼院,有七间二层楼。其他,大多已经拆掉。这些屋宇全为清中、晚期建筑,上面的三进院落,因有米协麟五世孙等居住,尚未拆毁。

米云,作为米协麟五世孙,还在守着这处岌岌可危的宅邸。这个中年人,对这个宅子的深刻记忆,却是来自于那场轰轰烈烈的"文化大革命"——他们全家人被扫地出门。他说,当时全家是一个不落地净身出户,只能住在离这里不远的一处民宅,所有的东西都被搜走了,直到"文革"快结束的时候,政府才把房子还给了他们。

当时老宅子里的书很多,有半屋,很多书非常精致,是那种线装带盒的,经过一场劫难,那些书都在一把火里消失了,什么都没有剩下。米云的记忆里,当时有很多画,都是把轴扯下来,把纸直接扔到火里。他说那种轴非常结实,他曾经和伙伴用这种轴到清真寺里去抬水。

1969 年,米云下乡到农村,呆了四年,1983 年才又回到这个老宅子,在火柴厂工作,现在处于半下岗状态,提起这些,他感到像是做了一场梦,有着物是人非的感慨。

那个时节,在院子里站定,颇有沉寂枯然之态,米云小时候的玩伴步军先生,当时站在那里,发出这种感慨:40 年了,仿佛还能记得当时院落的别致和规模,屹立蓬勃的大树,深深的宅院和门巷,那时我们都是六、七岁的样子,一晃这么多年就过去了,这里真可惜呀!

当时的院墙,从里面看非常矮,但是从外面看就非常高。步军说,小时候他们在院里玩,看见派出所里面一个犯人跑了出来,找了一个梯子从里面爬上墙要往外跳,可能觉得墙不是太高,结果把腿给摔坏了。当时,这里除了米家后人住着以外,还有乔家和马家,正大门就是派出所。

米协麟以下,多设馆教书,教出了很多弟子,其中就有当地著名的回民中医朱成麟;米家第二代米协麟的次子米茂勤,在"院试"中中了秀才,设馆授业大半生,为病人解除痛苦,并对穷人施诊;第三代米震昌、米善昌均设馆教书,弟子众多;第四代米扬声,优秀教师,米宅英,在一所回民小学任校长,至退休。另外,米家当时所藏古籍、书画、碑帖和文物都颇丰,在"文革"中流失损毁。

从米云的住处,往西,住着两位老人,一位是乔大娘,一位是马大娘,都已经满头白发,一年前我曾经见过她们,现在,在拆迁声中,这里已经门扉紧闭,杳无人迹,其中,有的偏房已经拆去了屋顶,有的露出了苇席,有的徒留着粗大的椽木,而在一年前,这里正静谧非常,菊花开放,小巷悠长。

从网上搜索,好不容易找到了一篇关于米家大院的文章,是一个网友所写,文笔不错,此人应该对这个宅子非常熟悉,且年龄在45岁以上。他写到:米家大院占据了几乎半条街,从南门进去,曲里拐弯,竟有七出院子,房间都是高高的地基,一米多宽的夏檐,花格儿木窗子,屋门用麻片胶合再刷漆,厚度近十厘米,"文革"中造反派用钢钎都没有凿透。近西墙靠北是六间楼房,木制楼梯几乎直上直下,捉迷藏时寻找很困难。最漂亮的是后院的小姐绣楼,雕梁画栋,庭院深深。几十平方米的院子里,种着四株石榴,一株苹果,一株枣树,还有大大的荷花缸,院前是带过道的三间仆人房,西北角有一小角门,绣楼地基很高,几乎齐腰,一条雕花楼梯通往楼上,楼梯口有一大门板,晚上盖住楼梯加上大锁,这就是小姐所在的天地……

加拿大多伦多大学,专门研究济宁的专家孙竟昊先生,在2003年一次亚洲年会上,对济宁的明清士绅和宅邸园林有过这样的论述——

"济宁士绅的力量,在当地文化形态、工商经营、政治与社会活动中发挥了积极的作用,对重大的滥用国家权力的事件起到了某些节制作用,从而,也有力地维护了城市自身的文化与经济的相对完整性。"

"势力强大,富有活力的济宁士绅投身并领导起这个内陆城市的近代转型。现代铁路和公路系统的创建,在一定程度上弥补了运河废置后所带来的损失。济宁在近现代,乃至今天依然是鲁西南地区最重要的城市。然而,殊为遗憾的是,它的江南风格的花园、亭榭已经荡然殆尽。"

"济宁不复是一个著名的文化旅游城市。"

大雪

音乐过来的时候,我正坐在那里低头看一份简介,然后,就抬头——前面的小舞台上,被打了一束光,并不强烈,但是醒目。光之外,东边,西边,南边,暗了,刚开始是瞬间,后来,眼睛适应了,才发觉尚有蒙胧,蒙胧中有混沌的气息,温暖,并不死板,再适应的时候,觉得呆在这样的蒙胧中是舒适的。

是一个老者,坐在一把椅子上,二胡竖在左腿上,光头,戴一副金属眼镜,上身是白衬衣,立领,衬衣扎在黑色的西裤里,精神。这个时刻,他左手的手指正在二胡的柱上慢慢地上下挪移,摁住弦,上下挪移,右手食指和其他手指捏着二胡的弦头,一下一下地抽拉,往怀里送,这样送的时候,他的颔就不住地,有力地,往下低沉,眼睛是闭着的,用一种泰然的样子闭着,偶然张开,也是无物一样,又回复到当初,沉醉,沉醉。

《二泉映月》。人家说著名指挥家小泽征尔第一次听它时,泪流满面,不由自主地跪了下去,他说这是真正的天籁,是要跪下去听的。我们坐着,坐在蒙胧里,光亮,不在我们这里,它在老者那里,从那把二胡身上散发出来,我才明白,只有在蒙胧里,才能更好地悉听这种苍茫和沉郁。从命运中,从中国人的命运中,从历史中,我们坐在蒙胧里,听这黑暗中传来的音律,听它自有的光华灿烂和激动人心。

背景是厚重和雾埃深沉的。这种况味,让人心碎,只有苍茫大地,声息全无,或者梦寐正在,天,地,天,地,中间是无风的云埃和月悬,没有被告知,没有被惊醒,鸟雀飞走,光明挪移,那样的时刻,死寂的,和即将死寂的,都无可倾诉。谁在那里,无语,什么发生过,无语。无语。无语。一切,其实都已经发生,也正在发生。只是,无语。

突然,飞丝一般的尖锐,划破这一切,这是独白和控诉,天地之间,一个人的,但是却代表所有苦难者的独白和控诉。这尖锐,有着沉甸甸的质感,如金子般的密度,有玉样的光泽,于是,一切中,唯有它做时空中的游走,唯有它,因为声音的纯粹,成为亮点,成为这背景中的存在和充沛之物。

因为目睹,所以感慨;因为追求,所以苦难;因为美丽,所以受伤——忧伤中自有一种坚强,愤怒中包裹着希望的期盼,哀怨里充满关怀的心音,徘徊里孕育着人性的明证。这种独白和控诉,只能从一个人的内心深处发出,这个人必须是具有着不可稀缺的内在:善良、质朴、坚韧、明晰、关爱、怜悯、忘我、健康。而这个最初的歌者却是一个瞎子。一个残疾的,沉入黑暗中的灵魂——但他的内心自有一片光明。

继续。就是说那把二胡在继续光明地散发,而我们继续在这蒙胧中坐定。有一段时间,我不得不闭上眼睛又睁开,就是因为,这里面的气息有时过于沉重,这种灵魂的喟叹,并不是每个人都能承受的。生命不能承受之重,生命不能承受之轻。轻重与否?轻重与否?坐在四周的人们,穿西装打领带的人们,我看不清大家的面容,我不知道灵魂是否能彼此暗合,只是一个人在那里,闭着眼,或者,睁开。直到,一阵掌声,打破了背景的存在,人们松动了姿态,开始有光芒温润,才想起盖碗里的茶水是不是凉了。

我看到,有两个孩子,一个男孩,一个女孩,穿着干净,怀抱鲜花,是那种蓬勃旺盛的玫瑰、百合和青葱之绿,在母亲的陪伴下,他们上去,把鲜花递过去,稚气的面容充满虔诚。掌声大起来,再大起来,老者就怀抱鲜花,向台下鞠躬,拿着的那把二胡,就像是一把武器,正被他有力地握在右手里。

　　我坐的位置前面,一米开外,是一个新式的炉子,有着优雅的造型,慢慢地散发着热量,就感觉到了温意和泰然,环顾四周,都是那种老式的红木状的太师椅和几案,清花的盖碗,在一张一张的几案上放着,一个身着中式衣着的年轻人,来回环走,一把嘴很长的铁水壶,在他手里杂耍一样地飞舞——他续水的时候,猛地呛出来的细细的热流,吓人一跳。

　　这个历史上曾经是私人官邸的两层楼,在这种氛围中,充分演绎着往世繁华和旧年流韵,这样的天井,木结构的楼梯,雕梁画栋,红色的中国做派的灯笼高悬,勾勒出一种古典的,细腻而委婉的,难以描状的心绪和意境。

　　然后,我再次将目光投向舞台,已经不复是原来的沉重和苍茫,更多的韵律,从那里散发出来,欢快的,婉约的,丝缕分明的,都纷至沓来,不绝于耳,仿佛是一餐盛宴,举杯开怀,喜气自在,于宾客之间,其实已经心照不宣,而那首让我无法承受的,独白和控诉,很可能就是这盛宴中的第一道忆苦菜,只不过,因为味蕾太过敏感,以至于,我始终无法忘却这开头的况味,一直,在脑海里,徘徊着的,就是那种苍茫之中的——独白。

　　独白得光华灿烂。独白得激动人心。

后　记

我看到的世界花木葱茏

2009 年 5 月。父亲走后的那一段时间。我觉得人生有一些东西突然间被改变了，这种改变的实质我无法说清，能够具体感受到的，仿佛是身体出现了一个空洞，无法填充，没有泪水，一度恐惧手机和外面的世界，任何新鲜的事物在我看来都是那么的毫无色彩。世界的暗淡，其实就来自于我对某些东西的恐惧和敬畏。

一直以来，我对自己的表现是满怀愧疚的，父亲的离去，其实只是更加加剧了这种愧疚的程度而已。

在医院的那四十多天，父亲被癌症折磨得骨瘦如柴，无法安静，须臾之间就要翻身，且战栗不止。看到这一幕，很多时候，我满怀悲伤和怜悯，最后我对大哥说：拔针吧，给老头打杜冷丁。其实在这一行为背后隐含着我对这些所发生的事情的理解：如果生命注定要消失，我希望是人的尊严接受注目，对于父亲，我依然这样想。尊严。

回过头来看,这么多年,一个人如果从懵懂少年慢慢就要步入中年,期间所经历的事情告诉我:这个世界上有很多事情是很严肃的,但偏偏我们非要表现出一个滑稽的外貌;或者相反,有很多东西是非常荒谬的,我们有时却在那里一本正经,道貌岸然。我见到这样的事情太多了。

正是对事物的这种理解,妨碍了我走进人群,或者说,成全了我的疏离状态。说到所谓的"文学"上,我所表现出来的状态,依然如此。

年轻时短暂的狂热之后,在精神的历程中,我仿佛很快就进入了"冬眠"期,如果说到原因,这里面有生活漂泊的现实,有自身疏懒的状态,更重要的一点,我自身对文学的"精神洁癖"是主要原因。

正像我对爱的理解一样,爱就是爱,她其实和情人节、玫瑰花、宽大的床帏没有关系,所以,我对文学一以贯之的心仪仅仅存留于心,把她作为精神追寻的一种,相对于"文学"外的所谓延伸,我多不关心。

所以,很多时候,我更倾向于内心的倾诉。世界变化太快,这是我感受至深的一个现实,我无法跟随世界的节奏,我是那种习惯于在一个地方呆很久的类型,所以,更多的时候,我倾慕一棵大树、一座小山、一处老建筑,或者,我被那些常常被人忽略却有着生命意义的事物所吸引。我渴望生命的质量,而不是速度。

更多的喧嚣在继续,太多的面孔在绽放。信息的更迭中,每一个人都在感受自身欲望的喘息,而这也正是我自身无法克服的困境,也就是说,在艰难的生存和无辜的尊严面前,我是被撕裂的,这种痛楚,其实只有自己才能够理解。

我其实就是生活在边缘的一个舞者,一个身处黑暗和光明的交界处的双重性格的人,我有着世俗的自嘲,我同样有着隐没于内心的辉煌,在放纵歌唱和默默哭泣的轮番登场中,我慢慢地成为了自己。

其实,说白了,就是,我本身就是一个卑微的生存于这个世界上的人,所以,我理解那些同样以这种状况生存和继续生存下去的人们,他们从前和现在都还在那里,在以自己的方式完成着自己的角色。而我希望的是,角色虽然卑微,生命却是尊严的。

但愿,这不仅仅是一种希望。

文学只是在寻找她自己的知音。我所写下的,仅仅如此,车马喧嚣,人群熙攘,更多的却是模糊与粗糙,能在寂静中谛听一二者,或许只是在生命的水流中所遇到的一朵浪花。有这,也就够了。

我知道,我正看到欢欣,看到泪水。

我看到的世界花木葱茏。

2010 年 5 月写于山东济宁"蜗居"